AF289469

Einfach nur schön

Die Geschichte von Irma und Paul ist frei erfunden. Ähnlichkeiten mit lebenden oder verstorbenen Personen wären rein zufällig und nicht beabsichtigt.

Anja Pitzke

EINFACH NUR SCHÖN

Bibliografische Information der Deutschen Nationalbibliothek:
Die Deutsche Nationalbibliothek verzeichnet diese Publikation in der Deutschen Nationalbibliografie; detaillierte bibliografische Daten sind im Internet über dnb.dnb.de abrufbar.

Die automatisierte Analyse des Werkes, um daraus Informationen insbesondere über Muster, Trends und Korrelationen gemäß §44b UrhG („Text und Data Mining") zu gewinnen, ist untersagt.

© 2024 Anja Pitzke

Cover: Sinaveria; @donbaron, freepik
Lektorat: Andreas Schuster, www.schreiben-und-leben.de
Korrektorat: Eva Schünemann-Lanwer, www.projekt-lektorat.de
Satz und Verlag: BoD – Books on Demand GmbH,
In de Tarpen 42, 22848 Norderstedt
Druck: Libri Plureos GmbH, Friedensallee 273, 22763 Hamburg

ISBN: 978-3-7597-9138-2

PROLOG

Schwerfällig drückt sich Herr Mertens in eine aufrechte Sitzposition. Dann legt er seine Hände kraftlos auf den Oberschenkeln ab – und sinkt im selben Moment wieder in sich zusammen. Sein Blick haftet auf dem Teppichboden, wie festgehakt in den kleinen grauen Noppen auf blauem Grund.

Selbst als sie sich räuspert, schaut er nicht auf. »Haben Sie meine Frage gehört?«, hakt sie freundlich bestimmt nach. »Herr Mertens?«

»Ja.«

»Können Sie mir sagen, seit wann es Ihnen wieder so schlecht geht?«

Er seufzt, hebt im Zeitlupentempo die Hand und fährt sich durchs Haar. Dann fällt sie zurück in seinen Schoß. »Seit einem halben Jahr, glaube ich«, sagt er, zuckt mit den Schultern und seufzt erneut.

»Okay, ich verstehe. Es ist gerade nicht leicht für Sie, nicht wahr?«

Er nickt, versinkt noch tiefer im Stuhl.

Sie blättert in seiner Akte, erinnert sich nur vage an ihn. Paul Mertens, Alter neununddreißig, vor eineinhalb Jahren war er schon einmal hier in der Klinik. Damals war sie seine Bezugstherapeutin und in der Gruppe hatte sie ihn auch. Ein paar Gesichter und Namen hat sie im Kopf, aber zu ihm fällt ihr fast nichts ein. Sie überfliegt den Anamnesebogen von damals: rezidivierende depressive Störung, bei Aufnahme mittelschwer, Suizidgedanken und das Übliche an Symptomen. Acht Wochen war er hier und wurde vollständig remittiert entlassen. Sieht nach einer klinikinternen Erfolgsstory aus. So was hat man gern. Warum hat sie kein klares Bild von ihm im Kopf?

»Sie waren schon mal hier, das war, Moment ... ja, vergangenes Jahr von Februar bis April.«

Er holt Luft, sagt: »Genau.« Dann schweigt er wieder.

»Wir kennen uns ja von damals. Sie sind in einem sehr guten Zustand entlassen worden. Es scheint, Sie haben eine Menge mitnehmen können aus der Zeit hier in der Klinik.«

»Ja.«

»Und nun? Möchten Sie erzählen, was passiert ist?«

Sie schaut ihn an, wartet. Früher fiel es ihr nicht leicht, die Stille auszuhalten, sie musste lernen, sich zu verlangsamen, abzuwarten, wenn sich die

Depression schwer und undurchdringlich zwischen sie und die Patienten setzt.

»Nichts ist passiert«, sagt Herr Mertens. Seine Stirn ist feucht, obwohl es kühl im Sprechzimmer ist.

Sie blättert weiter in der Akte, ein paar Fragebögen, Entlassungsbericht, Therapieverlauf. Wieder mal war keine Zeit, die Unterlagen in Ruhe vor der Sitzung zu lesen, der Klinikalltag frisst alles auf. Sie hasst diese Hetze von Termin zu Termin und am Ende des Tages noch stundenlang Dokumentationen und Berichte schreiben zu müssen. Kein Wunder, dass sie kaum Gesichter speichern kann, oder Lebensgeschichten und Heilungswege. Es sind nur wenige, die ihr im Gedächtnis bleiben. Herr Mertens offensichtlich nicht. »Was war der Anlass, sich jetzt wieder für eine stationäre Therapie zu entscheiden?«, macht sie einen neuen Versuch.

»Meine Frau meint, dass es so nicht weitergehen kann.«

»Und was meinen *Sie*?«

»Dasselbe. Was sonst?«

Sie neigt ihren Kopf, sucht seinen Blick. Wie so viele, die vor ihm auf diesem Stuhl saßen, tastet er mit seinen Augen den Teppichboden ab, als gäbe es dort wer weiß was zu sehen. Auf abgewetzten Pfaden läuft sein Blick sich wund, schabt sich noch ein Stück tiefer in den Abgrund aus graumeliertem Blau.

»Können Sie das näher beschreiben?«

»Es ist so wie letztes Mal.«

»Also Niedergeschlagenheit, Schlaflosigkeit, Verlust von Freude, Grübeln und …?«

»Genau«, unterbricht er sie.

»Wie sieht es mit Suizidgedanken aus? Sind die auch wieder da?«

»Manchmal.«

»Und wie ist es jetzt? Haben Sie zurzeit welche?«

»Nein. Heute nicht.«

»Nur heute nicht? Wie war es … sagen wir mal in den vergangenen zwei Wochen?«

»Auch nicht.«

»Okay«, sagt sie, macht sich eine Notiz: aktuelle Suizidalität glaubhaft verneint. »Das ist ein wichtiges Thema, wie Sie wissen. Wenn die Gedanken auftauchen oder ein Impuls, sollten wir darüber sprechen. Es ist ein Symptom der Depression, das sind nicht Sie.«

»Ich weiß.«

Sie blättert vor und zurück, das Rascheln des Papiers schneidet in die Stille, die zwischen ihnen hockt. »Wie ging es Ihnen in der Zeit nach dem Klinikaufenthalt bis zu dem Zeitpunkt, als es wieder schlechter wurde?«

»Es war eine Weile besser.«

»Gab es Veränderungen in Ihrem Leben während der Zeit?«

Er hebt seinen Kopf und schaut sie an. Seine Augen sind leer, sie kennt diesen Blick. Manchmal fragt sie sich, wozu sie die ganze Diagnostik braucht, die ausdruckslosen, müden Augen verraten, was los ist.

»Nein. Ich bin immer noch Musiklehrer, meine Frau und ich, wir …«

Stimmt! Musiklehrer. Ein Bild taucht auf, verschwommen, aber etwas lichtet sich. Herr Mertens spielt Klavier, er hat es erzählt, als es ihm besser ging. »Haben Sie nach der Klinik wieder mit dem Klavierspielen begonnen?«, fragt sie.

In seinen Augen macht die Trauer Platz für einen Moment Lebendigkeit. »Ja, schon. Aber es geht zurzeit nicht.« Er spreizt seine Finger, drückt mit der einen Hand die andere so, dass es knackt.

»Natürlich nicht«, sagt sie, macht sich eine Notiz zu Herrn Mertens reduzierter emotionalen Schwingungsfähigkeit und setzt ein Kreuzchen bei den Diagnoseschlüsseln. »Sie haben es schon mal geschafft, das wird Ihnen diesmal wieder gelingen.«

»Wenn Sie das sagen, Frau Doktor.« Und wieder wird sein Blick an unsichtbaren Bändern auf das Graumelierte auf dem Boden gezogen.

Wie gut, dass sie geübt ist im Überfliegen von Krankenakten. Die Erinnerungen an ihn kommen zurück. Er hat sich in den eineinhalb Jahren verändert, hat ganz schön zugelegt und auf sein Äußeres scheint er keinen Wert mehr zu legen. Kein Wunder, dass sie ihn nicht erkannte. Die gebückte Haltung, seine verlangsamte Art zu sprechen und das ausdruckslose Gesicht, er sieht älter aus als knapp vierzig. Es hat ihn hart erwischt, das war nicht zu erwarten, als er im vergangenen Jahr die Klinik verließ.

»Wie sieht es mit Ihrer Ehe aus? Hat sich da etwas verändert? Das letzte Mal sagten Sie, dass Sie sich sehr gut mit Ihrer Frau verstehen und dass sie Sie unterstützt auf dem Weg aus der Depression.«

»Es ist alles gut. Wir sind zufrieden.« Er zieht sich an den Armlehnen hoch, hustet. »Also, glücklich, meine ich. Seit fast zwölf Jahren.«

»Das ist gut«, sagt sie, blättert weiter in der Akte. War es nicht so, dass damals ein unerfüllter Kinderwunsch bestand? Das wird sie das nächste Mal explorieren. Jetzt scheint er zu erschöpft zu sein. Ihr Blick wandert zur Uhr auf dem Tisch hinter dem Patientenstuhl. Viel Zeit bleibt nicht mehr, die nächste Neuaufnahme wartet schon vor der Tür.

»Was, denken Sie, hat Ihnen das letzte Mal bei uns geholfen, gesund zu werden?«

Herr Mertens mustert seine Hände, die sich gegenseitig kneten. Er holt tief aus seinem Innern einen Luftzug und sagt: »Die Einzeltherapie, denke ich. Und ... und die Gruppe.« Er stützt den Kopf in die Hand.

»Ja, die Gruppe bietet viel Raum, sich auszuprobieren«, antwortet sie. »Und man trifft Menschen, die so wie Sie betroffen sind. Das kann die Situation enorm erleichtern.« Da fällt ihr ein, Lydia meinte, eine damalige Mitpatientin von ihm wurde ebenfalls vor ein paar Tagen aufgenommen. Das könnte eine Brücke zu den alten Erfolgen sein. Wo ist bloß die Notiz geblieben? »Ich glaube, jemand aus Ihrer Gruppe vom letzten Mal ist auch wieder hier«, sagt sie. »Ich möchte, dass Sie es wissen. So können Sie entscheiden, ob es Ihnen etwas ausmacht, in dieselbe Gruppe zu kommen. Warten Sie mal, ich hab's gleich. Wenn ich mich richtig erinnere, ist es Frau Schreyer ...«

Ein eiskalter Hauch weht durch das Zimmer.

Sie schaut auf.

Paul Mertens sitzt starr und steif vor ihr, die Augen weit aufgerissen. »Das ... das ist unmöglich«, fährt es aus ihm. Seine Stimme bebt, die Knöchel seiner Hände schimmern weiß, so stark klammert er sich an den Stuhllehnen fest. Kalt und scharf bohrt sich sein Blick in ihr Gesicht.

Sie sucht in der Akte, blättert um, der kleine Zettel rutscht heraus. »Ah, hier, nicht Frau Schreyer ... es ist Frau Sander. Agnes Sander. Erinnern Sie sich an sie?«

Herr Mertens sitzt steif im Stuhl, atmet schnell, die Nasenflügel weiten sich mit jedem Atemzug. »Nein«, stößt er mit gepresster Stimme hervor.

»Herr Mertens, ist alles in Ordnung?«

Er lässt die Schultern sinken, reibt sich mit der flachen Hand die Stirn. »Ich möchte gehen«, sagt er, stemmt sich schwerfällig aus dem Stuhl. Sein Flanellhemd hängt über der zu weiten Jeans, der Bauchansatz zeichnet sich darunter ab. Die ursprüngliche Farbe der ausgetretenen Sneaker ist nur zu erahnen. Sein Gesicht glänzt feucht, unter den Augen liegen graue Schatten. »Und ich will keine Gruppe«, zischt er. »Ich will einfach nur die richtigen Pillen.«

»Gut, Herr Mertens.« Sie schlägt die Akte zu. Jetzt erstmal die Wogen glätten, nicht schon im Aufnahmegespräch in Wunden stochern, die offen vor ihr liegen. Sie erhebt sich, reicht ihm die Hand. »Am besten, Sie kommen erstmal in Ruhe an. Wir reden morgen weiter.«

Er dreht sich wortlos um und geht mit hastigen Schritten hinaus. Die Tür fällt ins Schloss.

TAG 1, SAMSTAG, AM NACHMITTAG

Irma schaute auf ihre Armbanduhr. Viertel vor vier. Er war zu spät. Seit fast zwanzig Minuten stand sie in der Autobahnraststätte und wartete auf ihn. Sie hatte den einzigen freien Stehtisch am großen Fenster ergattert, von hier aus hatte sie die Einfahrt am besten im Blick. Die vorbeirasenden Autos reflektierten in kleinen Blitzen das Sonnenlicht, über dem Asphalt flimmerte die Nachmittagshitze. In der Ferne war die Alpenkette zu sehen, weichgezeichnet durch den Schleier schwül schwerer Sommerluft.

Vor Irma stand eine Tasse mit koffeinfreiem Kaffee. Die hellbraune Brühe schmeckte bitter und ließ sie noch stärker schwitzen, als sie es ohnehin schon tat. Mit der Speisekarte fächerte sie sich Luft zu, ihre neue Bluse war bestimmt durchgeschwitzt, bevor Paul ankam.

Sie konnte nicht erwarten, ihn endlich wiederzusehen. Ihr letztes Treffen war schon zwei Wochen her! Seit sie sich vor fast drei Monaten kennengelernt hatten, ging es ihr wieder gut. Kraftvoll und leicht fühlte sie sich, wie lange nicht mehr.

Vollgepackte Autos bogen auf den Rasthof ab, kamen an den Zapfsäulen der Tankstelle und vor der Sanitärabteilung zum Stehen. Fahrräder wankten gefährlich auf den Dächern, bunte Kissen und Decken drückten sich an die Scheiben, auf den Rückbänken schwitzten Kinder vor sich hin, festgeschnallt in Plastikschalen. Es waren Sommerferien. Seit einer Woche rollte eine nicht enden wollende Blechlawine in die Sonne des Südens. Als ob es hier nicht schon heiß genug war.

Irma lüftete ihr halblanges Haar am feuchtgeschwitzten Nacken, seufzte und ließ es durch die Finger gleiten. Der Typ am Nebentisch schielte schon wieder zu ihr. Was bildete der sich ein? Der war doch mindestens zwanzig Jahre älter als sie. Sie hob das Gesicht, streifte kühl seinen Blick, klemmte eine Haarsträhne hinters Ohr und steckte mit spitzen Fingern die Speisekarte in die Halterung an der Pfeffer-Salz-Menage zurück.

Wieder ein Blick auf die Uhr. Noch nie war Paul zu spät zu ihren Treffen gekommen, war immer vor ihr da gewesen und hatte sie mit einem strahlenden Lächeln empfangen. Und auch für heute hatte sie sich alles so schön ausgemalt. Nicht aus den Augen gelassen hätte er sie, wenn sie aus dem Auto gestiegen wäre. In ihren engen Shorts sah sie umwerfend aus. Die zartblaue Seidenbluse wehte im Wind und ließ die Konturen ihres Körpers erahnen. Das wäre der perfekte Start in ihre gemeinsame Woche in Italien gewesen.

Vielleicht schaffte er zu Hause den Absprung nicht, seine Frau schien schwierig zu sein. Irma kannte sie nicht persönlich, Gott bewahre, aber nach dem, was er so erzählte, hatte er Einiges auszuhalten. Sie drehte den Kaffeebecher hin und her, ihr Lippenstift hatte einen roten Abdruck auf dem schweren Porzellan hinterlassen. Auf ihrer Oberlippe spürte sie einen Schweißfilm, ihr Gesicht war sicher rot und glänzte feucht. Bald würde nichts mehr zu sehen sein von dem Aufwand, den sie betrieben hatte, um für Paul gut auszusehen. Zu allem Überfluss klopfte ihr Herz so stark, dass es in ihren Ohren pulsierte. Unauffällig legte sie zwei Finger an den Hals, fühlte nach ihrem Puls. Er ging schnell, raste aber nicht. Und er war regelmäßig, es schien also alles in Ordnung zu sein. Hoffentlich.

Paul wird gleich hier sein, beruhigte sie sich. Er war verrückt nach ihr, das stand fest. Jedes Mal, wenn sie sich in den vergangenen Monaten getroffen hatten, irgendwo im Nichts auf halber Strecke zwischen ihrer Stadt und seiner, hatte er nicht abwarten können, einen stillen Platz für sie beide zu finden. Ein paar Mal hatten sie sich in irgendeinem Kaff ein Zimmer für eine Nacht genommen, beim Einchecken etwas von früher Abreise vor dem Frühstück geredet und gleich bezahlt. Dann hatten sie sich geliebt, bis ihre Körper nass vom Schweiß gewesen waren, und sich hinterher außer Atem in den Armen gelegen.

Wenn Irma später auf dem Rückweg allein in ihrem Auto saß, war sie noch warm von ihm und lächelte still vor sich hin. Bis sie auf die Einfahrt fuhr und vor dem Haus hielt, in dem Philip und die Kinder sie erwarteten.

Sie schaute auf ihr Handy, keine Nachricht von Paul. Nur im Notfall, hatten sie verabredet, seine Frau hatte Zugang zu seinem Telefon. Hoffentlich war ihm nichts passiert. Eine Massenkarambolage auf der A9 und er mittendrin. Oder er hatte bei Tempo zweihundert die Kontrolle über seinen Wagen verloren, war von der Straße abgekommen, in hohem Bogen über die Leitplanke geschleudert worden, in einem Graben gelandet und niemand hatte es bemerkt. Bei vollem Bewusstsein würde er dort elendig sterben, schön langsam, kopfüber im Gurt. Oder schlimmer noch, seine Frau hatte sich im letzten Moment entschieden, mit ihm nach Italien zu reisen. Nun musste er eine Krankheit vortäuschen, um nicht mit ihr zu einer Tagung fahren zu müssen, für die er sich nie angemeldet hatte. Irma holte tief Luft, tastete nach ihrem Puls am Handgelenk. Eins, zwei, drei, der Rhythmus war schnell. Zu schnell. Jetzt nicht das auch noch!

Vielleicht wartete Paul in seinem Auto auf sie, schoss es ihr durch den Kopf. Womöglich stand er auf dem Parkplatz im Schatten und fragte sich voller Sorge, warum sie nicht kam! Hastig griff sie nach ihrer Handtasche, eilte aus dem Schnellrestaurant, über den heißen Asphalt. Suchte mit unruhigem Blick die Reihen parkender Autos ab. Nirgendwo war Pauls blauer BMW zu sehen. Ihr roter Kombi stand in der flirrenden Hitze, sie ließ sich auf den Fahrersitz fallen, verbrannte sich fast am schwarzen Steuerrad, als sie den Motor startete. Der Lüfter blies heißen Wind in ihr Gesicht. Sie stellte die Klimaanlage an, zupfte die Bluse von der feuchten Haut.

Und wenn Paul sich doch nicht traute, ein paar Tage mit ihr zu verschwinden? Manchmal kam ihr seine Angst, seine Frau könnte herausfinden, was er mit Irma so trieb, etwas übersteigert vor. Was sollte schon passieren? Sie trafen sich nur, wenn es sicher war und ihre Abwesenheit keine Fragen offenließ. Und dieses Mal hatten sie sogar ein Alibi für ihn: eine Tagung für Musikpädagogik in Bozen. Es gab also nichts zu befürchten.

Aber er war noch immer nicht da. Irmas Puls hämmerte laut und schnell. Ob ihr Herz wirklich in Ordnung war? Sie musste sich beruhigen! Auf keinen Fall durfte sie jetzt eine Panikattacke riskieren. Alles war doch gut! Paul konnte nicht genug von ihr bekommen, darauf konnte sie sich hundertprozentig verlassen.

Wieder ließ sie den Blick über den Parkplatz gleiten, schaute in die Seitenspiegel. Weder Paul noch sein Wagen waren zu sehen. Jetzt würde sie ihm schreiben. Seine Nummer hatte sie eingespeichert. Warum denn auch nicht? Nie im Leben hätte sie erlaubt, dass irgendwer in ihr Smartphone schaute.

Sie nahm das Handy zur Hand und zögerte. Was genau sollte sie denn nun schreiben? Dass sie sich Sorgen machte? Oder sollte sie nur locker nachfragen, wo er blieb? Oder besser, dass sie ärgerlich war? Wie konnte er sie nur warten lassen, ganz allein an diesem schrecklichen Ort? Verdammt nochmal, den harten Schlag ihres Herzens spürte sie jetzt schon im Kopf! Sie tippte die ersten Buchstaben ein, löschte sie wieder, suchte nach den richtigen Worten – da wurde die Beifahrertür aufgerissen.

»Da bist du ja!«, sagte Paul und er ließ sich neben ihr auf den Sitz fallen.

Er war außer Atem, seine Haare waren an den Schläfen feucht vom Schweiß. Er beugte sich zu ihr, legte seine Hand in ihren Nacken, zog ihr Gesicht zu sich und setzte ihr kleine, zarte Küsse auf Wangen und Mund. »Verzeih«, flüsterte er. Sie spürte seinen warmen Hauch auf ihrer Haut. »Ich habe dich warten lassen.«

»Ja, das hast du.« Sie wand sich aus seiner Hand. »Fast eine Stunde.«

Er richtete sich auf, ließ eine Strähne ihres Haars durch seine Finger gleiten. »Ich habe dich gesucht. Wollten wir uns nicht in der Raststätte treffen?«

»Dort habe ich auf dich gewartet«, erwiderte Irma. »Bis ich dachte, du kommst nicht mehr.«

Paul ließ von ihr ab. »Im Ernst? Du wolltest doch nicht etwa wegfahren?«

Sie hob leicht den Kopf, strich sich eine Haarsträhne hinters Ohr, versenkte einen kleinen, scharfen Blitz in Pauls erstauntem Blick. »Und wenn?«

Er schwieg. Ein kurzes Flackern in seinen Augen, dann ein Lächeln, das sich zögerlich ausbreitete in seinem Gesicht. »Meine Schöne«, sagte er leise, zog sie an sich und küsste sie intensiv und innig, das konnte er wirklich gut. »Endlich haben wir Zeit füreinander.« Seine Stimme vibrierte sanft und Irma wusste: Italien würde wunderbar werden!

Es dauerte eine Weile, bis sie einen geeigneten Parkplatz für Pauls Auto fanden. Die Straße durch den Ort neben der Autobahn war menschenleer, kein Lebenszeichen hinter toten Fensteraugen mit Volantgardinen. Kein einziger Baum, der Schatten spenden konnte, vor den Grundstücken schulterhohe Friedhofskoniferen, die zu undurchdringlichen, betongleichen grünen Mauern zusammengewachsen waren. Niemals würde hier ein Fremder ungestraft für eine Woche sein Fahrzeug an den Straßenrand stellen. Irma folgte Paul zu dem Pendlerparkplatz am Ortsrand direkt neben der Autobahn. Er hielt in der hintersten Ecke, sie kam hinter seinem Wagen in der riesigen Staubwolke, die er aufwirbelte, zum Stehen.

»Hier scheint es sicher zu sein«, sagte er, strich sich über die feuchtgeschwitzten Schläfen. »Oder vielleicht doch besser da hinten?«

Irma stutzte. »Wir könnten die Nummernschilder abmontieren und dein Auto in den Wald schieben«, erwiderte sie trocken. »Es könnte aber sein, dass es dann ein Jäger findet und ein Heer von Einsatzkräften alarmiert, das mit Stöcken den Waldboden absucht.« Sie schob auf der Ladefläche ihres Kombis das Polster vom Kindersitz und ihre Tasche zur Seite, machte für Pauls Rollenkoffer Platz. »Weißt du, hier in der Gegend verschwinden immer wieder Menschen, sie kehren niemals zurück. Nichts bleibt von ihnen übrig. Nur ihr Auto.«

Stille hinter ihr. Sie drehte sich um, landete in Pauls fragendem Blick. Der Scherz ballte sich zu einem dicken Klumpen, der bleischwer in den staubigen Boden fiel.

Mit einem kurzen, lauten Auflachen zerschnitt Paul das Schweigen zwischen ihnen. »Du hast ja eine blühende Fantasie!«, rief er, trat hinter sie und schlang seine Arme um sie. »Du meinst einen unbekannten Serienmörder?«, flüsterte er. »Vielleicht bin ich ja einer.«

Irma hob die Augenbrauen. »Willst du mir Angst machen? Das schaffst du nicht. Ich kenne niemanden, der so friedlich ist wie du.«

»Wer weiß, wie du am Ende unserer Reise von mir denkst«, sagte er. Dabei drückte er sie noch fester an sich. Irma spürte ihn warm am Rücken. Sie lachte. Welche Überraschungen sollten da denn kommen? Immerhin waren sie gemeinsam aus den tiefsten Tälern ihrer Lebenskrisen gekrochen. Da blieben wirklich keine Geheimnisse offen. »Ich will nichts wissen vom Ende, hörst du?«, rief sie übermütig. »Wir fangen gerade erst an!« Sie befreite sich mit einem Kuss aus seinen Armen, griff nach seinem Rollenkoffer und hievte ihn in den Kombi. An den Haken an der Rückbank hängte Paul einen Kleidersack.

»Was ist denn da drin?«, fragte Irma.

»Ein Anzug. Ich halte doch auf der Tagung einen Vortrag.«

Irma lachte auf. Sie hatte nur Leichtes eingepackt, es würde heiß in Italien sein und nachts würden sie gar nichts tragen. Haut an Haut und eng umschlungen würden sie acht leidenschaftliche Nächte miteinander verbringen.

»Ich kann den Anzug doch nicht im Auto lassen«, holte Paul sie aus dem verheißungsvollen Tagtraum auf den staubigen Parkplatz zurück.

Irma zuckte mit den Schultern, er nahm es manchmal sehr genau. Sie könnten auch mit seinem Auto fahren, dann hätte er das Parkproblem nicht, aber er hatte gemeint, es sei besser, ihren Wagen zu nehmen. Sie fragte nicht nach, ihr war es recht. Nur ein einziges Mal hatte er sie in seinem Auto mitgenommen. Für ein paar Stunden hatten sie sich unbemerkt vom Klinikpersonal und von den Mitpatienten aus dem Staub gemacht, waren durch das liebliche Voralpenland in einen himmelblauen Nachmittag gefahren. In Pauls Auto schoben Softclose-Scharniere die Türen sanft mit einem leichten Seufzer in den Rahmen, alles duftete neu. Das war keines dieser Neuwagensprays, nein, da war alles echt. Kein Staubkorn auf dem Armaturenbrett, kein

Steinchen vom letzten Winter auf dem Boden. Der hellbeige Gurt ohne braune Ränder und Fingerabdrücke, keine Flecken von Milchkaffee auf der Mittelkonsole und in der Gummimanschette des Schalthebels war nicht ein einziger Krümel zu sehen. Paul hatte irgendwie anders gewirkt in diesem schönen Auto. Es passte zu ihm, was Irma damals ein wenig erschreckte. Für die Reise hatte sie ihren Kombi geputzt, so gut es ging. Philip hatte sich gewundert, denn sie hatte es seit Ewigkeiten nicht getan. Nun blitzte er so, wie ein zehn Jahre alter Familien-Kombi eben blitzen konnte.

Die erste Strecke fuhr Irma. Sie war eine gute Fahrerin, fast dreißigtausend Kilometer schaffte sie im Jahr. Kinder hin- und her kutschieren, täglich fünfzehn Kilometer ins Büro und wieder zurück. Dazu die Einkäufe erledigen, sie wohnten etwas außerhalb, die Wege waren lang.

Paul hatte den Beifahrersitz weit nach hinten geschoben, die Beine ausgestreckt. Seine Hand lag auf Irmas Schenkel, die Finger strichen sanft über ihre Haut. Wirklich gut sah er aus in dem dunkelblauen Leinenhemd, die Ärmel hochgeschoben. Er trug gerne Hemden, sogar in der Klinik hatte er mal eines angehabt. Erst hatte sie es seltsam gefunden, aber er achtete auf sich, das gefiel ihr. Sie mochte seine starken Unterarme, seine Hände und vor allem, wie er mit ihr sprach, das leise Zittern in seiner Stimme, wenn er ihr etwas ins Ohr flüsterte, sein Beben und Drängen, sobald sie sich an ihn schmiegte. Sie hätte nichts dagegen gehabt, jetzt sofort eine Pension zu finden und sich dort mit ihm einzuschließen, eine ganze Woche lang. Nur sie beide, weit weg von allem, was an ihr zog und zerrte. Aber sie waren ja auf dem Weg nach Italien und es würde wundervoll werden, denn sie würden durch magische mittelalterliche Städte schweben, berauschende Paläste der Renaissance und verwunschene Villen bestaunen, paradiesische Gärten durchschreiten, auf mit Zypressen gesäumten Wegen durch traumhafte hügelige Landschaften fahren und am Meer sitzen, das sich an steile Felsen wirft oder türkis in stillen Buchten steht. Das Land von Michelangelo, Leonardo da Vinci und Tizian. Irma seufzte. Das alles wartete auf sie beide. Sie griff nach Pauls Hand, zog sie zu sich und küsste sie. »Wenn wir nur schon in Verona wären«, sagte sie.

Paul lachte auf. »Na, das wird noch eine Weile dauern.«

In Verona hatten sie die erste Nacht geplant. Selbstverständlich hatten sie nichts im Voraus gebucht, um keine Spuren zu hinterlassen. »Wir könnten irgendwo eine Pause einlegen«, schlug Irma vor und lächelte ihn verschmitzt an. Es war jetzt schon warm in ihrem Schoß.

»Ich kann es auch nicht erwarten, dich zu spüren«, sagte er, seine Stimme hatte wieder diesen tiefen, sonoren Ton. »Lass uns aber erstmal einen Teil der Strecke machen. Heute Abend haben wir ein großes Bett und alle Zeit der Welt.« Er strich mit den Fingerspitzen unter den Rand ihrer Shorts, einen halben Zentimeter nur, aber das reichte schon für eine kleine Welle des Verlangens, die durch ihren Körper fuhr.

»Lass das«, neckte sie und schob seine Hand weg. »Sonst kann ich für nichts garantieren!« Zum ersten Mal würden sie eine gemeinsame Nacht verbringen, es würde fantastisch werden. Denn eines war sicher: Viel schlafen würden sie nicht! Verlieren würden sie sich im berauschenden Glück. Acht wundervolle Tage und Nächte lang!

Irma gab Gas, sie fuhr gerne schnell. Jedes Mal, wenn sie beschleunigte, wippte der Kleidersack mit einem zarten Quietschen am Haken an ihrem Sitz. Es ging gut voran, das Inntaldreieck würden sie bald erreichen. Hinter Innsbruck sollte es sich stauen, na ja, es waren Sommerferien. Irma kannte sich gut in der Gegend aus, früher war sie oft über den Brenner gefahren. Damals konnte sie überall hin. Bis diese verdammten Panikattacken gekommen waren. Aus dem Nichts waren sie über Irma mit Herzrasen und Beklemmungen hergefallen, wenn sie nur durch die Haustür trat. Sie konnte nicht mehr an einer Hand abzählen, wie oft sie schon den Notarzt alarmiert hatte, in dem festen Glauben, einen Herzinfarkt oder eine Lungenembolie zu erleiden. Oder an einem anaphylaktischen Schock zu sterben. Irgendwann konnte sie nicht mal mehr das Bett verlassen, ohne dass sie Todesangst überfiel. Blass und dünn war sie geworden, jeder konnte sehen, dass mit ihr etwas nicht stimmte. Und jetzt saß sie am Steuer ihres Wagens und neben ihr Paul. Ein Mann, den sie seit knapp drei Monaten kannte. Voller Energie und frei fühlte sie sich, ein wunderbares Kribbeln und Rauschen durchfluteten sie immer wieder, seit sie zusammen waren. Manchmal so sehr, dass es kaum auszuhalten war.

Bald schon ließen sie die Grenze nach Österreich hinter sich, fuhren das Inntal entlang, an Kufstein vorbei. Rechts und links schoben sich Berge mit grauen, felsigen Spitzen in den blauen Sommerhimmel. Paul erzählte, dass er als Kind in der Gegend oft Urlaub gemacht habe, mit seinen Eltern und seinem Bruder. Im Sommer zum Wandern, im Winter waren sie Ski gelaufen. Er sei viel gereist mit seiner Familie, hatte die halbe Welt gesehen. Reisen bildet, hatten seine Eltern immer gemeint und ihn in alle möglichen Länder geschleppt. Und als er siebzehn war, schickten sie ihn für ein Jahr nach Frankreich. Zuerst wollte er nicht, aber dann … Er erzählte von seinem ersten richtigen Kuss, einem französischen selbstverständlich, Claire war ihr Name. Sie seien das ganze Jahr zusammen gewesen. Eigentlich hatte er sie heiraten wollen, aber es sei dann doch anders gekommen. Er war jung gewesen und schwer verliebt. Das wollte Irma nun wirklich nicht wissen.

»Das war das Jahr meines Lebens«, sagte Paul versonnen.

»Tatsächlich? Danach kam nichts Aufregendes mehr?«, fragte Irma. Sie lachte auf. Viel hatte sie nicht zu erzählen von Reisen in ihrer Kindheit, Skifahren war sie nie gewesen. Ein paar Mal Camping am Gardasee, auch mal oben im Norden am Meer war sie gewesen. Mit fünf Personen hatten sie in einer Mini-Ferienwohnung gehockt, weit weg vom Wasser. Zu teuer waren die Appartements in den schönen weißen Häusern direkt am Strand. Es regnete oft und Irma hasste es, in einem Zimmer mit ihren beiden älteren Geschwistern zu schlafen, die sie triezten, sobald ihr Vater nicht hinsah. Und als sie endlich frei war und machen konnte, was sie wollte, da kam Jasmin, ihr erstes Kind.

»Na ja«, sagte Paul, »irgendwann läuft alles in gewohnten Bahnen. Die wirklich aufregenden Dinge spielen sich ab, wenn man jung ist. Wenn alles zum ersten Mal passiert.«

»Aha«, sagte Irma und setzte zum Überholen an. Endlich eine Lücke, dieser nervige Kleinlaster vor ihr bremste sie schon eine Weile aus. »Das hört sich langweilig an.«

»Langweilig? Es hat doch etwas Gutes, wenn man weiß, was kommt.«

»Das ist ja interessant. Und wie ist das mit uns? Du wusstest also, was kommt?« Irma drückte aufs Gas, rauschte am Laster vorbei.

»Natürlich nicht, meine Schöne. Du bist die ganz große Überraschung in meinem Leben«, raunte Paul.

Sie lächelte, öffnete ihre Schenkel ein wenig, er glitt mit den Fingerspitzen unter den Saum ihrer Shorts. Etwas tiefer als vorhin, aber weit kam er nicht. Plötzlich leuchtete es rot vor Irma auf, ein Kleinwagen hatte ausgeschert, im letzten Moment bremste sie.

»Ich sagte doch, Finger weg!«, rief sie lachend mit einem Seitenblick zu Paul. Wie er so dasaß und ihr Lachen erwiderte, das machte sie leicht. Sie mochte die kleine Lücke zwischen seinen Schneidezähnen, seine blauen Augen, die so gut zu seinem dunklen Haar passten, das voll war und es bleiben würde, anders als bei Philip, der seit Jahren sorgenvoll seinen Geheimratsecken beim Wachsen zusah.

17

In der Klinik war ihr Paul sofort aufgefallen, obwohl er etwas klein war für ihren Geschmack, nicht mal einen halben Kopf größer als sie, aber das spielte keine Rolle bei ihm. Als er das erste Mal in die Gruppentherapie gekommen war, saß er einfach nur auf seinem Stuhl und sagte nichts. Auch beim nächsten Mal nicht. Er schlurfte wie ein alter Mann über den Flur, sprach mit niemandem und nach dem Essen verschwand er sofort in seinem Zimmer. Die Depression hatte ihn fest im Griff. Dann eben nicht, dachte Irma damals, war irritiert, dass er so gar nicht auf ihre Versuche reagierte, mit ihm ins Gespräch zu kommen. Das änderte sich, als sie eines Tages allein im strömenden Regen einen Spaziergang wagte, um über ihr frühkindliches Elend nachzudenken. Sie bekam im Waldstück neben der Klinik plötzlich Herzrasen und Luftnot, sie war überzeugt, dass sie jetzt sterben müsse. Paul kam ihr entgegen, hatte die Kapuze seines Regenmantels tief ins Gesicht gezogen, fast wäre er an ihr vorbeigegangen. Sie rief ihm zu, dass sie gleich ohnmächtig werde, er solle bitte so schnell wie möglich Hilfe holen. Zuerst stand er nur da und regte sich nicht. Aber als Irma taumelte, fing er sie auf. Sagte, sie solle ruhig atmen, atmete mit ihr. Als es langsam besser wurde, reichte er ihr ein frisches Taschentuch, führte sie zurück in die Klinik und brachte sie bis an ihre Zimmertür. Er drehte sich nochmal um, als er über den Klinikflur ging und nickte ihr freundlich zu. In der nächsten Gruppentherapie saß er wie zufällig neben ihr. Irgendwann kamen sie auf dem Flur ins Gespräch, dann in der Cafeteria und bald hielt sie Ausschau nach ihm, sobald sie das Zimmer verließ. Später sagte er, es sei ihm genauso ergangen. So begegneten sie sich schließlich jeden Tag, ohne dass sie sich verabredet hatten. Sie erfuhr von ihm, dass er Klavier spielte, Musik- und Französischlehrer an einem Gymnasium war. Und dass er eine Frau hatte, die Silvia hieß.

Von da an ging es für Irma nur noch bergauf, aus dem Dunkel ins Licht. Was brachte schon eine Klinik, in der man sich wochenlang in der Gruppe Sprechbälle zuwarf und achtsam seinen Atem wahrnahm? Nach rhythmischen Klängen in der Musiktherapie tanzte, um anschließend die ganze Wut herauszulassen und auf eine dicke Turnmatte einzudreschen? Das Leben war es, das heilte. Und die Liebe, war doch klar!

Je weiter sie in den Süden kamen, desto voller wurde die Autobahn. Mehr als zwei Stunden waren sie nun schon unterwegs und immer öfter musste Irma den Fuß vom Gas nehmen. Paul fragte, ob sie was dagegen habe, wenn er ein kleines Nickerchen machte. Selbstverständlich nicht, schließlich war er schon zwei Stunden länger unterwegs als sie. Keine Minute verging, schon war er eingeschlafen. Hauptsache, er war nachher fit, wenn sie sich endlich würden lieben können. Stundenlang, ohne Zeitdruck und das Wissen, sich nach ein paar Stunden wieder voneinander losreißen zu müssen. Es würde wundervoll werden.

Postkartenschön breitete sich die Landschaft vor Irma aus. Die Berge warfen lange Schatten in die Täler, bald würde die Abendsonne die grauen Felsen zum Glühen bringen. In der wohligen Kühle der herannahenden Nacht würden dann die von der heißen Sommersonne malträtierten Felder und Wiesen ihre Gräser und Blüten in den dunkelblauen Himmel strecken. Wie gerne wäre Irma jetzt dort! In einem lieblichen Tal mit Paul ganz allein in einer Wiese liegen, den Duft von Sommergras einsaugen, mit einem grandiosen Blick auf in Glutrot getauchte Dreitausender.

Sie seufzte. Es ging nur langsam voran, mehr als achtzig war nicht drin. Paul schien tief und fest zu schlafen, na ja, eine Weile konnte Irma noch fahren. Hoffentlich wurde es nicht noch schlimmer mit dem Verkehr. Sie hatte keine Lust, die wertvolle Nacht im Auto zu verbringen. Wohin dann mit ihrer Lust auf Paul? Das Fahren strengte an, einen Tempomaten hatte ihr altes Auto nicht. Sie stoppte, gab Gas, trat auf die Bremse, dann wieder auf das Gaspedal. Fast eine halbe Stunde lang ging das schon so und noch immer war kein Ende in Sicht. Sollten nicht langsam alle dort sein, wo sie geplant hatten, hinzufahren? Vielleicht stimmte doch, was sie als Kind geglaubt hatte: Alle, die in ihre Richtung fuhren, hatten dasselbe Ziel. Ihr Vater hatte gelacht, als Irma ihn danach gefragt hatte. Menschen haben nie dasselbe Ziel, hatte er ihr erklärt, sie begleiten sich ein kleines Stück, dann biegt einer ab, der andere fährt weiter. Manche halten am Straßenrand, wenn es besonders schön ist, andere fahren weiter, denn hinter der nächsten Kurve könnte wieder verführerisch Neues locken. Und viele erreichen niemals ihr Ziel, kommen nie dort an, wo sie vorhatten, hinzufahren.

Irma hatte es geliebt, allein mit ihrem Vater zu fahren. Sie durfte neben ihm sitzen und er nannte sie seinen Sonnenschein. Er brachte sie zu ihren Schwimmwettkämpfen, strich ihr liebevoll durch das vom Chlorwasser strohige Haar, wenn sie auf dem Rückweg stolz die Medaille trug. Aber oft waren sie alle zusammen unterwegs, sie saß auf der Rückbank eingequetscht zwischen Kerstin und Frank. Stundenlang. Dann blickte sie auf den sauber ausrasierten Nacken ihres Vaters, den Kragen seines Hemdes, der die Haut in Falten nach oben schob. Auf das helle, matte Haar ihrer Mutter, das bei jeder

Kurve, jedem Ruckeln, auf den Schultern rieb. Wenn alles gut war, hörte sie den gleichmäßigen Rhythmus der elterlichen Stimmen, der sie schläfrig machte. Oft aber war da ein scharfes Zischen in den ellenlangen Sätzen, die aus ihrer Mutter strömten und als gleißend helle Luftschlangen durchs Auto schwebten. Sie brachten die Luft zum Vibrieren, bis das dunkle, harte Brummen ihres Vaters jede einzelne von ihnen mit einem dumpfen Knall abgeschossen hatte.

In der Ferne waren endlich die Spitzen des Alpenhauptkamms zu sehen, gleich würden sie Innsbruck hinter sich lassen und abbiegen auf die Brennerautobahn. Irma kannte die Strecke im Schlaf, alle Jahre wieder Sommerurlaub am Gardasee mit Philip und den Kindern.

Ihr stockte der Atem. Nicht mehr weit und es würde die Europabrücke kommen! Ihr Herzschlag wurde lauter, sie spürte jedes Pochen im Kopf. Hundertneunundneunzig Meter Tiefe unter ihr, den Gedanken konnte sie kaum ertragen. Ihr Hals schnürte sich zu, sie klammerte sich am Lenkrad fest. So oft war sie früher über die Brücke gefahren, manchmal hatte sie es noch nicht mal bemerkt, aber jetzt ... Nein, niemals würde sie das schaffen. Sollte sie Paul wecken und ihn bitten das Steuer zu übernehmen? Sie spürte Schweiß auf ihrer Oberlippe, die Straße vor ihr wurde schmaler und schmaler, die Welt entfernte sich. Sie saß in einer Blase, dumpfe Töne krochen durch die dicke, milchige Haut, die Rücklichter der Autos vor ihr wurden zu winzigen roten Sternen, die in ihren Augen brannten. Am nächsten Parkplatz fuhr sie raus.

Paul schreckte hoch, als er das scharfe Klacken des Blinkers hörte. »Was ist?«, fragte er verschlafen.

»Tut mir leid, ich muss mal kurz raus«, sagte sie, zwinkerte ihm zu, so gut es ging mit der Angst, die ihr bleischwer auf den Schultern hockte.

»Gute Idee«, sagte er, schnallte sich ab, beugte sich zu ihr und küsste sie.

Irma brauchte eine Weile, um sich zu beruhigen. Sie lehnte an der Wand der Toilettenkabine, hörte Türenschlagen, Klospülungen, quengelnde Kinder und ungeduldige Mütterstimmen von nebenan, roch den beißenden Geruch nach Desinfektionsmittel. Hastig wusch sie sich am Waschbecken die Hände, ließ kaltes Wasser über die Unterarme laufen. Langsam fand das Herz zurück in seinen Takt. Als sie wieder nach draußen trat, sah sie Paul mit einer großen Flasche Cola und einer Tüte aus dem Kassenhäuschen kommen.

»Ich kann weiterfahren«, sagte er. »Bin wieder fit.« Er setzte sich auf den Fahrersitz, nahm einen großen Schluck Cola, holte aus der Tüte zwei Eis, befreite sie von der Folie, drückte eines mit einem Kuss in Irmas feucht-kalte Hand.

Eis am Stiel konnte Irma nicht ausstehen. Dieser Holzgeschmack, der zum Schluss das Eisvergnügen zunichte machte, ekelte sie. Außerdem würde sie jetzt sowieso nichts runterbekommen, aber das sagte sie nicht. Sie schaute zu Paul. Er lächelte ihr zu.

Selten hatte sie in ihrem Kombi auf dem Beifahrersitz gesessen. Als Jasmin ihre Führerscheinprüfung bestanden hatte, begleitete Irma ihre Tochter auf den ersten Fahrten und suchte angespannt Halt am Griff über ihr. Wenn sie neben Philip in seinem Wagen saß, stritten sie fast immer. Er blinkte an unmöglichen Stellen, fuhr zu langsam und vergeudete Zeit. Dann war er wieder zu schnell oder bremste nicht geschmeidig genug. Am liebsten hatte sie selbst das Steuer in der Hand, aber Paul würde sie sich anvertrauen. Sie würde auf der Brücke die Augen schließen und er würde sie sicher über den Abgrund bringen. Es waren nur achthundert Meter, die sie überstehen musste, Hauptsache, es kam kein Stau.

Es kam keiner, aber Paul hielt einen Vortrag über die Europabrücke. Er bewunderte die Ingenieurskunst, schließlich stand die Brücke schon mehr als ein halbes Jahrhundert dort. Genau das wollte Irma nicht hören. Auch nicht, dass noch ungefähr vierzig Brücken und einige Tunnel vor ihnen lagen. Mit einer Hand am Lenkrad steuerte Paul auf dem grauen Band dem Abgrund entgegen, in der anderen hielt er das Eis. Die Schokoladenglasur knackste, als er hineinbiss, Risse zerteilten das Schwarz in kleine Splitter, die langsam auf dem klebrigen Vanilleeis herunterrutschten. Ein zäher Tropfen zog sich gefährlich in die Länge, riss einen angeschmolzenen Schokoladensplitter mit sich, setzte sich ab und landete auf Pauls heller Sommerhose. Im selben Moment, in dem er auf die Brücke fuhr.

Irma hielt den Atem an.

»Mist«, fluchte er, starrte auf den Fleck, machte einen Schlenker nach rechts, schaute auf, fand zurück in die Spur. Der nächste Tropfen löste sich. Entsetzen schnürte Irma die Kehle zu. »Hast du ein Taschentuch?«, fragte er.

Sie bekam kein Wort heraus.

»Was ist?« Zu allem Übel schaute er auch noch zu ihr. Sie starrte auf die Straße, in der Hand ihr unversehrtes Eis. »Ach, nichts. Die Brücke ... ich finde ... sie ist ziemlich hoch.«

Paul lachte und leckte sein tropfendes Eis rund. »Wir werden es überleben!« Er steckte den Rest des Eises in den Mund und lutschte den Holzstiel ab. »Magst du deines nicht?«, fragte er.

»Doch ... ja.« Hastig biss sie ins Eis, bevor er danach greifen konnte. Schluckte, der kalte Klumpen blieb in ihrem Schlund stecken. Sie starrte auf das schmale Band, das sich über den Abgrund spannte, nahm noch einen großen Bissen, die Kälte schoss einen scharfen Schmerz in ihre Schneidezähne. Endlich, weiter vorne war das erste Grün zu sehen, das den Straßenrand säumte, gleich würden sie wieder festen Boden unter sich haben. Irma verschlang den Rest des Eises, zog mit einem Schaudern den Holzstiel durch die Zähne, atmete lange aus, ließ die Schultern sinken.

»Alles okay?«, fragte Paul.

»Ja. Ja, alles gut«, antwortete sie und hüstelte sich frei.

»War doch gar nicht so schlimm!«, sagte er lachend. Er konnte ja nicht wissen, wie sich namenlose Panik anfühlte, schließlich hatte er nur eine banale Depression gehabt.

»Komm schon, Irma! Du hast es geschafft!«

»Na ja ...« Dass sie niemals selbst am Steuer hätte sitzen können, sagte sie lieber nicht. Alles war gut und Paul hatte wieder diesen strahlenden Blick eines Retters, was er streng genommen auch war. Sein Lachen legte sich auf Irmas Aufruhr wie ein ruhiger, heller Sommertag auf ein tosendes Meer. Was konnten ihr die vierzig Brücken schon anhaben, die vor ihnen lagen? Sie war frei. Nichts und niemand konnten sie davon abhalten, mit Paul durch Italien zu reisen! Und die Tunnel, die waren nichts weiter als kurze Schatten im hellen Licht.

TAG 1, SAMSTAGABEND

Es war schon fast dunkel, seit vier Stunden waren sie unterwegs. Immer wieder stockte die Autoschlange, jeder Kilometer zog sich ellenlang hin. Paul hatte Irma sicher über die Grenze nach Italien gebracht, doch bis Verona war es noch weit.

Sie hatten nicht mehr viel geredet, hatten gemeinsam geschwiegen, ja, auch das konnten sie gut. Hin und wieder strich Paul zärtlich an der Innenseite von Irmas Schenkel entlang, dann fuhr ein wohliges Surren in ihren Schoß und legte sich auf ihren aufkeimenden Unmut.

Paul trank den letzten Schluck Cola, da klingelte sein Handy, das in der Mittelkonsole lag. Das Display leuchtete auf. *Silvia* stand in großen Buchstaben darauf. Irma heftete den Blick auf die grellroten Rücklichter vor ihr. Dreimal klingeln, noch ein viertes Mal, dann war Ruhe.

Er schaute auf das Telefon, wieder auf die Straße, kratzte sich am Kopf. »Ich muss mal schnell zurückrufen«, sagte er und fuhr auf den nächsten Parkplatz. Im Schein der Innenbeleuchtung sah er Irma achselzuckend an und stieg aus. Er ging neben dem Auto auf und ab, sie konnte seine Stimme hören, verstand aber kein einziges Wort. Vorsichtig ließ sie das Fenster einen Spalt runter, das Rauschen der Autobahn drang herein. Pauls Stimme klang freundlich, er hörte zu, dann sprach er wieder, ein paarmal lachte er. Was hatte er so lange zu bereden mit seiner Frau? Irma würde Philip nachher schreiben, dass sie gut angekommen sei, und fertig.

Nach einer halben Ewigkeit ließ Paul sich wieder auf den Fahrersitz fallen. Er fuhr sofort los, ohne ein einziges Wort.

»Alles okay?«, fragte Irma.

»Ja«, sagte er, schaute in den Außenspiegel und reihte sich in die Autoschlange ein.

Am sternenklaren Himmel machte der abnehmende Mond die Berge zu riesigen, dunklen Schatten. Die roten Lichter der Autos schwebten vor ihnen durch das enge, dunkle Tal, wurden an der nächsten Kurve aufgesaugt vom unendlichen Schwarz. Irma ließ einen Seufzer aus sich heraus, der die Stille zwischen ihnen zum Schwingen brachte, aber von Paul kam nichts. Er schaute weiter auf die Straße. Sie knetete ihre Finger, räusperte sich. »Es duftet schon nach dem Süden, findest du nicht?«, fragte sie zuckersüß.

»Meinst du wirklich? Bei all den Abgasen?« Er lachte auf, sie lachte mit, kurz und glockenhell. Dann setzte sich wieder ein Klumpen Schweigen zwischen sie.

Paul bremste, die Autoschlange stand wieder mal beinahe still. Irmas Unruhe wuchs, es war spät, sie wollte endlich ankommen, wo, das war ihr fast schon egal. In ihrem Nacken saß jetzt dieses kleine Biest, bald würde es zubeißen und ihr höllische Kopfschmerzen bereiten. Scheiß auf Italien, dachte sie und erschrak, ihr Herzschlag wurde kräftiger. Sie hätten es sich gemütlich machen sollen, irgendwo im Altmühltal oder im einsamen Norden Bayerns, wo niemand sie kannte. Eine ganze Woche miteinander teilen, mehr brauchten sie nicht. Dieses Gekrieche auf der Autobahn musste ein Ende haben! Hoffentlich war kein Unfall passiert und die Straße nicht gesperrt, Stunden konnte so was dauern. Oder Tage. Vielleicht auch eine komplette Woche. Dann würden Irma und Paul ihre kostbare Zeit auf der Autobahn in Norditalien verbringen, sich nicht ein einziges Mal voller Hingabe lieben und ausgezehrt und verwirrt zurück nach Hause kommen. Und alles würde wie immer sein. Irma kniff die Augen zusammen, schüttelte mit einer kleinen Bewegung den Kopf. Manchmal half das, wenn wirre Gedanken und Bilder in ihr aufblitzten und die Wirklichkeit vor ihren Augen verschwamm. »Was hast du eigentlich zu Hause erzählt?«, fragte Paul und stoppte ihr Gedankenkarussell.

»Yoga in der Toskana, mit einer Freundin.« Irma räusperte sich.

»Dein Mann wundert sich nicht?«

»Nein.«

»Er hat nicht nachgefragt?«

»Ich glaube, er ist froh, dass es mir wieder gut geht. Du weißt ja, wir haben nicht mehr so viel miteinander zu tun. Wir funktionieren. Das muss sein, wenn man drei Kinder hat. Für etwas anderes bleibt keine Zeit.« Irma schluckte, sah Philip im Rückspiegel in der Einfahrt stehen, wie er ihr am Nachmittag nachgewinkt hatte und dann mit heftigen Armbewegungen ihrem Wagen hinterhergelaufen war, um ihr die Handtasche zu bringen. Sie hatte sie vor der Garage liegen lassen, als sie hektisch die Reisetasche in den Kofferraum gestopft hatte, um möglichst schnell zu verschwinden. Er hatte sie ihr durch das heruntergelassene Fenster gereicht, seinen Kopf hinterhergeschoben, seine Frau auf den Mund geküsst und ihr eine gute

Zeit gewünscht. Sie solle sich keine Sorgen um Henry machen, zur Not sei er ja auch noch da, sollte ihr Jüngster bei den Großeltern wieder mal randalieren.

»Und die Freundin, kennt er sie?«, fragte Paul weiter.

»Nur ihren Vornamen, er hat sie noch nie gesehen.«

»Dann ist ja alles gut.« Er lehnte sich mit einem Seufzen zurück.

»Also, ich mache mir keine Sorgen. Er hat mich auch früher schon machen lassen.«

»Das heißt, er vertraut dir?«

Ja, Philip vertraute ihr.

»Wer weiß«, sagte sie, »vielleicht ist es ihm auch egal.«

Pauls Hand legte sich auf ihr nacktes Bein, strich an dessen Innenseite entlang bis nach oben zu ihren Shorts. »Hm«, machte er, »ich kann mir nicht vorstellen, dass du irgendjemandem egal sein könntest, meine Schöne.«

Sie lehnte sich zurück. Öffnete ein klein wenig ihre Schenkel für seine Hand, in ihrem Körper breitete sich ein wohliges Summen aus.

»Paul?«

»Ja?«

»Was war denn los, warum bist du heute Nachmittag so spät gekommen?«

Ein kaum merkbares Zögern saß in seiner heißen Hand, ein zarter Ruck, ein Verharren, das Irma aufhorchen ließ.

»Ach, nichts Wichtiges, es ... es war alles sehr knapp.«

»Silvia?«

»Na ja, es ist nicht so leicht«, sagte er.

Natürlich war es nicht leicht. Bis zuletzt hatte bei Irma alles auf der Kippe gestanden. Die beiden Großen waren nicht das Problem. Jasmin war mit ihrem Freund in Griechenland unterwegs und Fabian mit seiner Clique am See zelten, aber mit Henry war es wieder mal schwierig gewesen. Nur mit ordentlich Gezeter und der neuesten Version eines Lego-Monsters hatte er sich bereiterklärt, bei den Großeltern zu bleiben. Das durfte sie Paul nicht erzählen, es konnte seine Bedenken weiter füttern, die wie kleine, gierige Tiere immer wieder aus ihrer Deckung krochen und unerträglich spitz und hämisch gackerten, bis Irma sie mit einem Handschlag vom Tisch fegte. Manchmal reichte auch schon ein inniger Kuss.

»Ich weiß.« Sie seufzte, streckte sich, deutete ein Räkeln an.

Pauls Finger arbeiteten sich weiter vor, schoben sich unter die Shorts. »Wollen wir uns einen Platz für die Nacht suchen?«, fragte er in ihr Surren hinein. »Wir schaffen es heute nicht mehr bis Verona. Und ich will dich jetzt endlich spüren.«

»Es gibt nichts, was ich mehr will«, raunte Irma.

»Ich kenne ein schönes Hotel ganz in der Nähe«, sagte er. »Es liegt am Hang, man kann das ganze Tal überblicken und es gibt fantastisches Essen.« Der Ton seiner Stimme versprach Wunderbares.

Es war fast elf, als sie die Ausfahrt nahmen. Sie fuhren an Industriebauten vorbei, die enttäuschend hässlich den Straßenrand säumten. Niemand möchte im Urlaubsort etwas anderes als blauen Himmel, faszinierende Landschaften und imposante geschichtsträchtige Gebäude sehen. Das Paradies braucht keine Müllverbrennungsanlage und keine riesigen Möbelketten am Stadtrand. Paul lenkte den Kombi durch einen Vorort, dann ein Stück bergauf. Die Straßen waren leer, kein einziger Mensch war zu sehen. Immer enger schoben sich Häuser mit geschlossenen Fensterläden an den Straßenrand. Dann, endlich, nach einer Kurve eine Mauer, dahinter eine Einfahrt über Kies, die gesäumt war von Zypressen und in den Boden gelassenen Lichtern. Eine hell erleuchtete klassizistische Villa erhob sich am Ende des Weges, davor ein Brunnen, umsäumt von blühenden Rosenstöcken.

»Wow!«, sagte Irma.

»Gefällt es dir?«

»Es ist das Paradies«, hauchte sie.

Warmes, helles Licht hüllte sie ein, als sie in die Halle traten, Stimmen klangen aus dem Restaurant, Gläserklirren und Lachen. Ein angenehmer Luftzug strich durch das Haus.

»Warte hier«, flüsterte Paul. Er ging zur Rezeption. Die Frau am Empfang begrüßte ihn mit einem strahlenden Lächeln, ihre roten Lippen formten ein verbindliches *Benvenuto*. Sie war jung und schön, zierlich gebaut, schwarze, kräftige Locken umrahmten in perfekten Wellen ihr Gesicht. Irma strich sich durch ihr hellbraunes Haar, zupfte ihre Bluse zurecht, spürte den klebrigen Schweiß auf der Haut.

Endlich drehte Paul sich um, hielt einen Schlüssel hoch, als habe er einen Pokal gewonnen. Er winkte Irma zu, sie folgte ihm. Der weiche Teppich auf dem dunklen Parkett schluckte den Hall ihrer über den Flur eilenden Schritte. Das Zimmer war angenehm kühl, es roch nach Rosenblüten, ein zarter Sommerwind spielte mit den weißen, bodenlangen Gardinen vor der offenen Terrassentür. Irma drückte hinter sich die schwere Holztür zu, blieb stehen, schaute Paul erwartungsvoll an. Aber er kam nicht auf sie zu, küsste sie nicht, zog sie nicht voller Leidenschaft an sich, wie er es sonst immer tat, kaum dass die Tür ins Schloss gefallen war. Er stand einfach nur da, mitten in diesem hohen, luftigen Raum mit edlen Antiquitäten und üppigen nachtblauen und sandfarbenen Stoffen. Mit seiner hellen Hose und dem blauen Hemd fügte er sich perfekt in das harmonische Ambiente ein. Nur der Eisfleck auf seinem Oberschenkel störte das Bild.

»Wir müssen noch auf das Gepäck warten«, sagte er, schob die Hände in die Hosentaschen und lächelte Irma an.

»Ah«, sagte sie, hielt sich an ihrer Handtasche fest, ließ den Blick durchs Zimmer wandern. Das Bett mit verziertem Kopfteil und riesigen weißen Kissen stand einladend in der Mitte der Wand, kleine Kristallleuchter an jeder Seite legten einen warmen Schein darauf. Es wirkte wie ein Bild in einem aufwändig gefälschten Reiseprospekt. Paul hatte es ihr noch nie angeboten, aber sie hätte sowieso unter keinen Umständen zugelassen, dass er für sie zahlte. Bisher hatten sie sich die Rechnungen immer geteilt. Irgendwie würde sie es schon schaffen, egal, wie teuer dieses Zimmer war.

Irma ließ ihre Handtasche fallen, überwand mit zwei Schritten die Strecke zu Paul. Zärtlich strich er ihr über den Nacken, sie neigte den Kopf, er setzte zarte, elektrisierende Küsse auf ihren Hals. Was kümmerte sie das Gepäck? Sie zog an seinem verschwitztem Hemd, um es ihm aus der Hose zu ziehen.

Sanft wand er sich aus ihrer Umarmung. »Ich springe schnell unter die Dusche, ja?«

Irma schaute ihn verblüfft an.

Er legte einen Fünf-Euro-Schein auf den Tisch, für den Gepäckservice, sollte er kommen, während er duschte. Im Gehen knöpfte er sein Hemd auf, warf ihr einen Kuss zu, verschwand im Bad.

Sie ließ sich aufs Bett sinken. Ihr Verlangen fiel in sich zusammen wie ein misslungenes Soufflé. Das Rauschen und das Kribbeln in ihrem Körper waren nichts weiter als der Nachklang der langen Fahrt. Eine sommerliche Nachtbrise wehte durchs Zimmer, brachte den Geldschein auf dem Schreibtisch zum Zittern. Irma starrte ihn an. In ihrem Kopf drehte sich alles, doch bevor sie sich Fragen stellen konnte, klopfte es. Ein Mann im Anzug mit roter Jacke und einem albernen Hut auf dem Kopf schob die beiden lächerlich leichten Rollkoffer ins Zimmer, hängte den Kleidersack in den Schrank. Sagte mit einer tiefen Verbeugung *Mille Grazie, Signora*, griff nach dem Geldschein, den sie ihm unbeholfen entgegenhielt und steckte ihn unbesehen in die Hosentasche. Es sah aus, als füttere sie ihn. Verlegen nickte sie ihm zu und als er sich im Hinausgehen abermals verneigte, schaute sie weg.

Irma legte den Riegel vor die Tür, knöpfte rasch ihre Bluse auf, streifte die Shorts ab, ließ beides auf den Boden fallen. Lief ins Bad, schob die Duschwand zur Seite. Paul, der gerade mit kräftigen Bewegungen seine Haare einschäumte, schreckte hoch. Sie stieg zu ihm in das enge Becken, für einen kurzen Augenblick flackerte sein Blick. Sie drückte ihren nackten Körper an seinen, fuhr mit den Fingerspitzen über seine nasse Haut. Er tastete nach ihren Brüsten, umfasste sie fest und fordernd. Dann küsste er sie und seine Hand glitt abwärts an ihrem Körper entlang. Endlich.

In dieser Nacht liebten sie sich zum ersten Mal mit der Gewissheit, dass sie bleiben konnten. Niemand wartete auf sie. Zuerst war ihr Rhythmus schnell und fordernd, dann behutsam und langsam, jede Bewegung kosteten sie aus. Ihre Körper waren nassgeschwitzt, als sie spät in der Nacht eng umschlungen ohne Decke auf dem weißen Laken lagen. Paul hielt sich an Irma fest und sie fand ganz leicht in den Schlaf.

TAG 2, SONNTAG, AM MORGEN

Als Irma erwachte, schien die Sonne hell ins Zimmer, der Gesang eines Vogels drang in den Raum. Sechs Uhr achtzehn zeigte in blauen Ziffern die digitale Uhr am Fernsehapparat gegenüber dem Bett. Jeden Morgen wachte sie um dieselbe Zeit auf, die in zwei Jahrzehnten antrainierte innere Uhr gönnte ihr kein Extra an Schlaf. Aber heute machte es ihr nichts aus, denn Paul lag neben ihr. Er hatte ihr den Rücken zugewandt, das dünne Laken bis zu den Hüften gezogen. Sein nackter Oberkörper hob und senkte sich mit jedem Atemzug.

Es war eine wunderbare Nacht gewesen. Sie spürte, dass Paul in ihr gewesen war, roch ihn und ihre Liebe. Zart fuhr sie mit den Fingerspitzen über seinen Rücken und bedeckte seine Haut mit sanften Küssen. Er atmete weiter in seinem Rhythmus, nichts regte sich. Irma richtete sich auf, küsste seinen Hals, sein Ohr. Endlich bewegte er sich.

Seit Ewigkeiten hatte sie sich nicht mit ungeputzten Zähnen küssen und schon gar nicht am Morgen lieben lassen. Sie zog es vor, sich im Übergang von Schlaf zu Bewusstheit treiben zu lassen, statt in der Früh um sechs irgendwelche anstrengenden Turnübungen zu praktizieren. Philip hatte seine Versuche schon lange eingestellt, Irma dafür zu gewinnen. Auch abends kam nur selten etwas in Gang zwischen ihnen. Dann war sie müde und zog es vor, sich im Bett noch eine Weile mit dem Handy vom Internet aufsaugen zu lassen, als mit ihrem Mann in Liebe zu verschmelzen. Hin und wieder machten sie es am Nachmittag, meistens donnerstags, wenn Henry im Fußballtraining war. Obwohl sie sich Mühe gaben, glich es einer hastigen Übung. Anschließend ging alles weiter, als sei nichts geschehen. Seit Irma sich mit Paul traf, tat sie, als bemerke sie nicht, wenn Philip ihr unbeholfen und mit diesem Blick, den sie vor zwanzig Jahren mal süß gefunden hatte, zu verstehen gab, dass er mit ihr schlafen wollte. Ja, mit ihr schlafen, das war das passende Wort. Mit richtigem Sex hatte das schon lange nichts mehr zu tun. Philip blieb stumm, wenn sie ihn abwies, und fragte nicht nach. Vielleicht war er ebenso erleichtert wie sie, wenn nichts lief, was sie selbstverständlich nicht wirklich glaubte, denn das hätte sie dann doch gekränkt. Also schwiegen sie und Irma stand in der Früh um sechs seit Jahren ungeliebt auf.

Mit Paul zögerte sie nicht. An diesem ersten gemeinsamen Morgen tasteten sich seine Lippen an ihrem Körper herunter, Zentimeter für Zentimeter, sie war voller Erwartung auf das, was gleich kommen sollte.

Bis er abrupt stoppte.

Sie hatte es erst nicht gehört, doch jetzt war es auch bei ihr angekommen, dieses Surren, das sich vom Nachttisch aus bis zu ihnen unter die Decke schlich. Pauls Telefon.

Er ließ von Irma ab, glitt aus dem Bett, legte sich das Laken um die Hüften wie ein Liebhaber in einer prüden Vorabendsoap. Nahm das zappelnde Smartphone, zuckte mit den Schultern und verschwand im Bad.

Irma griff nach der dünnen Decke, lag still und steif unter dem Tuch. Das gedämpfte Auf und Ab von Pauls Stimme kroch durch den schmalen Spalt unter der Badezimmertür ins Zimmer, breitete sich aus, waberte über den Teppichboden, stieg in kleinen Wirbeln auf, drang in ihr Ohr. Seine Stimme klang freundlich, fast heiter, doch sie konnte nichts verstehen. Was gab es so Wichtiges zu besprechen um diese Zeit? Konnte es wirklich sein, dass er Irma ungeliebt liegen ließ, um mit seiner Frau zu telefonieren? Sie schlug die Decke zurück, setzte sich auf die Bettkante, lauschte ins Bad. Nur leises Gemurmel, ein Lachen. Paul schien im Plaudermodus zu sein. Sie erhob sich.

Sein Leinenhemd, das er gestern getragen hatte, hing ordentlich über der Lehne des Schreibtischstuhls, darunter die auf Naht gefaltete Hose mit dem Fleck. Irma schlüpfte in das Hemd, konnte ihr Handy nicht sofort finden, entdeckte es unter ihrer neuen Seidenbluse, die zerknittert auf dem Schreibtisch lag. Weiße Linien zogen sich durch das zarte Blau, ihr getrockneter Schweiß von gestern, verdammt, das würde sie nie mehr rausbekommen! Sie pfefferte das sündhaft teure Stück zurück auf den Tisch.

Frische Morgenluft umschlang sie sanft, als sie die Terrassentür öffnete. Sie zog die Liege mit dem sandfarbenen Polster in die helle Sonne, die schon jetzt einen heißen Tag versprach. Ihre Schwiegermutter Beate hatte drei Nachrichten auf ihr Handy geschickt. Gestern Abend um halb zwölf. Sie fragte, ob Henry eine halbe oder eine ganze Tablette bekommen solle. Jedes Mal dasselbe. Sie hätte ihren Sohn Philip fragen können, aber nein, für alles musste Irma herhalten. Am Ende noch der Hinweis, sie solle nicht vergessen, den Bio-Chianti mitzubringen, sie wisse schon welchen.

Irma hob den Kopf, ihr war, als riefe Paul nach ihr. Dann wandte sie sich wieder dem Telefon zu und tippte die Antwort an die Schwiegermutter ein.

»Irma?« Pauls Stimme wurde lauter. Sie hörte ihn durchs Zimmer eilen und den Vorhang vor der Terrassentür beiseiteschieben. »Was machst du hier draußen?«, fragte er.

Sie sah ihn an. Da war wieder dieses schiefe Lächeln, das er gestern auf dem Parkplatz gezeigt hatte. Ein Mundwinkel zog sich nach oben, der andere klemmte fest.

»Ich musste drangehen«, sagte er und räusperte sich. »Silvia hätte sonst gemerkt, dass etwas nicht stimmt.«

»Aha.« Irma wandte sich wieder dem Telefon zu, tippte *Liebe Grüße aus Italien*, schickte die Nachricht ab. Hörte dem Zischen der Nachricht hinterher.

»Kommst du?«, fragte Paul. Er hielt ihr die Hand hin, sie sah es aus dem Augenwinkel. Beate hatte auch einen Film geschickt, hoffentlich hatte Henry nicht wieder das Blumenbeet mit dem Fahrrad durchpflügt oder beim heimlichen Zündeln eine Explosion produziert.

»Gleich, ja?«, sagte Irma, ohne aufzusehen und startete das Video. Ihr Sohn spielte mit dem Großvater Fußball im Garten, der alte Mann ächzte dem zarten Jungen hinterher. Der umspielte seine steifen Beine und plötzlich, mit einem dumpfen Knall, lag der Alte auf dem Rücken. Henrys lautes Lachen zerschnitt die italienische Morgenluft.

»Ist was passiert?«, fragte Paul, der jetzt neben ihr stand, mit seinem albernen Lendenschurz, den er mit einer Hand zusammenhielt.

»Nein, alles wie immer«, antwortete Irma. Sie streckte sich gähnend, lächelte ihn an. Dann stand sie auf, küsste ihn auf den Mund. Sein Blick erhellte sich.

»Komm wieder ins Bett«, sagte er zärtlich und nahm ihre Hand.

Sie ließ sich zurück ins Zimmer ziehen, machte sich los und trällerte: »Bin gleich da!« Dann streifte sie das Hemd ab, ließ es auf den Boden fallen und schritt ins Bad. Auf ihrem Rücken spürte sie Pauls erstaunten Blick. Er räusperte sich, aber sie wandte sich nicht um. Schloss die Tür hinter sich. Atmete aus. Horchte. Im Zimmer blieb es still.

Dann stellte sie den Wasserhahn an, ließ das Wasser laufen, stützte sich am Waschbecken ab. Betrachtete im riesigen Spiegel ihr Gesicht. Schob es näher und näher, machte ihre Augen schmal. Was war das eben gewesen, was Paul mit ihr angestellt hatte? Sie atmete tief. Hielt den Atem an, kniff die Augen zusammen, schüttelte den Kopf in kleinen Bewegungen. Atmete aus. Dann richtete sie sich auf und streckte sich. Betrachtete sich im Spiegel, ein Lächeln schob sich in ihr Gesicht.

Sie sah gut aus, dieses zarte Rot auf den Wangen, das verwegen zerzauste Haar, wie man eben aussah nach einer durchliebten Nacht. Ihr gefiel, was sie im Spiegel sah, alles war noch straff und saß da, wo es hingehörte. In diesem Licht sah man ihr die drei Kinder nicht an und auch nicht, dass sie gerade vierzig geworden war. Seit vier Wochen klebte diese Zahl an ihr fest. Sie hatte nicht feiern wollen, still und schmerzlos sollte der Übergang sein. Nur die vierzig roten Rosen, die Philip ihr auf den Frühstückstisch stellte, hatten sie grellrot leuchtend eine Woche lang an diese fürchterliche Zahl erinnert. Ihre Mutter hatte in diesem Alter rasant zu welken begonnen. Einen Tag nach dem großen Geburtstagsfest war Irmas Vater aus dem Leben gefallen, der Schlag hatte ihn getroffen und für den Rest seines Daseins stumm und abwesend gemacht. Das hatte ihm seine Frau nie verziehen. Da war Irma gerade fünfzehn geworden. Als er ein paar Jahre später gestorben war, war seine Frau wieder aufgeblüht. Irma aber hatte niemanden mehr auf ihrer Seite.

Sie stellte den Wasserhahn ab. Einen Augenblick noch, dann würde sie zurück ins Zimmer gehen. Sich zu Paul ins Bett legen, der sie dort sehnlichst erwartete. Und dann würden sie den noch jungen Tag von Neuem beginnen. Paul würde jetzt alles für sie tun.

Und so war es dann auch. Er war besonders leidenschaftlich mit ihr, immer wieder hauchte er, wie wundervoll sie sei, und lief zur Höchstform auf. Irma stöhnte und Paul mahnte liebevoll, etwas leiser zu sein, was sie selbstverständlich nicht befolgte.

Pünktlich um acht klopfte der Roomservice an die Tür. Paul meinte, es gebe nichts Schöneres als ein romantisches Frühstück zu zweit. Der Kellner schob den Servierwagen vor das Bett, auf dem Irma im weißen Bademantel saß, mit einem Handtuchturban um ihr frisch gewaschenes Haar. Betreten kramte sie in ihrer Handtasche, um nicht sehen zu müssen, wie der Kellner die silberfarbenen Hauben vom Rührei hob und sich von Paul mit einem kleinen Schein füttern ließ. Auf dem Rollentisch stand ein üppiges Frühstück mit allem Drum und Dran. Sie kannte von ihren Italienreisen nur einen starken Espresso am Morgen mit etwas süßem, klebrigem Gebäck. »Warst du schon oft hier?«, fragte sie und griff nach einem Cornetto.

»Ein paarmal, ich weiß nicht genau.«

»Mit deinen Freunden?«

»Hmhm«, machte Paul und langte nach der Wasserflasche, hielt sie ihr hin. »Magst du?«

»Zum Rennradfahren?«, fragte Irma.

»Ja, genau. Habe ich doch gesagt.« Er fischte das letzte Croissant aus dem Brotkorb, schmierte Marmelade auf das dunkle, krosse Ende und biss hinein, sodass es leise krachte. »Wir müssen bald los«, sagte er mit vollem Mund. »Bis Verona ist es noch ein Stück.«

»Na ja, so weit auch wieder nicht. Ich möchte den Garten anschauen und die schöne Aussicht, von der du geschwärmt hast. Bis jetzt habe ich sie noch gar nicht gesehen.« Sie lehnte sich an ihn, er küsste sie aufs Haar.

»Es ist spät, meine Schöne. Wir hatten doch geplant, schon gestern in Verona zu sein. Weißt du nicht mehr?«

Während ihres Treffens vor zwei Wochen, hatten sie sich entschlossen, diese Reise zu unternehmen. In einer Pension in einem Ort neben der Autobahn. Sie hatten nicht viel Zeit an diesem Tag, Irma musste am Abend pünktlich zum Elterngespräch in Henrys Schule sein. Das Zimmer war einfach, ein Waschbecken hing in einer Ecke an einer gelben Kachelwand, ein Plastikvorhang davor, die Toilette war auf dem Flur. Doch das kümmerte sie nicht, sie waren sich genug. Außer Atem von ihrer Liebe lagen sie eng umschlungen auf dem harten Bett, als Paul plötzlich mit zärtlich zitternder Stimme sagte, dass er sich danach sehne, eine ganze Nacht mit ihr zu verbringen. Er hatte den Satz noch nicht beendet, da stimmte Irma ihm voller Leidenschaft zu. Er zog sie an sich und binnen fünf Minuten war aus einer Nacht eine ganze Woche geworden. Sie küssten sich und liebten sich zum zweiten Mal an diesem Tag. Anschließend suchten sie hastig ihre Kalender nach dem perfekten Zeitraum ab, als könnte ihr Entschluss verlorengehen, sollten sie auch nur einen Augenblick lang zögern. In zwei Wochen, Anfang der Sommerferien, nach Italien, das wäre fantastisch, hatte Paul gemeint. Am folgenden Tag legten sie telefonisch die Route fest. Dann haben sie nie mehr darüber gesprochen. Wie immer beteuerten sie sich am Telefon, dass sie sich unglaublich vermissten und wie wunderbar es bei ihrem letzten Treffen gewesen sei. Sie tauschten sinnliche Erinnerungen aus, manchmal sogar Fantasien für das nächste Wiedersehen. Nur einmal war es Irma vorgekommen, als suchte Paul nach Worten, als wollte er etwas sagen, das ihr nicht gefallen könnte. Sie hatte weitergeredet und das dumpfe Gefühl mit ihrem hellen Lachen überschrieben, von dem alle sagten, dass es besonders strahlend und anziehend sei.

Nach dem Frühstück verschwand Paul ins Bad. Irma dachte daran, ihn wieder unter der Dusche zu überraschen. Aber er schien sich beeilt zu haben, jetzt hörte sie den Rasierapparat. Sie leckte ihren Zeigefinger an, nahm mit ihm die buttrigen Krümel des Croissants auf und schob ihn in den Mund. Sie hatte zu viel gegessen, bald würde der Orangensaft an ihren Magenwänden beißen. Aber alles war so köstlich gewesen, dass sie nicht hatte widerstehen können. Sie würde diese Woche einfach nur genießen, essen und trinken, so viel und wann immer sie wollte. Und Paul lieben. Jeden Tag. Und sollte sie an Gewicht zulegen, kein Problem, die überflüssigen Pfunde würde sie hinterher eisern wieder abtrainieren. Ach, könnten sie nur in diesem wundervollen Hotel bleiben! Aber es war teuer, nicht das, was sie sich leisten konnte. Außerdem schien es Paul wichtig zu sein, das Land und seine sagenhaften Kunstschätze zu sehen. Unglaublich, aber bisher war er nur einmal in Rom gewesen, vergangenes Jahr zum zehnten Hochzeitstag, mit seiner Frau. Ein gebildeter und musikalischer Mann war er, aber noch nie war er in Florenz in der Kathedrale Santa Maria del Fiore gewesen, auf der Ponte Vecchio und in den Uffizien. Michelangelos *David* hatte er nie in natura gesehen und Botticellis *Geburt der Venus* kannte er nur von Postern und Plakaten. Und jetzt wollte er das alles mit Irma bewundern. Sie habe schließlich Kunstgeschichte studiert und könne ihm viel erzählen. Ob das wirklich so war? Immerhin war das Studium schon eine Weile her und sie hatte vieles vergessen. Zwei Jahre nach Fabians Geburt hatte sie mit dem Studieren begonnen, mit den beiden Kindern war es eine Tortur gewesen. Und als sie endlich fertig war und ihr alle Wege offenstanden, passierte es wieder. Henry meldete sich an. Nun saß sie seit fast zehn Jahren halbtags in einem Zimmer mit hellgrau gestrichenen Wänden und Büromöbeln aus den Neunzigern. Ihr gegenüber Herr Hollermaier, ein pensionsreifer Vollblutbeamter, der zusammen mit ihr über den Anträgen für Ausstellungszuschüsse der kunstschaffenden Lokalgrößen saß und das Heimatmuseum verwaltete. Manchmal eröffnete sie Ausstellungen, wenn Frau Dr. Lindner nicht da war, die offizielle Kunsthistorikerin der Stadt. Es langweilte Irma, immer dieselben Leute, die sich selbst feierten, und der Fotograf der Lokalzeitung hatte noch nie ein gutes Foto von ihr gemacht. Ohnehin hätte sie lieber Malerei oder Bildhauerei studiert, damit wäre sie mit Sicherheit erfolgreich gewesen. Sie sei begabt, hatte ihr Vater immer gesagt.

Auf Verona verspürte sie wenig Lust. Paul wollte unbedingt mit ihr in die Stadt von Romeo und Julia fahren. Aber Irma hatte schon unter Julias Balkon gestanden, inmitten von Touristenpaaren, die sich umarmten und vor ihren Kameras posierten, um ihr Glück mit der Welt in grauen Heimatstädten zu teilen. Einmal war sie mit Oliver dort gewesen, das war lange her. Aber das würde sie Paul nicht erzählen.

Sie löste den Turban auf ihrem Kopf und rubbelte ihr nasses Haar. Ihr Blick wanderte im blau- und sandfarbenen Zimmer umher, an Pauls Telefon auf dem Nachttisch blieb er hängen. Es lag mit dem Display nach unten, so wie er es immer platzierte, wenn sie ein Zimmer hatten. Sie erhob sich vom Bett. Streckte die Hand aus, strich mit dem Finger über die schwarze Lederhülle des Smartphones, die etwas abgegriffen war. Hob es an. Ganz leicht nur. Sie drehte es nicht um, nein, sie hielt es nur einen Moment lang in ihren Fingern. Dann legte sie es zurück. Schob es ein wenig nach rechts. Zog die Hand zurück, als hätte sie sich gerade verbrannt.

Es war Zeit, sich für die Weiterreise fertig zu machen. Heute Abend würde sie mit Paul auf einer Piazza in Florenz sitzen, den Zauber der Stadt bei köstlicher Pasta und Wein mit ihm zusammen genießen. Niemals, wirklich unter keinen Umständen, würde sie heimlich in sein Handy schauen.

Die Autobahn war frei, schnell glitten sie über den Asphalt. Bald lösten sanfte Hügel graue Felsen ab, Apfelplantagen säumten den Weg. Dann lag die Poebene vor ihnen im gleißenden Licht. Flirrende Mittagshitze ließ in der Ferne das Grau zerfließen, keine einzige Wolke war am Himmel zu sehen. Paul hatte sich zurückgelehnt und steuerte den Wagen lässig über die Autobahn. Er schwärmte von der ersten Nacht mit Irma, fand feinsinnige Worte für das, was sie miteinander erlebten. Das mochte sie besonders an ihm, er redete keine Kalendersprüche und abgenutzte Liebesfloskeln daher, nein, was er zu ihr sagte, klang wahr.

Nach einer Stunde Fahrt fädelte er sich geschmeidig in den Verkehr am Stadtrand Veronas ein. Doch je mehr sie sich der Innenstadt näherten, desto enger wurde es. Hitze flirrte über den Plätzen, Abgase schwebten grau zwischen den Häusern, Mopeds und Kleinwagen veranstalteten Hupkonzerte und kamen sich gefährlich nah. Dazwischen drängten sich Reisebusse voller Touristen, die am Nachmittag die Altstadt überschwemmten und sich am Abend in der Arena *Aida* antaten. Vier Stunden auf harten Steinen sitzen. Hatte Irma alles schon erlebt. Vorletzten Sommer war das, sie musste auf einer Leserreise des heimischen Käseblatts die Reiseleiterin spielen. Mit dreißig Rentnern war sie durch die Gassen Veronas geschlurft, hatte ihr Halbwissen erzählt, das sie in der Nacht zuvor aus einem kulturellen Reiseführer herausgelesen hatte. Das hätte sie sich sparen können, denn niemand hörte ihr richtig zu.

»Du kennst dich doch aus hier. Weißt du, wohin wir müssen?« Pauls Stirn glänzte feucht. Nun saß er aufrecht, umklammerte mit beiden Händen das Lenkrad, die Straßenmarkierungen schienen niemanden außer ihn zu interessieren.

»Na ja, nicht wirklich«, sagte Irma, hielt sich am Türgriff fest. Bei dieser Schaukelei konnte sie unmöglich ins Handy schauen, um nach dem Weg zu suchen. Das Uralt-Navi im Kombi schien ihn jedenfalls nicht zu kennen. Von Anfang an hatte sie es gewusst: Sie hätten Verona links liegen lassen und nach Florenz durchfahren sollen. »*Müssen* wir denn irgendwo hin?«, fragte sie.

»Wir hatten es abgesprochen, oder? Ich möchte die Arena sehen und natürlich Julias Balkon.« Mit einem kühnen Schlenker nach rechts erwischte Paul die Ausfahrt aus einem Kreisel, das große Hinweisschild zum Parkplatz an der Cittadella und dem Porto Nova setzte ein erleichtertes Lächeln in sein Gesicht.

Irma seufzte. »Du weißt schon, dass das alles Fake ist?«

»Die Arena?«

»Nein, natürlich nicht! Romeo und Julia, die hat es nie gegeben. Jedes Jahr treten sich Millionen von Touristen auf die Füße, um etwas zu sehen, das es gar nicht gibt und nie gab!«

Paul schaute zu ihr, hob die Augenbrauen. »Hier spielt die Geschichte aber. Es ist immerhin die berühmteste Liebesgeschichte der Welt.«

»Ja, mehr aber auch nicht. Den Balkon haben die Italiener nachträglich an das Haus geklebt, vor nicht einmal hundert Jahren. Es ist ein ausgedienter Sarkophag!«

»Ein Sarkophag? Du machst Witze.«

»Nein, mache ich nicht. Und außerdem ist es eine *tragische* Liebesgeschichte. Sie endet in der Katastrophe.« Irma verschränkte die Arme, schaute aus dem Seitenfenster. Tränen stiegen in ihr auf, sie wusste beim besten Willen nicht, weswegen.

Paul schwieg, fuhr an der Autoschlange vor der Schranke zum Parkplatz vorbei, hielt am Straßenrand, stellte den Motor ab. »Irma«, sagte er, berührte sie am Arm. »Kann es sein, dass du nicht nach Verona willst?«

Sie schluckte. Natürlich nicht, sie hasste diese Stadt. Nicht nur, weil sie vom Leben müde Rentner durch die Gassen locken und sich dazu gefallen lassen musste, alte Augen auf ihrem Hintern zu spüren. Nein, sie musste einfach nicht mit jedem ihrer Liebhaber unter diesem elendigen Balkon stehen. »Können wir nicht einfach weiterfahren? Es ist so voll hier, du weißt ja, mit Menschenmassen komme ich so schlecht zurecht.«

Sie betrachtete das Gestrüpp am Straßenrand, vertrocknete Disteln und braune, abgeknickte Halme mit grauen Blüten. Viel lieber wäre sie mit Paul nach Frankreich gefahren, in das Land, dessen Sprache er fließend sprach und das er so gut kannte. Sie war noch nie dort gewesen. Wie schön wäre es gewesen, sich von ihm durch die Provence fahren zu lassen. Aber die war zu weit weg, so viel Zeit hatten sie nicht. Und außerdem fuhr er jeden Sommer mit seiner Frau dorthin.

»Vielleicht schaffen wir es auf dem Rückweg«, sagte Paul. Er startete den Motor, schaute in den Rückspiegel, fuhr los. »Und wenn nicht, dann nächstes Mal.«

Irma sah ihn an. Nächstes Mal. Sie lächelte.

Die Poebene nahm kein Ende. Die sieht auch nur von oben gut aus, dachte Irma, wie jedes flache Land. Mit der Drohne abgefilmt wird es zum Paradies, ist man mittendrin, gibt es nichts zu sehen. Während der ersten Kilometer schwiegen Irma und Paul. Ob er sauer war wegen Verona? Sie schaute zu ihm rüber, er schien versunken in irgendwas.

»Alles okay?«, fragte sie.

»Na klar, was sollte sein?«

»Weiß nicht?«

»Alles ist gut, meine Schöne.« Er lachte auf eine offene, ehrliche Art. Natürlich, Verona war nicht so wichtig, acht gemeinsame Tage lagen vor ihnen, erst eine Nacht und noch nicht mal ein halber Tag waren verbraucht. Das zählte, sonst nichts. Sie fiel in sein Lachen ein.

Die Autobahn war frei, in der Ferne zeichnete sich der Apennin am Horizont ab. Bald würden sie Modena passieren, dann Bologna, hinter den Bergen lag Florenz. Grüne und gelbe Weite breitete sich vor ihnen aus, zerschnitten von dem in der Sonne glitzernden Geflecht aus Wasserkanälen, aufblitzende Lebensadern, die sich zwischen Reisfeldern schlängelten.

»Dass du noch nie in Florenz warst …«, sagte Irma versonnen.

»Mich hat's immer in die Ferne gezogen, möglichst weit weg.«

»Hm«, machte sie und räkelte sich. »Das Gute liegt so nah! Wusstest du das nicht?«

»Stimmt.« Paul legte seine Hand auf Irmas Schenkel, sie wanderte unter ihren luftigen Sommerrock. Noch bevor sie ihre Beine ein wenig öffnen konnte, zog er sie wieder weg, blinkte links und setzte zum Überholen eines Lkw an. »Hab ich dir schon von meiner Reise nach Südostasien erzählt? Gleich nach dem Abi?«, fragte er.

Ja, das hatte er. Aber Irma schüttelte den Kopf, hörte ihm zu, als sei es das erste Mal. Vor fast zwanzig Jahren sei er mit seinem Kumpel volle zwei Monate unterwegs gewesen. In Bussen sei er auf staubigen Straßen durch exotische Länder gefahren, habe die Nächte unter freiem Himmel verbracht, das Zischen und Zirpen der Insekten sei wie der Rhythmus eines Musikstücks gewesen. Er erzählte von dem Gefühl, kraftvoll und stark zu sein, von der Freiheit weit weg von zu Hause, die fast schon wehgetan habe, so schön sei sie gewesen. Dann der Schock, im kalten Winter in Sandalen zurück nach Deutschland zu kommen. Eine Extrarunde mit der Straßenbahn vom Flughafen sei er gefahren, um nicht nach Hause zu müssen.

Irma spürte einen Stich in der Brust. Als sie in dem Alter gewesen war, hatte sie Philip auf irgendeiner Party getroffen. Mit Ach und Krach hatte sie gerade das Abi bestanden, die Welt stand ihr offen. Frei wollte sie sein und sich ausprobieren. Sie war kaum noch daheim gewesen, wo es nach abgestandener Luft und Elend roch. Ihre Mutter meinte, sie solle sich ein Beispiel an ihren fleißigen Geschwistern nehmen. Der Einzige, der sie hätte halten können, war ihr Vater. Doch seit seinem Schlaganfall dämmerte der im Rollstuhl vor sich hin. Nachmittags saß sie manchmal bei ihm, erzählte etwas, las aus der Zeitung vor und streichelte seine Hand.

Auf der Party hatte Irma mal wieder zu viel getrunken und ein wenig Marihuana geraucht. Philip sprach sie an und brachte sie sicher nach Hause. An der Haustür küsste er sie, zumindest behauptete er das am nächsten Tag, als er sie anrief. Sie konnte sich an nichts erinnern. Er ließ nicht locker, sprach von Liebe auf den ersten Blick, sie lachte, als er es sagte. Vier Monate später war Jasmin unterwegs. Wann, bitte schön, hätte sie sorglos in der Welt herumziehen können?

Irma beugte sich zu Paul, kraulte seinen Nacken, strich durch sein Haar. Griff mit der vollen Hand hinein und zog daran. Nicht besonders stark, eher sanft und verspielt.

»Autsch«, sagte er amüsiert und tat so, als wehrte er sich. Sie zog etwas fester und sagte: »Diese Reise hier, Liebster, wird die aufregendste deines Lebens!«

Mehr als zwanzig Tunnel durchbohrten die Berge zwischen Bologna und Florenz. Schwarze Schlünde schluckten Irma und Paul und spuckten sie am anderen Ende wieder aus. Etliche Brücken mussten sie überqueren und scharfe Kurven nehmen – früher hatte Irma das alles getan, ohne darüber nachzudenken. Heute kam ihr das Gebirge bedrohlich vor: dünnbesiedeltes Gebiet, wo es mit Sicherheit keine Krankenversorgung gab. Was, wenn ihnen etwas passierte, ein Unfall oder doch der gefürchtete Herzinfarkt? Irma würde im Gras neben der Autobahn liegen, unter der unbarmherzigen Sonne mit dem Tod ringen, ihre letzten Atemzüge tun und in Pauls Armen sterben. Oder im längsten Tunnel in einem Stau einen Hirnschlag erleiden. Und wenn es der Notarzt doch irgendwie schaffte und lediglich eine Panikattacke diagnostizierte, würde sie gegen ihren Willen in einer Zwangsjacke in die Psychiatrie gesteckt. Über dunkle Flure würde man sie schieben, in riesige Räume mit unendlich hohen Decken und feuchtkalten Wänden. Nonnen in wallenden schwarzen Kleidern würden ihr betäubende Säfte einflößen, nachts würde sie versuchen, in einem riesigen Krankensaal zwischen schreienden Irren in einen unruhigen Schlaf zu finden. Dann würde sie wirklich verrückt werden.

Stopp! Augen zusammenkneifen, Kopf schütteln, Bauch anspannen, Lippenbremse, durchatmen.

»Alles in Ordnung?«, fragte Paul.

»Ja ... ja, alles okay«, sagte Irma und räusperte sich. Weiter vorne tat sich schon das nächste schwarze Loch auf.

»Geht's dir nicht gut? Wollen wir eine Pause machen?«, fragte Paul besorgt.

»Nein ... wirklich, es ist nichts.« Bauch anspannen, ausatmen, nur nicht hyperventilieren.

»Oder möchtest du mal ans Steuer?«

Irma erstarrte. Bloß das nicht! Wie sollte sie ums Überleben kämpfen und gleichzeitig sie beide heile über die Berge bringen? »Nein«, sagte sie, »ich mag es, mich von dir fahren zu lassen.«

»Ist ja auch nicht mehr weit.« Paul nickte ihr ermutigend zu, drückte sanft ihr Knie.

»Hmhm«, machte Irma. Sie umfasste mit beiden Händen den Gurt und lockerte ihn ein wenig, nahm damit den Druck von der Brust. Atmete langsam aus und ließ die Schultern sinken. Es war doch alles gut. Was regte sie sich so auf? Dieser ganze Mist lag hinter ihr, ein für alle Mal! Sie räusperte sich. »Wohin genau fahren wir eigentlich? Wir haben ja noch kein Zimmer.«

»Wir finden bestimmt eines. Vielleicht googelst du mal und suchst etwas heraus, meine Schöne.« Paul zwinkerte ihr zu. »Du weißt ja, am besten ohne Kreditkarte.«

Natürlich. Alles musste sicher sein. Da blieb nicht viel, nur private Pensionen oder kleine drittklassige Hotels. Irma suchte, konnte aber nichts finden. Eine Absage nach der anderen kassierte sie am Telefon. Alles war belegt.

Ohne Ziel erreichten sie also die Stadt, die im Chaos versunken schien. Auf schmalen Bürgersteigen waberten Touristenmassen in Shorts und Sandalen vor sich hin. Hin und wieder fiel einer von der Bordsteinkante, scharfes Bremsen, Hupen und Gebrüll aus heruntergelassenen Autofenstern scheuchten sie zurück auf den Fußgängerweg.

»Und jetzt? Was machen wir jetzt?«, fragte Irma. Sie kniff die Lippen zusammen.

Paul antwortete nicht, er schien Mühe zu haben, den Wagen durch das Chaos zu steuern. Die Straßen waren eng, immergleiche Gemäuer mit Patina schoben sich neben ihnen in den Himmel, überall herrschte Halteverbot und jeder freie Zentimeter war mit Mopeds vollgestellt. An den Autoscheiben klebte die Hitze und drückte in den Innenraum.

»Wollen wir nicht mal anhalten?« fragte Irma, ihr Herz klopfte bis zum Hals.

»Wo denn, Irma? Siehst du hier irgendeine Lücke?«

Sie hielt die Luft an. War da etwa Ärger in Pauls Stimme? Ärger auf sie? Dafür, dass sie hier ziellos umherirrten, konnte sie nun wahrhaftig nichts. Was wäre so schlimm daran gewesen, im Voraus zu buchen? Paul meinte, seine Frau spioniere ihm nicht hinterher. Dann war doch alles gut! Immer dieses Gehabe um die Kreditkarte und außerdem: Hatte er schon mal daran gedacht, dass man jedes Handy orten konnte, wenn man nur wollte? Was sollte dieses blödsinnige Sicherheitsgewese dann noch?

»Vielleicht da vorne?« Sie zeigte auf eine schmale Einfahrt am Ende einer mannshohen Mauer, über die sich eine verschwenderisch blühende lilafarbene Bougainvillea geworfen hatte.

»Das ist privat, ich kann doch nicht einfach …«

»Doch, du kannst!«, zischte Irma und stockte im selben Moment.

Paul schreckte hoch, nahm den Fuß vom Gas. Schaute sie erstaunt an. Hinter ihnen hupte jemand. Er erwachte aus der Sekundenstarrre, steuerte hastig den Kombi zwischen die Mauern. Ein geschlossenes Tor versperrte den Weg. Und da war es, das Schild. Auf Augenhöhe an das Holz gepinnt: *Camera libera.*

Ein freies Zimmer, als habe es nur auf sie gewartet, auf Irma und Paul. Ein Sieg über all das, was gegen sie sprach.

Es musste das letzte freie Zimmer in Florenz gewesen sein, das allerletzte. Winzig war es, die Decke höher als der Raum breit, es roch nach Mottenkugeln und die Gardinen waren schmutziggrau. In der Ecke lehnte ein schmaler Schrank, ein Metallbett stand an der Wand, es sah aus, als quietschte es schon bei der kleinsten Bewegung. Na, das konnte etwas werden. Mit miserablem Englisch hatte die Vermieterin einen unverschämten Preis genannt, in bar und sofort auf die Hand. Und nochmal was drauf für den Parkplatz auf dem Hof. Egal, sie hatten keine Wahl.

»Wir haben Glück, findest du nicht?«, fragte Paul, nachdem er mit einem kräftigen Stoß die klemmende Tür hinter sich geschlossen hatte. Es klang beschwichtigend, wie er es fragte. Dabei hatte Irma noch gar nichts gesagt.

»Ja, das haben wir«, bestätigte sie, lächelte ihn an. Er stand da wie am vergangenen Abend im blau-sandfarbenen Zimmer, doch bevor er die Hände in den Hosentaschen vergraben konnte, drückte sie sich an ihn, ließ ihre Finger über seinen Nacken gleiten und küsste ihn. Leidenschaftlich und drängend. Presste ihren Körper fester an seinen, spürte, wie er hart wurde an ihrem Schoß. Wenn sie es richtig anstellte, ging es wirklich schnell bei ihm.

Hin und wieder hörten sie Schritte oder Stimmen auf dem Flur, als sie sich liebten. Paul machte leise »Psst«, wenn Irma aufstöhnte, wurde langsamer, einmal legte er ihr sogar sanft die Hand auf den Mund. Sie lachte, schob sie weg und raunte ihm etwas Schmutziges ins Ohr, sie wusste, das reizte ihn. Er wurde dann heftiger und fordernder, das mochte sie sehr. Er fand in einen berauschenden Rhythmus, sie spürte sein Kommen, es war intensiv und durchströmte sie. Aber sie hörte nur seinen schnellen Atem, kein Stöhnen, nicht mal ein befreiendes Seufzen kam aus ihm heraus. Denn die Tür ließ einen Spalt offen, nach draußen auf den dunklen Flur.

TAG 2, SONNTAG, SPÄTER NACHMITTAG

Es war fast sechs, als Irma und Paul die Pension verließen. Hitze lag bleischwer auf der Stadt, die Sonne hatte die Straßen zu einem Backofen gemacht. Zwei Kilometer waren es bis zur Piazza del Duomo, Paul meinte, das schafften sie locker zu Fuß. »Oder möchtest du erst zu den Uffizien?«, fragte er und lächelte Irma erwartungsvoll an.

»Nein, nein, ich kenne das ja alles. Wir machen, was *du* möchtest.« Eigentlich brauchte sie keine Kunst und auch keine imposanten Gebäude. Einfach nur durch die Gassen schlendern, irgendwo einen Rotwein trinken, sich stundenlang etwas erzählen, sich ansehen und ineinander vertiefen und dann zurück in die Pension. Sie würden sich wieder hingebungsvoll lieben, etwas Neues ausprobieren, sie hatte da so eine Idee.

»Okay, dann zuerst die Kathedrale«, sagte Paul. Er fischte das Handy aus der Hosentasche, um sie sicher zum Domplatz zu navigieren. »Ich habe gelesen, man kann die Kuppel besteigen.«

Irma schluckte. Durch ein enges, dunkles Treppenhaus steigen, dann ein Blick in den Abgrund, mehr als fünfzig Meter tief, das würde sie niemals schaffen! Und über ihnen würde sich das *Jüngste Gericht* von Vasari und Zuccari aufdrängen, betrachtet zu werden. Paul würde weiterwollen, bis ganz nach oben, einen Blick über den runden, roten Rücken der Kuppel in die unendliche Tiefe werfen, die Irma gnadenlos über das lächerlich niedrige Geländer zog. Unter keinen Umständen würde sie hinaufsteigen! Außerdem hatte sie alles schon gesehen.

»Ich habe Hunger, Paul Mertens. Riesenhunger!«, rief sie, streute eine leichte, glitzernde Prise Ausgelassenheit auf die bedrohlichen Bilder in ihrem Kopf. »Immerhin haben wir uns ganz schön verausgabt«, schickte sie mit einem Zwinkern hinterher.

Er schmunzelte, strahlte sie an. »Pizza?«, fragte er.

»Pasta!«, rief sie. Herrliche hausgemachte Pasta mit stundenlang gekochter Tomatensoße, fruchtig und süß. Sie hakte sich bei ihm ein, zog ihn in die nächste Seitenstraße, Restaurants gab es hier überall.

In der Trattoria, die sich so nett und verträumt aus einem der schmalen alten Häuser zur Gasse hin öffnete, war nicht viel los, für das Abendessen war es zu früh. Eine dunkelrote Markise mit Patina spannte sich über weiß gedeckte Tische, sie hatten Glück, ganz vorne, gleich hinter den Olivenbäumchen, die sich aus Riesentöpfen der Sonne entgegenstreckten, war einer frei. In der autofreien Gasse war kaum jemand unterwegs. Das Zentrum, in dem sich die Touristen auf die Füße traten, war weit genug entfernt. Paul bestellte einen Chianti und fragte, ob es schon etwas zu essen gab.

»Si, naturalmente«, flötete der Kellner, nahm die Bestellung auf, Pasta für Irma, Saltimbocca für Paul.

»Ist das nicht herrlich?«, fragte er, lehnte sich zurück, atmete tief durch. Und ob es das war. Ein milder Windhauch zog durch die Gasse, hüllte sie in einen hauchfeinen Schleier. Spielte behutsam und zart mit den Tischtüchern, wehte unter Irmas Sommerkleid, kühlte ihre heißen Schenkel. Die Rufe der Mauersegler verfingen sich zwischen den alten Fassaden, aus einem geöffneten Fenster fiel ein überschäumendes italienisches Lachen.

Das erste Mal war Irma mit Philip in Florenz gewesen, zu Beginn ihres Studiums. Er hatte sie überrascht mit der Reise, alles war geplant bis ins kleinste Detail. Die Kinder wurden bei den Schwiegereltern untergebracht, ein hübsches Hotel war gebucht und Eintrittskarten für Besichtigungen im Voraus reserviert. Damals konnte Irma überall hin. Sie war überwältigt von der Magie des Domplatzes, von der Santa Maria de la Fiore, wie sie erhaben über der Stadt thronte und sich bestaunen ließ. Sie hatte sich nicht sattsehen können an den Mosaiken aus grünem, weißem und rosa Marmor, den verzierten Fenstern und es hatte ihr nichts ausgemacht, bis ganz nach oben auf die Kuppel zu steigen. Sie konnte nicht genug bekommen, von den Fresken und Gemälden, die zu Hause leblos in Lehrbüchern klebten und hier in aller Pracht an Kirchendecken prangten, in Museen hingen und wahrhaftig auf Sockeln einfach so am Straßenrand standen. Seit Jahrhunderten taten sie das. Sie würden es weitere Jahrhunderte tun und noch dieselben Geschichten erzählen, wenn Irma längst tot war. Irgendwann.

Sie hatte das erste Glas Wein fast ausgetrunken, als der Kellner endlich die dampfende Pasta und das Saltimbocca mit einem *buon appetito* und einem eleganten Schlenker auf dem Tisch platzierte. Einen leichten Schwips hatte Irma schon, wie wunderbar! Sie wollte das zweite Glas bestellen, doch sie zögerte, als sie sah, dass Pauls noch halbvoll war. Es war das erste Mal, dass sie miteinander Wein tranken. Was würde er denken, wenn sie ein zweites nahm? Ach, was soll's. Sie hatten Zeit und mussten nicht mehr fahren, wie sonst in ihren unvollendeten Nächten im bayerischen Nichts. Sie saßen sorgenfrei mitten in Florenz, hatten eine Woche vor sich, die gefüllt sein würde mit Stunden unbändigen Glücks. Die Pasta war so köstlich, wie sie es nur in Italien sein konnte. Paul schaute Irma verliebt an, flirtete mit ihr, lachte sein warmes Lachen, hatte wieder dieses Leuchten in den Augen. Sein Blick war wie ein Spiegel, in dem Irma sich sah. Schön und unwiderstehlich.

»Magst du?«, fragte sie, hielt ihm eine Gabel mit Spaghetti hin.

Er schüttelte den Kopf. »Bloß nicht, ich habe eine Tomatenallergie.«

»Eine was?« Sie ließ die Gabel sinken.

»Eine Allergie gegen Tomaten. Ich bekomme Ausschlag oder keine Luft. Einmal wurde ich sogar ohnmächtig.« Er lachte laut auf.

»Du hast nie davon erzählt!«, sagte sie.

»Hat sich nicht ergeben.«

Das stimmte, sie hatten alles Mögliche ausgetauscht, aber Krankheitsbilder und Gesundheitsdaten nicht. Und es war nicht nur das erste Mal, dass sie Wein miteinander tranken, auch zusammen gegessen hatten sie noch nie. Abgesehen von den trockenen Salzstangen und der angebrochenen Tafel Schokolade, die Irma in der Handtasche stets mit sich trug. Eiserne Reserve für Henry, damit er nicht unterzuckerte und den letzten Rest ihrer Nerven zertrampelte.

»Wir sind in Italien«, sagte sie, »hier ist fast alles mit Tomaten! Ich muss doch wissen, was zu tun ist, wenn etwas passiert.«

Paul griff über den Tisch hinweg nach ihrer Hand. »Du machst dir Sorgen um mich, wie süß von dir. Das musst du nicht, ich habe alles im Griff. Es gibt Tabletten dagegen.«

Eine Tomatenallergie, er hatte Tabletten dagegen. Na toll! Paul mit hässlichen roten Pickeln, ein Bild, auf das sie gerne verzichtet hätte. Was sollte sie tun, wenn er sich röchelnd auf dem Marmorboden wand, vielleicht sogar mit Schaum vor dem Mund? Sie müsste mit ihrem miserablen Italienisch einen Krankenwagen rufen, Paul halten und zusehen, wie sich im Kampf um Atemluft seine Haut bläulich färbte.

Sie zog ihre Hand aus seiner. Rückte den Teller zurecht, drehte Spaghetti auf die Gabel, schob sie sich in den Mund. Paul beobachtete jede Bewegung von ihr mit einem sinnlichen Lächeln. Sie nahm einen Schluck, ließ den Wein durch die Kehle fließen, stellte das Glas ab. »Ist bei dir zu Hause etwas passiert? Ich meine, deine Frau, sie hat morgens um kurz nach sechs angerufen. An einem Sonntag ...« Sie hob den Kopf, steckte eine Haarsträhne hinter das Ohr.

»Nein ... nein, alles in Ordnung.« Pauls Lider flatterten einen Moment, verscheuchten seinen gerührten Blick. »Also ... na ja, wir telefonieren immer, wenn ich nicht da bin. Oder sie.«

»Jeden Tag?«

»Meistens schon.«

»Und was redet ihr dann?«, fragte sie mit leichter Stimme. »Ich meine, ich habe Philip gestern eine Nachricht geschickt, damit er weiß, dass ich gut angekommen bin. Ich könnte nicht mit ihm telefonieren, wenn ich mit dir unterwegs bin.«

Paul schluckte. »Ja«, sagte er, »du hast Recht, es ist nicht leicht.«

»Dann lass es doch.«

»Das geht nicht.«

»Wieso?«

»Sie würde misstrauisch werden. Ich sagte doch, wir telefonieren *immer*, wenn wir nicht zusammen sind.«

Irma nickte. So war das also. Sie hatten ein Ritual. Ziemlich spießig, aber so schien seine Frau nun mal zu sein. Langweilig und spießig. Sie hatte sie mal gegoogelt, es gab ein Foto von ihr auf der Internetseite ihrer Bank. Dunkles Kostüm, weiße Bluse, brauner Pagenkopf. Und natürlich Perlenohrringe. Was denn sonst? Irma schob den Rest der Pasta auf dem Teller zusammen, drehte sie auf die Gabel. Mit Hingabe und in aller Ruhe, ohne ein Wort und ohne aufzusehen. Spürte, wie Pauls Blick an ihr klebte.

»Wie du das schaffst, meine Schöne, ohne Löffel die Spaghetti so schön aufzudrehen«, sagte er heiter, stützte den Kopf auf die Hand und betrachtete Irma.

»Das macht man so in Italien«, sagte sie trocken. »Niemals mit Löffel!«

»Bekleckern die Italiener dabei auch so das Tischtuch?« Er lachte auf.

Irma hielt inne. Schaute auf. Sein Lachen tropfte an ihr ab. »Ja«, sagte sie, »genauso machen die das.« Sie steckte die gedrehten Spaghetti in den Mund.

Er spielte mit dem Serviettenrand, nahm einen Schluck Wein und räusperte sich. Dann schenkte er Irma sein charmantestes Lächeln. Gekonnt lächelte sie zurück.

Dann erzählte er belangloses Zeug, wie schön der Streifen Himmel über ihnen sei, so strahlend blau, wie er nur im Süden sein konnte, und dass er begeistert sei von Florenz. Irma sah an ihm vorbei auf eine Menschentraube, die um die Ecke kam, vorneweg eine Frau mit einem erhobenen Regenschirm.

Paul fragte: »Was meinst du, wollen wir weiter?«

Irma nickte, tupfte mit der Serviette ihren Mund ab. Er schnipste nach dem Kellner, der an der Bar stand und wild gestikulierend mit einem Kollegen palaverte. Beide lachten, die Schnipserei schien er überhört zu haben.

»Also wirklich ...« Paul trommelte auf den Tisch, reckte den Hals, versuchte, seinen Blick tief in den Kellner zu bohren.

»Sind wir in Eile?«, fragte Irma, zog ihre Handtasche auf den Schoß, kramte darin herum und fischte schließlich ihre Sonnenbrille heraus.

»Wollten wir nicht die Kathedrale ansehen?«

Die Reisegruppe kam näher, Stimmen spielten Pingpong zwischen den Häuserwänden, wurden lauter. Irma schaute an Paul und den Olivenbäumchen vorbei. »Eine deutsche Reisegruppe«, sagte sie. »Das habe ich auch mal gemacht. Ich sag dir, eine Tortur ist das, vor allem, wenn es Rentner sind.«

»Okay?« Paul duckte sich, ja, er verkroch sich fast hinter der Pflanze. Drehte sich zum Kellner um, schnipste nervös nach ihm.

»Tatsächlich!«, rief Irma. »Nur weiße Haare und kahle Köpfe! Ich bin heilfroh, dass ich das nicht mehr machen muss. Einmal habe ich einen Rentner im Getümmel verloren, stundenlang wurde nach ihm gesucht. Was glaubst du, wo haben wir ihn gefunden? Na?«

»Keine Ahnung.«

»Der hatte sich mit seiner Frau gestritten und ist zum Bahnhof. Ab nach Hause mit dem Zug. Ohne uns Bescheid zu geben!«

»Ach.«

Der Kellner kam an den Tisch, zog seine Schürze glatt, schob die Rechnung zu Paul, sagte etwas, das Irma nicht verstand. Irgendein Scherz musste es gewesen sein, er lachte laut, hauchte dann »Che bella donna« und sah ihr tief in die Augen. Paul starrte auf den Tisch und ließ es zu, dass dieser Italiener versuchte, einen Flirt mit ihr zu starten.

Die Stimmen waren bei ihnen angekommen, die kleine, füllige Frau mit dem Schirm erzählte laut etwas von den Medici.

Irma reckte sich. »Kann nicht wahr sein«, stieß sie hervor. »Das ist doch ...« Sie machte Anstalten aufzustehen. Paul griff blitzschnell nach ihrem Arm, schaute entsetzt, umklammerte ihr Handgelenk. »Nicht, Irma. Bitte. Bleib sitzen,« zischte er leise.

Sie riss sich los, sprang auf. »Waltraud!«, rief sie. Die Frau drehte sich um. »Ja?« Die Frau sah sie fragend an.

»Irma, Irma Schreyer. Wir haben zusammen studiert, ist schon lange her. Weißt du nicht mehr?«

Waltrauds Gesicht erhellte sich. Die Lippen ließen kleine, weiße Zähne und Zahnfleisch frei, Waltrauds Gummysmile. »Na klar, Irma! Wir haben uns ja ewig nicht gesehen!«, rief sie. Die Rentnertruppe war verstummt und schaute den beiden beim Wiedersehen zu. Waltraud war klein und stämmig, trug ihre vollen, langen Haare als dicken Knoten auf dem Kopf, der drückte sich bei der Umarmung in Irmas Gesicht. »Was machst du denn hier?«, fragte sie aufgekratzt.

»Nach was sieht's denn aus?«, grölte Waltraud, ließ ihr tiefes, lautes Lachen erklingen. Es war genau wie früher im Studium. Fünf todlangweilige Jahre in der Kunsthistorik waren das gewesen. Nach Fabians Geburt hatte Irma angefangen, da war sie Mitte zwanzig gewesen, älter als all ihre Kommilitoninnen, die noch unreife Gören waren. Durchgemachte Sommernächte, die waren bei ihr niemals drin gewesen, mit zwei Kindern und einem Mann. Mit Waltraud hatte sie mal einen über den Durst getrunken, auf irgendeiner mit Ruinen übersäten griechischen Insel, die sie nicht die Bohne interessiert hatte. Sie war am Abschlussabend der Studienreise so betrunken gewesen, dass sie sich bis heute an nichts mehr erinnerte. Waltraud hatte ihr am nächsten Morgen erzählt, dass sie auf dem Tisch getanzt habe und einen knackig jungen Insulaner in die Jugendherberge habe abschleppen wollen. Und dass sie in der Nacht aus dem Fenster in den Hof gekotzt habe und dabei fast herausgefallen sei.

»Das sind meine Schützlinge«, sagte Waltraud und zeigte auf die Reisegruppe. Die grauen Herren lächelten süffisant, zogen ihre Bäuche ein und nickten Irma freundlich zu.

»Bei mir läuft's grad nicht, ich muss das machen«, flüsterte Waltraud und rollte mit den Augen. »Und du, was machst du hier?«, fragte sie etwas lauter, die Senioren spitzten die Ohren.

»Ach, Yogaretreat«, sagte Irma, winkte ab. »Einmal im Jahr brauche ich das.«

»Echt? Du lässt es dir gutgehen!« Waltraud neigte sich zur Seite, versuchte, an ihr vorbei einen Blick auf Paul hinter seinem Olivenbäumchen zu erhaschen.

»Na ja, ich musste mal raus«, seufzte Irma. »Der ganze Stress im Kulturbüro. Ich plane Ausstellungen und muss viel mit den Künstlern verhandeln.

Ich sag dir, das ist manchmal wie Gruppentherapie.« Sie warf ihr Haar nach hinten, lachte ihr glockenhelles Lachen, zog Waltraud ein Stück nach vorn, bis zu Paul.

»Das ist übrigens Paul. Er ist Musiker. Und liebt Yoga genau wie ich.« Irma tauchte ihren warmen Blick in das Entsetzen, das sich unübersehbar auf seinem Gesicht ausgebreitet hatte.

»Hallo, Paul.« Waltraud streckte ihm ihre fleischige Hand zur Begrüßung entgegen. Er nahm sie und presste ein »Hallo« aus sich heraus. Sie musterte ihn, hob die Augenbrauen. »Und wie geht's deiner Familie?«, fragte sie Irma. »Wie hieß dein Mann nochmal? Michael?«

»Alles gut. Die Kinder entwickeln sich prächtig. Mittlerweile sind's drei«, sagte Irma und nickte vielsagend.

»Menschenskinder, du traust dich was! Mir reicht schon ein einziger von diesen kleinen Terroristen! Robin heißt er, sieben Jahre alt. Der reinste Horror.« Wieder lachte Waltraud ein lautes, aus der Tiefe kommendes Lachen. Die Seniorengruppe lachte mit, gleich würden sie applaudieren und ihnen Münzen vor die Füße werfen. »Also, Süße«, sagte Waltraud und seufzte. »Ich muss weiter. Melde dich doch mal.« Sie fischte aus ihrer Tasche eine Visitenkarte, zuckte mit den Schultern und drückte Irma das abgewetzte Stückchen Pappe in die Hand.

»Ja, klar«, sagte sie und schob sich die Sonnenbrille ins Gesicht. Na ja, wahrscheinlich nicht, dachte sie. Was für eine seltsame Person diese Waltraud doch war. Kein Stück entwickelt hatte sie sich, das war damals schon abzusehen gewesen. Sie setzte ein Strahlen auf, drückte flüchtig Waltrauds weichen Körper und ging zurück zu Paul an den Tisch.

»Sag mal, was sollte das?«, fragte der scharf. Er hatte seine Hände ineinander verhakt, die Knöchel waren weiß vom Druck.

»Was meinst du?«

»Du kannst doch nicht einfach ...«

»Was, Paul? Was kann ich nicht einfach?«

»Na, mich dieser Frau vorstellen!«

»Warum nicht?«

»Also wirklich! Sie kann doch eins und eins zusammenzählen.«

»Warum regst du dich so auf? Sie kennt dich doch nicht.«

»Aber dich und deinen Mann.«

»Na und? Ich kann doch mit jemandem einen Wein trinken gehen, der im selben Yogakurs ist wie ich, und trotzdem verheiratet sein.«

»Irma, das war nicht okay!«

»Ach, komm schon. Sei nicht so empfindlich. Es ist nichts dabei!«

Er machte *Pff* und kreuzte seine Arme vor der Brust, rückte ab vom Tisch.

»Das hätte hochgehen können. Und wer weiß, vielleicht tut es das noch.«

»Ach was!« Sie lachte, lehnte sich weit vor zu ihm. »Es ist doch wirklich Yoga-Meisterklasse, was wir beide hier so praktizieren«, raunte sie über den Tisch.

Er schwieg.

»Wollen wir mal den ... hm ... den herabschauenden Hund ausprobieren? Den gibt es auch für zwei.« Sie kicherte leise.

Er schaute auf. »Das ist nicht witzig, Irma.«

»Doch, das ist es«, sagte sie. »Wenn du Yogamuffel den herabschauenden Hund machen würdest, wäre das sehr witzig. Ich kenne so einige Paarübungen, zum Beispiel die Kamelpose ...«

»Die was?«

»Oder die fliegende Taube. Paul, die wäre was für uns!« Irma prustete los.

Er blickte auf die Tischplatte, doch sie konnte es deutlich erkennen: das leichte Schmunzeln in seinem schönen Gesicht. Ein Schmunzeln, das seine Augen hell machte. Sie neigte den Kopf, zog mit ihrem Blick an ihm. »Toll ist auch der Baum, zu zweit«, fuhr sie fort.

»Du nimmst mich auf den Arm«, sagte er und schaute auf.

»Nein, wenn ich dich auf den Arm nehmen würde, das wäre dann ... hm ... lass mal überlegen.« Sie gackerte in die vorgehaltene Hand. Jetzt war sein Lächeln deutlich zu sehen. »Soll ich sie dir zeigen, die fliegende Taube? Gleich hier? Du kannst mitmachen, wenn du willst.« Sie stand auf, hob die Arme, legte die Handflächen aneinander, atmete ein. Dabei rutschte ihr T-Shirt nach oben, gab ihren flachen Bauch bis über den Bauchnabel frei.

Paul sprang auf, schlang seine Arme um sie. »Nicht das auch noch!«, rief er lachend. Die Kellner sahen zu ihnen herüber und beobachteten an die Bar gelehnt mit einem breiten Grinsen ihren seltsamen Tanz.

Entschlossen umfasste Paul Irma und hielt sie fest. Sie lachte laut auf und drückte sich noch enger an ihn, legte den Kopf auf seine Schulter. Sein Herzschlag war schnell, pochte an ihrem Ohr.

»Mach so was nicht nochmal«, sagte er leise.

»Du musst dir keine Sorgen machen, ich weiß, was ich tue«, entgegnete sie. »Waltraud kennt Philip nicht und sie kennt dich nicht. Außerdem lebt sie weit weg. Irgendwo in Niederbayern.«

Wovor hatte er eigentlich Angst? Dachte er, Waltraud könnte eines schönen Nachmittags, wenn er aus der Schule kam, im Wohnzimmer neben Silvia bei Kaffee und Kuchen auf dem Sofa sitzen und ihr eiskalt alles erzählt haben? Auf der Stelle würde seine Frau mit ihm Schluss machen. Das wäre doch mal was! Irma unterdrückte ein Schmunzeln. »Sorry, Liebster«, raunte sie. »Verzeihst du mir?«

Paul schwieg sekundenlang, dann lockerte er seine Umarmung. »Okay«, sagte er. »Aber lass solche Scherze zukünftig bleiben. Das ist gefährlich.«

Sie legte den Kopf schief und schaute ihn an. »Und was ist jetzt mit dem herabschauenden Hund?«

Er prustete los, nicht heftig, eher verhalten, aber er konnte sein Beben nicht verbergen. »Irma Schreyer«, stieß er hervor, »du bist unmöglich!«

Sie lachte auf, nahm ihn an der Hand. »Komm, lass uns durch die Stadt spazieren. Wir sind in Florenz, hörst du, Firenze!«

Lange und ungewohnt fordernd liebte Paul Irma in dieser Nacht. Sie musste gar nichts tun, fast schon ungehalten war er und irgendwie wild. Immer wieder flüsterte er mit einem unvertraut zischenden Ton, wie heiß er sie fand und dass er wisse, was sie brauche. Und dann gab es diesen einen kurzen Moment, in dem er so entfesselt schien und auf seinem Rhythmus beharrte, dass sie dachte, er entgleite ihr. Sie sagte laut seinen Namen und stöhnte auf, das genügte. Und schon hatte sie ihn wieder im Griff.

TAG 3, MONTAG, MORGENS

Irgendetwas hatte Irma aus dem Schlaf gerissen, es war noch nicht mal halb sechs. Ein altbekannter, betonharter Druck lag auf ihrer Brust, sie konnte kaum atmen. Aber dann sah sie Paul neben sich liegen und ihr Herz beruhigte sich. Sie sah ihn so lange an, bis er blinzelte und auftauchte aus tiefem Schlaf. Das hatte sie von ihren Kindern gelernt. Ganz ohne Krach zu machen oder an ihr zu rütteln, hatten sie einfach nur dagestanden und sie angestarrt. Unschuldig und brav hatten sie getan, wenn sie geseufzt hatte, dass sie nur eine einzige Stunde lang ihre Ruhe bräuchte, eine lächerliche, verdammte Stunde für den Mittagsschlaf.

Paul aber lächelte, kaum hatte er die Augen geöffnet. Er küsste sie zärtlich und sagte, wie wunderbar die Nacht gewesen sei. Die Art, wie er es sagte, mit tiefer, warmer Stimme, ließ einen wohligen Schauer in ihr entstehen. Sie schmiegte sich an ihn, er hielt sie im Arm, strich sanft mit den Fingerspitzen über ihre Schulter.

Im Zimmer war es warm, die Hitze vom vorangegangenen Tag hatte sich von der Kühle der Nacht nicht nach draußen zerren lassen und hockte weiter im Raum. Das Licht kam sanft und mit Bedacht aus der Dunkelheit der Nacht, wurde weißer und weißer und ließ die Hitze des kommenden Tags erahnen. Die Zeit verging in aller Ruhe und eine süße Schwere setzte sich in Irmas Glieder, drückte sie sanft auf das kühle Laken. Es roch nach Schweiß, nach Sinnlichkeit und nach einem großen, unausgesprochenen Versprechen, das man sich gibt, wenn man mit allen Sinnen liebt und sich fallen lässt in den anderen. Das als Sehnsucht mitten im Raum unter der Decke hing.

»Woran denkst du?«, fragte Irma. Sie schaute an Paul herab.

»An nichts.«

»Das geht nicht.«

»Doch. Ich tue es gerade.«

»Eben nicht. Dein Gehirn quasselt dauernd vor sich hin. Es kann gar nicht anders. Haben wir doch in der Gruppe gelernt. Weißt du nicht mehr? Außerdem kannst du nicht mit mir sprechen und gleichzeitig an nichts denken.«

»Dann weißt du ja, was ich denke.«

»Nein«, sagte Irma leise und gluckste. »Sag es mir.«

»Es ist schön, hier zu liegen. Mit dir.« Paul seufzte versonnen, strich mit seinen Fingern durch ihr Haar. »Und Zeit zu haben, das ist herrlich«, sagte er und gähnte.

»Hmhm«, machte sie, ja, da hatte er Recht. Nie, wirklich nie, war sie allein und hatte Zeit für sich, seit sie zwanzig war. Kinder, die nicht von ihrer Seite wichen, die alles von ihr wollten. Philip, der sich ständig beschwerte, dass sie zu wenig Zeit miteinander verbrachten. Und dann ihre Mutter, die nur an ihr herummeckerte, sich immer wieder unangemeldet kaffeetrinkend in ihre Küche pflanzte und sie volllaberte, stundenlang. Aber ihr niemals die Kinder abnahm oder ihr zur Seite stand. »Du hast es dir doch ausgesucht. Das schaffst du schon.« Das war alles, was sie zu ihrer Tochter sagte. Aber Irma hatte sich nichts ausgesucht, es war einfach passiert. Und wenn Philip ihr mal die Kinder abnahm und sich die Tür zur Freiheit doch mal für ein paar Stunden auftat, war dahinter nichts als Leere. Weißes Nichts. Manchmal fuhr sie dann mit dem Auto ziellos umher, kam sich mit jedem Kilometer einsamer und verlorener vor. Sagte zu Hause, sie besuche eine Freundin, doch die gab es schon lange nicht mehr. Irma hatte keine Lust, sich das Gequatsche anzuhören. Alle waren sie zu Muttertieren mutiert, lahmgelegt und ungelenk gemacht von gipsartiger Spießigkeit. Damals, als Irma gleich nach dem Abi ihr erstes Kind bekommen hatte, hatten sie sich kreischend ins Leben gestürzt, Partys gefeiert, mit Traumprinzen herumgevögelt und spontane Trips nach Paris unternommen. Niemand hatte sich damals für Irma interessiert. Warum sollte sie jetzt in irgendeinem handtuchschmalen Garten auf einer Grillparty hocken und sich anhören, wie perfekt die nervigen Kinder und spießigen Männer ihrer erfolgreichen angeblichen Freundinnen waren?

Irgendwann hatte sie sich an einem freien Abend das erste Mal in eine Bar gesetzt, weit entfernt von zu Hause, am anderen Ende der Stadt. Nur einen Drink, dann wieder weg. Später waren es auch mal zwei. Einmal stand ein angetrunkener Anzugträger vor ihr, mit schmalen, blauen Augen und einem Dreitagebart, der sich unappetitlich an seinem Doppelkinn zusammenschob. Er schaute Irma lange an, lächelte, sie lächelte zurück. Einfach nur, um freundlich zu sein. Dann setzte er sich neben sie und fragte, warum sie so allein unterwegs sei. Und schaute dabei schamlos auf ihre Brüste. Er wolle ihr gerne Gesellschaft leisten und gebe ihr einen aus, hatte er gesagt. Und dann lag plötzlich seine Hand auf ihrem Bein. Er schien sich offenbar nicht an sie zu erinnern, aber sie hatte ihn sofort erkannt: Er war Rechtsanwalt und der Vater von Manuel, der mit ihrem Sohn Fabian in eine Klasse ging.

»Weißt du, was das Schlimmste an der Schule ist?«, hörte sie Paul in ihre Gedanken hinein fragen.

»Nein,« sagte sie. »Erzähl es mir.«

»Diese gelangweilten und satten Halbstarken! Die sind der reinste Horror. Denen was über Musik beizubringen, das ist fast unmöglich. Die liefern sich in ihrer Freizeit lieber blutige Schlachten im Netz, als sich mit der wirklichen Welt zu befassen.«

»Tja, man kann sie nicht zwingen«, sagte Irma und gähnte ein behagliches Gähnen. Paul hatte nun mal keine Kinder. Woher sollte er wissen, wie es war, zu Hause einen pickligen Pubertierenden sitzen zu haben, für den ein Familienausflug ein Angriff auf Leib und Leben war? Der seine Frisur stundenlang mit Gel modellierte und Essensreste unter dem Bett vergammeln ließ. Da war man fast froh, wenn er in digitale Welten abtauchte und den Familienfrieden nicht mehr strapazierte. Die hohe Kunst des Musizierens war da wirklich kein Thema, so war das nun mal.

»Doch, Irma«, entgegnete Paul, »das muss man sogar. Ich wäre niemals Musiker geworden, wenn meine Eltern mich nicht immer wieder ans Klavier gesetzt hätten.«

»Du bist Lehrer, Paul.« Sie drehte sich auf den Rücken, streckte sich katzengleich. »Also, Musiklehrer«, fügte sie an.

»Siehst du, genau das meine ich«, sagte er. »Niemand respektiert mein Fach in der Schule, wenn ich aber auf Konzerten spielen würde, dann, ja, dann würden alle applaudieren.«

»Warum spielst du dann nicht auf Konzerten?«

»Weil ... weil es sicherer ist, Lehrer zu sein. Du weißt schon, von der Kunst zu leben, ist schwer. Ich habe ein gutes Gehalt und mache trotzdem Musik. Mir geht's gut damit.«

»Bereust du es nicht manchmal, kein Musiker zu sein? Also, so richtig, ohne die Schule?« Sie hätte alles gegeben, um Künstlerin sein zu können, aber es war einfach nicht möglich gewesen. Erst die Sache mit ihrem Vater, dann die Kinder, immer kam etwas dazwischen.

»Warum sollte ich?«, fragte Paul. »Ich habe ein gutes Leben. Mir fehlt es an nichts.«

Aha. Irma runzelte die Stirn und setzte sich auf. »Bevor wir uns getroffen haben oder danach?«, fragte sie.

»Was meinst du?«

»Na, fehlte es dir an nichts, bevor wir uns kennengelernt haben?« Sie beugte sich herunter, ganz nah an sein Gesicht. »Warst du glücklich, bevor wir uns trafen?«, raunte sie. »Ich hatte nicht den Eindruck, ehrlich gesagt.« Er räusperte sich. »Woher weißt du das? Du kanntest mich vorher nicht.« Irma stockte, ein kleiner, scharfer Blitz durchfuhr sie, legte eine zart züngelnde Spur in ihre Brust. »Du hattest eine Depression«, sagte sie spitz. »Die hat man nicht, wenn man glücklich ist.«

Schweigen.

Ihr Herz schlug schneller, holperte, zog sich zusammen. Paul runzelte die Stirn, blieb stumm. Sie presste die Zähne aufeinander, hielt den Atem an.

Mit einem Ruck setzte Paul sich auf. Lächelte sie an. Strich mit den Fingerspitzen zärtlich eine Haarsträhne aus ihrem Gesicht. Dann fuhr er langsam an Irmas Hals herunter. »Jetzt bin ich glücklich«, sagte er leise.

Sie ließ die angestaute Luft aus sich heraus, legte den Kopf in seine Hand, schloss die Augen.

»Nie im Leben hätte ich gedacht, dass mir so was passiert«, sagte er sanft, seine Stimme zitterte.

Irma stutzte. Neigte den Kopf nach hinten, drückte sich ein wenig aus seiner zärtlichen Hand. »Wie meinst du das? Passiert …«

»Dass ich eine Frau wie dich treffe. Du bist einzigartig«, sagte er leise, zog sie an sich heran. Sie sträubte sich, spürte Widerstand in seiner Hand.

»Tatsächlich?«, fragte sie spitz.

Er zog kräftiger. »Ja, meine Schöne«, raunte er mit dunkler Stimme, »das bist du.«

Sie gab zögernd nach. Legte ihren Kopf an seinen, er lachte leise in ihr Haar. Bedeckte ihren Hals mit zarten Küssen, fuhr mit der Zungenspitze über die dünne Haut hinter ihrem Ohr. Irma seufzte auf. Gab die Spannung frei, die sich mit scharfen Zähnen in ihrem Nacken festgebissen hatte. Ließ das wohlige Schaudern zu, das ihren Körper durchzog.

»Was meinst du?«, flüsterte Paul ganz nah an ihrem Ohr. »Wollen wir der Kathedrale aufs Dach steigen, bevor wir weiterfahren?«

Irma lachte. »Jetzt?« Sie neigte sich seinen fordernden Küssen entgegen. »Vielleicht … hm … danach?« Sie hatte absolut nichts dagegen, dass er jetzt sofort dasselbe tat wie vergangene Nacht.

Tat er aber nicht.

Sieben Uhr vierundzwanzig, das Vibrieren auf dem Nachttisch jagte einen

Ruck durch seinen Körper, wurde zu einem lauten Brummen, erfüllte den Raum. Wurde mit dem dritten Ton zu einer scharfen Klinge, die in die Ruhe schnitt. Paul rieb sich die Stirn, griff nach dem Handy. »Silvia«, sagte er und stand auf, zuckte mit den Schultern.

Er wollte doch nicht etwa ins Bad stolpern, Irma wieder mal liegen lassen wie ein Spielzeug, das nicht mehr wichtig war? Blitzschnell setzte sie sich auf, griff seine Hand, zog ihn kraftvoll zurück aufs Bett. Tauchte ihren Blick in seinen. Lächelte sanft. »Du kannst ruhig drangehen«, sagte sie, »es ist okay.«

Paul sah sie fragend an. Das Telefon war still. Silvia hatte aufgelegt. »Ich rufe schnell zurück, ja?«, sagte er, legte seinen Kopf zur Seite, und da war es wieder, das schiefe Silvia-Lächeln.

»Das kannst du hier machen, du störst mich nicht«, flötete Irma.

»Ich weiß nicht ...« Er versuchte, seine Hand aus ihrer zu ziehen, sie hielt ihn fest.

»Ehrlich, Liebster. Es macht mir nichts aus.«

»Aber mir, ich ...« Das Telefon vibrierte wieder in seiner Hand, Irma umklammerte sein Handgelenk, presste die Nägel mit sanftem Druck in sein Fleisch. Nickte ihm lächelnd zu und raunte: »Mach schon, es ist nichts dabei.«

Mit zitternden Fingern drückte er den Knopf. »Guten Morgen ... Schatz«, stotterte er ins Telefon, drehte sich weg. »Ich ... war im Bad. Tut mir leid.«

Irma atmete tief, seufzte leise.

»Hmhm ...«, machte er, »ja, geht mir genauso.« Sein Atem war flach, sie drückte seine Hand.

»Das ist gut ... ach ... hmhm ...« Mit jedem Schlag seines Herzens ein leichtes, sichtbares Zittern seiner Brust. »Der ist im Keller, im blauen Schrank«, stammelte er. »Du weißt schon ...« Er lachte in kleinen Fetzen, die hektisch auseinanderstoben.

Irma lag still neben ihm, hatte sein Handgelenk fest im Griff.

»Also, ich bin mir sicher, im Keller ... neben den ... ja, genau ...« Wieder dieses abgehackte Lachen. Hatte er im Keller etwa eine heimliche Liebeshöhle für seine langweilige Frau? In der sie sich gegenseitig dominierten, mal der eine, mal die andere? Ha, mit Sicherheit nicht! Sie könnte jetzt nach Paul greifen, ihn liebkosen und reiben, mit Küssen übersäen, sie wusste, was sie anstellen musste, um ihn in Fahrt zu bringen. Würde er ins Telefon stöhnen und ihren Namen rufen? Sie rollte sich auf die Seite, ohne seine Hand loszulassen, strich mit den Fingern der anderen an seiner Brust entlang, über seinen Bauch, fuhr um den Nabel herum, sah, wie sein Atem stockte.

»Frag am besten Thomas, der kann so was gut ... tut mir leid ... hmhm ... ja...«, presste er aus sich heraus.

Thomas? Sicher Silvias Lover, der für Paul einsprang, wenn er nicht da war, mit dem sie ihren Mann schon lange betrog, von dem er glaubte, er sei ein guter Freund. Mit dem sie in den Keller gehen würde, in den Keller mit dem blauen Schrank. Wer hätte das gedacht?

»Ja ... okay«, stammelte Paul, »hmhm ... ich muss jetzt auch ...« Mit schreckgeweiteten Augen sah er Irma an, sie lächelte ihm milde zu, küsste die zarte Linie unter seinem Bauchnabel.

»Doch ... ja, der Kongress ist sehr interessant ... na ja, viel Pädagogik ...«, er räusperte sich, hüstelte. »Äh, nein ... mir geht´s gut, ich habe heute nur noch nicht gesprochen.« Wieder versuchte er, die Hand aus Irmas zu ziehen, doch sie drückte zu.

Noch nicht gesprochen? Von wegen! Laut geredet hatte er, geflüstert, geraunt, gesäuselt und in der Nacht schmutzige Dinge gesagt.

»Also, bis später ... ja ... geht mir genauso«, sagte er mit rauer Stimme.

»Nein ... nein, es ist alles in Ordnung ... Ja ... Ich dich auch.« Er legte auf. Schweiß stand auf seiner Stirn. Glitzerte im Sonnenlicht, das durchs Fenster fiel.

Irma ließ seine Hand frei, reckte sich. »Ich dich auch?«, säuselte sie. »Was denn, Paul? Was tust du auch?«

»Ach, hör auf damit. Es ist nicht wichtig.« Er setzte sich auf, kratzte sich am Kopf. »Lass uns zur Kathedrale gehen, ja?«

»Du hast mir nicht geantwortet«, sagte sie, lächelte ihm milde zu. Lächelte an gegen den Zorn, der in ihrer Mitte brannte. Er war nur ein kleiner glühender Punkt, aber heiß und scharf.

Paul setzte sich auf die Bettkante, ihr Blick rutschte an seinem Rücken ab. Der harte Saum der Decke hatte einen Abdruck auf seiner Haut hinterlassen, auf der Schulter blitzte eine erhabene rote Spur, die ihre Fingernägel in der Nacht gezogen hatten. Zart, aber deutlich zu sehen.

»Ich weiß, es ist nicht schön für dich, wenn ich mit Silvia telefoniere, aber ...«, sagte er ins Zimmer hinein.

»Nicht *schön*?«, unterbrach sie ihn.

»Bitte, du weißt, was sich meine. Ich ...«

Sie schluckte. Holte tief Luft. Atmete langsam aus. »Schon gut,« sagte sie dann, machte ihre Stimme gütig und hell.

Er drehte sich um, Erstaunen saß in seinem Gesicht. Irma hielt ihr sanftes Lächeln fest, griff nach seiner einsamen Hand, die er ihr zitternd entgegenstreckte. Setzte kleine, zarte Küsse darauf. »Es ist alles gut, Liebster«, sagte sie leise. »Ich verstehe dich.«

Er ließ sich neben sie sinken. Legte den Kopf an ihre Schulter. »Ach, Irma, meine Schöne«, seufzte er. »Du bist so besonders, du bist ... großartig.« Sein schneller Herzschlag setzte sich fort in ihrer Brust.

Sie legte den Arm um ihn. Atmete drei achtsame Atemzüge. »Ich dich auch«, sagte sie und erlaubte Pauls Küssen und seinen zärtlichen Fingern, die heiße, beißende kleine Flamme, die in ihr aufgelodert war, zu löschen. Bis auf einen Rest lauernde Glut.

Irma saß auf der Bettkante und starrte auf den kalten, ausgetretenen Marmorboden. Aus dem Bad drang das Surren von Pauls Rasierapparat. Dann hörte sie das Husten des Duschkopfs, der in Wellen das Wasser ausspie. Er musste lange nicht benutzt worden sein, wie alles hier in diesem elendigen Zimmer. Die Bettwäsche roch muffig. Die Vorhänge hatten eine graue Wolke ausgeatmet, als Irma sie aufgezogen hatte. Die Schranktür klemmte und war ausgetrocknet von heißer, abgestandener Sommerluft, im Innern roch es nach ranzigem Schrankpapier. Wahrscheinlich wurde dieses Loch nur vermietet, wenn ansonsten kein Bett mehr zu finden war. An den übrigen Tagen alterte es hinter geschlossenen Türen und Fensterläden im Dunkel feuchtkalter Wintertage vor sich hin. Dann trieben Geister ihr Unwesen, nisteten sich in den Ecken bei den Kakerlaken ein, im Schrank und unter dem Bett. In lauen Sommernächten wisperten sie vor sich hin, tuschelten und machten sich lustig über die armen Seelen, die gezwungen waren, hier zu schlafen. Schauten ihnen zu, wenn sie sich liebten, und lachten sich dabei kaputt. Dann befestigten sie kleine, unsichtbare Gewichte an den Liebenden, die sie zu schwer machten für einen leichten Tag.

Auf dem Nachttisch sah Irma Pauls Telefon. Mit dem Display nach unten. Wie immer. Lag es zu Hause in seinem Schlafzimmer auch so, wenn er neben Silvia schlief? Oder *mit* ihr?

Irma kniff die Augen zusammen, schluckte. In der Klinik, als noch nichts zwischen ihnen gelaufen war, hatte Paul in der Gruppe erzählt, er habe eine gute Ehe, schon zehn Jahre lang. Sie haben ein Haus gebaut, seine Frau verdiene sehr gut, nun wolle sie ein Kind. Es habe nicht geklappt, seit zwei Jahren probierten sie es. Und dann habe ihn die Depression überfallen und er habe zu nichts mehr Kraft gehabt. Auch nicht für seine Frau.

Nie wieder hatten Irma und Paul darüber gesprochen. Kein einziges Wort. Auch fragte er nie, ob sie mit Philip schlief. Warum auch? Es war nichts mehr zwischen ihr und ihrem Mann, und wenn sie es tat, dann nur, weil es sich nicht verhindern ließ. Mit Paul aber war es einzigartig. Nicht, dass er über außergewöhnliche Techniken verfügte oder übermäßig erfinderisch war, vielmehr musste Irma ihm manchmal auf die Sprünge helfen. Aber wie er es umsetzte, das war einfach wunderbar. Er war verrückt nach ihr, wollte sie, nur sie, mit Haut und Haaren. Jeden Tag. Warum also sollte sie sich Gedanken über Silvia machen und sich ausmalen, wie sie es trieben? Völlig überflüssig war das, denn das, was Irma und Paul miteinander verband, war einmalig. Das hatten nur sie. Sie liebten sich an besonderen Orten, im Wald, auf der Rückbank ihres Wagens und einmal sogar inmitten einer sommerlich duftenden Blumenwiese, nachts um halb elf. Den weiten Weg hatten sie auf sich genommen, obwohl sie nicht mal zwei Stunden Zeit hatten. Sie waren außer sich gewesen vor Glück. Sie lächelte in sich hinein, das starre Band um ihre Brust löste sich. Sechs gemeinsame Nächte lagen vor ihnen, sechs Tage im hellen Licht. Dann würden sie weitersehen.

Doch was war das?

Pauls Telefon auf dem Nachttisch brummte. Nur ein einziges Mal. Es zuckte leicht, dann war es wieder still. Irma beugte sich vor. Griff danach. Drehte es um. Nahm es dabei nur kurz in die Hand, als könnte sie sich daran verbrennen, legte es wieder hin. Da lag es, leuchtete hell. Eine Nachricht von Silvia, ein einziger Satz: *Geht es Dir gut, mein Liebling?*

Ruckartig drehte Irma das Handy zurück auf das Display. In ihrer Brust brannte ein heißer Punkt. Natürlich ging es ihm gut. Sehr gut sogar. Es war alles perfekt.

Kerzengerade saß sie da, atmete flach, die Bettkante drückte sich in ihr Fleisch. Das Wasserrauschen aus dem Bad raste durch das Zimmer, stieß sich an den Wänden ab, tobte durch den Raum, zischte scharf und heiß. Dann stoppte es. Hallte in Irma nach.

Paul kam aus dem Badezimmer, in Hose und T-Shirt, die nassen Haare ordentlich zurückgekämmt. »Was ist, meine Schöne, wollen wir los?« Er lachte ein Morgenlachen, hell und energiegeladen, man lacht es, wenn der Tag verspricht gut zu werden. Doch um Irma hatte sich eine Hülle gelegt, sie machte die Lacher dumpf, als kämen sie von weit entfernt. Paul ging auf sie zu, streckte den Arm nach ihr aus, in seinem Gesicht saß ein breites Grinsen. Es wurde immer breiter, seine Lippen wurden zu einem dünnen Strich. Er entblößte seine Zähne, sie waren groß und weiß, so weiß, dass es wehtat in Irmas Augen. Die Lücke zwischen den Schneidezähnen war ein schwarzer Spalt, dumpfe, höhnische Lacher zischten heraus und schossen Löcher in Irmas Hülle.

»Irma?«

Groß und hell schwebte ihr Name durch den Raum. Hallte nach. Löste die Bilder auf. Sie zerfielen zu kleinen silbernen Punkten, die auf den kalten Boden fielen. Irmas Lunge tat einen tiefen Zug. Der Brustkorb dehnte sich. Mit einem leisen Plopp zerplatzte die Hülle. »Ja?«, fragte sie und blickte auf.

»Alles in Ordnung?«

»Ja. Was soll sein?«

»Wollen wir irgendwo frühstücken und dann nochmal zur Kathedrale? Wenn du dich beeilst, schaffen wir es noch.« Er küsste sie, erst auf den Mund, dann auf die Stirn. Seine Lippen waren weich und warm, sein Atem streifte ihre Haut. »Na, los«, säuselte er und schob sie sanft Richtung Bad.

Sie setzte ihr freudiges Lächeln auf, sah es in Pauls leuchtendem Blick. Schloss hinter sich die Badezimmertür. Drehte die hustende Dusche an, öffnete in ihrem Kulturbeutel den Reißverschluss des kleinen Seitenfachs. Zog eine flache Dose hervor. Nahm eine Tablette heraus. Eine lindgrüne, teilbar in der Mitte, sie steckte sie ganz in den Mund. Lehnte sich an die Wand. Schloss die Augen. Wartete. Ein paar Minuten, dann war alles wieder gut.

TAG 3, MONTAG, VORMITTAGS UND AM NACHMITTAG

In der kleinen Espresso-Bar, gleich neben der Pension, gab es Hörnchen und guten Kaffee. Paul studierte den Reiseführer, den er auf sein Handy geladen hatte, und erstellte eine Liste mit allem, was er heute sehen wollte. Irma schmunzelte über den Eifer, mit dem er Zeitpläne für sie beide verfasste. Erst Pisa, dann Lucca, dazwischen Mittagessen, so gegen eins. Übernachtung am besten irgendwo auf dem Land, dort war sicher etwas frei. Dann drängte er, wenn sie sich beeilten, würden sie die Kathedrale noch schaffen und bis elf in Pisa sein, bevor die Kreuzfahrtreisenden aus ihren hochhaushohen Schiffen freigelassen und in Bussen zum Platz der Wunder gekarrt wurden.

Eine samtig lindgrüne Leichtigkeit hatte sich um Irma gelegt, die sie stützte und wiegte und ihr Herz auch auf den Stufen zur Kuppel ruhig gehalten hätte, aber vor dem Eingang war die Warteschlange bereits jetzt beachtlich lang. Das verbrauche zu viel Zeit, sagte Paul. Er fragte, ob Irma etwas dagegen habe, wenn sie darauf verzichteten. »Nein, ist schon gut«, antwortete sie und lächelte wohlig dumpf.

Also schritten sie auf sicherem Boden um die Cattedrale di Santa Maria del Fiore herum. Irma plauderte aus ihrem Kunstgeschichtsrepertoire und wunderte sich über sich selbst, wie viel sie zur Geschichte Florenz' erzählen konnte. Manchmal flunkerte sie ein wenig, schmückte aus und gestaltete die Übergänge fantasievoll, doch insgesamt stimmte alles, die Fakten verfälschte sie nicht.

Paul hing gebannt an ihren Lippen, schien alles aufzusaugen, was sie erzählte, fragte nach, ließ sie ausreden. Sie sei seine exklusive Reiseführerin und überstrahle mit ihrer Schönheit alles, was es auf dem Platz zu sehen gebe, schwärmte er. Das war nah dran an einem Kalenderspruch, na ja, sie verzieh es ihm. Er sah so gut aus, wie er dastand, an diesem wunderbaren Ort. Schlank und sportlich war er, die Ärmel des blauen Polohemds spannten sich leicht an seinen gut trainierten Oberarmen. Die lange, feine Leinenhose knitterte edel um seinen sagenhaften Hintern herum. Paul gehörte ihr ganz allein, nichts war zwischen ihnen, rein gar nichts.

Im Innern der Kathedrale kroch ein sanftes Kribbeln in Irma hoch, das sie von früher kannte, lange, bevor die Angst ihr Leben bestimmte. Sonnengelb leuchtete es, wie konnte sie das vergessen? Es war die Energie, die aus den jahrhundertealten marmornen Mauern strömte, dazu ein leises Wispern, ein Raunen aus den Tiefen der vergangenen Zeit. Früher hatte sie jedes Mal ein Schaudern ergriffen, wenn sie eine alte Kirche betreten hatte. Eines von der inspirierenden Art, das sie zweifeln ließ, ob sie so viel Pracht und Schönheit würde ertragen können. Kühle legte sich auf die erhitzte Haut, wenn sie den ersten Schritt aus dem gleißenden Licht tat in ein mystisches Halbdunkel, das sich erst nach und nach ihrem Auge erschloss. Die Nähe zu Gott meinte sie manchmal zu spüren, was natürlich Unsinn war, sie glaubte schon lange an nichts mehr.

Sie standen unter der Kuppel, das Jüngste Gericht weit über ihnen. Irma wurde schwindelig, als sie den Kopf in den Nacken legte. Sie lehnte sich an Paul. Der kam aus dem Staunen nicht heraus, seine Freude war ehrlich und offen, sein Blick strahlend und weit. Irma spiegelte sich darin. Er sah so glücklich aus. Glücklich mit ihr.

»Hast du Lust auf einen Umweg?«, fragte sie.

»Kommt darauf an«, entgegnete Paul.

»Worauf denn?«

»Na, wie groß der Umweg ist.«

»Hundert Kilometer. *Eine* Strecke. Fast alles Landstraße.«

»Oha. Schaffen wir dann Pisa noch, ich meine heute?«

Sie zuckte mit den Schultern. »Kommt darauf an, wie gut dir der Umweg gefällt. Und ich bin mir sicher, er wird dir gefallen.«

Er zog sie zu sich heran, lachte leise, ganz nah an ihrem Ohr. Eine wohlige Gänsehaut wanderte an ihr herunter.

»Verrätst du mir, wohin es geht?«, flüsterte er.

»Lass dich überraschen«, sagte sie, nahm seine Hand und zog ihn lachend aus dem riesigen Kirchenschiff.

»Irma, es ist magisch«, sagte Paul in die unglaubliche toskanische Stille hinein. Er flüsterte es fast, die Worte flochten sich in das leise, tiefe Summen, das zwischen den Mauern stand.

Sie nickte lächelnd und ließ ihre Finger über die alten Steine gleiten. »Spürst du es auch?«

Paul musste keine Antwort geben. Sie waren eins, er, sie und die leuchtend helle Kraft, die behutsam aus dem Boden stieg. Mit ihm konnte sie teilen, was niemand sonst verstand. Sie hatte es gewusst.

Das erste Mal war sie mit ihrem Vater in San Galgano gewesen. Sechsundzwanzig Jahre war das her. Sie waren auf dem Rückweg von Grosseto gewesen, wo Irma ihren ersten internationalen Schwimmwettkampf geschwommen war. Monatelang hatte sie hart trainiert und jetzt nur den fünften Platz gemacht. Ihr Vater meinte, sie solle nicht aufgeben, alles hinter sich lassen und nach vorne schauen. Sie nickte stumm. Und außerdem sei sie sein größter Schatz, versuchte er weiter, sie zu trösten. Nichts in der Welt könne ihn davon abhalten, stolz auf sie zu sein. Doch das half nicht, sie hatte versagt. Von weitem hatte sie beobachtet, wie ihr Vater gegen einen Mülleimer getreten hatte, als sie erschöpft und verzweifelt aus dem Wasser gestiegen war. Er gab sich Mühe, seine Enttäuschung nicht zu zeigen, doch in seinen Augen sah sie den dunklen Schatten, der das Blau dumpf und leblos machte. Da nutzte auch sein Lachen nichts. Zum Trost fuhr er mit ihr einen Umweg, an einen Ort, an dem sie ein wahrhaftiges Wunder sehen könne: die Zitadelle von San Galgano. Die hatte Irma aber nicht interessiert, auch nicht die Geschichte um das Schwert, das dort ein ungläubiger Ritter vor achthundert Jahren wunderbarerweise mühelos in den Stein hatte fahren lassen und daraufhin gläubig geworden war. Es war die Ruine der Klosterabtei nebenan, die Irma in ihren Bann zog, von der es nur noch die Mauern gab und der Boden eine grüne Wiese war. Sie hatte inmitten der steinernen Wände und Bögen gestanden und helle Klänge, leises Gemurmel und vertrautes Rauschen von weither gehört. Eine sanfte Vibration durchströmte sie, nichts tat mehr weh. Der warme Wind, der durch die leeren Kirchenfenster wehte, trocknete ihr Haar. Leicht war ihr zumute, so leicht, dass sie glaubte, den Boden unter den Füßen zu verlieren. Ihr Vater hielt sie fest und lauschte mit ihr zusammen der mystischen Stille. Später dann war sie mit Philip hier gewesen, wollte die Aura des Geheimnisvollen mit ihm teilen. Doch während Irma auf dem Boden hockte und verzweifelt versuchte, sie wiederzufinden, rannte Philip der kleinen Jasmin hinterher. Und dann schlug Fabian sich das Knie auf und brüllte wie am Spieß, bis er den letzten Rest des Zaubers endgültig vertrieben hatte. Und Oliver, mit dem sie ein paar Jahre später hier gewesen war, hatte tatsächlich inmitten der alten Gemäuer eine Nachricht an seine Kanzlei geschickt.

»Schau mal nach oben«, sagte Irma, lehnte sich an Paul und legte ihren Kopf in den Nacken. Über ihnen gaben die Kirchenmauern den Himmel frei, schnitten ein mächtiges Kreuz aus dem Blau. Irma war warm am Rücken von Paul, er hatte seinen Arm um sie gelegt, hielt sie am Boden. Schaute mit ihr in den Himmel. Sein Schweigen war wunderbar, es war auch ihres.

Sie schritten aus der Abtei und setzten sich in den schmalen Schatten der Mauern auf die sommertrockene Wiese. Es war heiß, die Sonne brannte herab, niemand sonst kam auf die Idee, in der Mittagshitze hier zu sein. Eng aneinandergeschmiegt schwiegen sie gemeinsam, atmeten, waren einfach nur da. Waren eins.

»Dass ich so etwas wieder fühlen kann ...«, sagte Paul nach einer Weile versonnen. »Vor ein paar Monaten noch, da gab es Tage, an denen ich sterben wollte.«

»Ich weiß«, sagte Irma. »Du warst sehr krank. Aber das ist jetzt vorbei.«

»Ja, das ist es.« Er lächelte, legte sich ins Gras auf den Rücken, zog sie an sich. Sie ließ ihren Kopf auf seine Brust sinken, er hielt ihre Hand. »Ich dachte immer, mich könne nichts umhauen. Depression ... pah ... das haben andere. Und ernst genommen habe ich diese Trauerklöße sowieso nie. Und plötzlich war ich selbst einer.«

Irma lächelte stumm. Nur ein einziges Mal hatte Paul in der Gruppentherapie von seinem strengen Vater erzählt, der viel verlangte, vor allem gute Leistungen und kluge Entscheidungen, aber bitte schön frei von Emotion. Dazu eine Mutter, die ihn brauchte, um glücklich zu sein. Er hatte Tränen in den Augen gehabt, als er davon sprach, das hatte Irma deutlich gesehen. Aber Paul ließ nichts auf seine Kindheit kommen, alles sei perfekt gewesen, beteuerte er immer wieder. Die Depression, die habe nichts damit zu tun, sie habe ihn überfallen wie ein wildes Tier, völlig überraschend und aus dem Nichts. Die Therapeutin in der Klinik hätte ihn wachrütteln müssen, damit er verstand, was mit ihm los war. Aber sie hatte immerzu nur genickt. Wie alle Therapeuten es machten. Sie taten, als hörten sie aufmerksam zu, und nickten an den richtigen Stellen mit einem wissenden Blick.

»Wann hast du das erste Mal gemerkt, dass etwas nicht stimmt?«, fragte Irma.

»Als wir das Haus gebaut haben, Silvia und ich«, sagte er. »Es hat nichts geklappt, die Handwerker haben nur Mist gemacht, Silvia war oft außer sich. Zu Recht. Es war wirklich stressig. Und dann wurde sie mitten im größten Chaos befördert und ich musste mich um den ganzen Kram allein kümmern. Es war die Hölle. Ich hasste dieses Haus.«

Irma setzte sich auf. »Du ... ihr wohnt doch darin. Wie kannst du in einem Haus leben, das du hasst?«

»Mit der Zeit wurde es besser und ich fing an, es zu mögen.«

Sie zupfte einen Grashalm aus der Erde. »Ist es schön?«, fragte sie leise.

»Ja, sehr. Silvia hat einen exzellenten Geschmack. Es ist sehr besonders.«

Irma schluckte. Einen exzellenten Geschmack. Wahrscheinlich sah es bei ihm zu Hause aus wie im Katalog. Staubfrei und nichts stand herum. »Du hast nichts eingebracht, ich meine, von dem, was du willst?«, fragte sie.

Er lachte. »Was meinst du? Im Badezimmer einen Duschvorhang meines Lieblingsfußballvereins?«

»Warum denn nicht? Wenn du Fußballfan bist?«

»Ach, ich mag es einfach nur schön haben. Und das ist es.«

Aha. Einfach nur schön. Wer wollte das nicht?

»Wann war das?«, fragte Irma.

»Vor vier Jahren«, antwortete Paul und gähnte. Schaute in den Himmel.

»Und ... und damals, wolltet ihr da schon Kinder?« Sie hielt den Atem an, zupfte am nächsten Grashalm. Er schnitt in ihren Finger, sie schreckte zurück.

Paul seufzte. »Möchtest du wirklich darüber reden, meine Schöne? Über Silvia und mich?«

»Ja. Das will ich. Warum auch nicht? Du kannst alles von mir wissen. Ich habe nichts zu verbergen.«

Er lachte laut auf. »Nein? Wir beide haben eine heimliche Affäre, wir haben eine ganze Menge zu verbergen!«

»Vor *dir* habe ich nichts zu verbergen«, sagte sie und schluckte.

»Es hat nicht geklappt, das mit dem Kind«, sagte Paul, »das weißt du doch. Und dann war da noch die Depression. Es sollte nicht sein.«

»Und jetzt? Deine Depression ist vorbei.«

Er seufzte. Es klang nervös und versetzte die Sinnlichkeit in ein zartes, hektisches Schwingen. »Irma, meine Schöne!«, sagte er. »Bitte, lass uns nicht davon reden. Wir sind jetzt hier, an diesem wunderbaren Ort. Wir zwei ganz allein. Nur das zählt.« Er richtete sich auf, legte seine Hand an ihr Kinn. Sein Gesicht war so nah, dass sein Atem ihre Wange streifte. Er schaute zärtlich, wollte sie küssen, neigte sich ihr entgegen, seine weichen, vollen Lippen waren ganz nah.

Irma wand sich aus seiner Hand. Blickte in die toskanische Weite. »Meinen ersten Panikanfall hatte ich kurz nach Henrys Geburt. Aber so richtig, mit Krankenwagen und Verdacht auf Herzinfarkt«, sagte sie.

»Ich weiß, meine Schöne. Das muss schlimm für dich gewesen sein.« Paul strich zärtlich ihren Rücken entlang.

»Ja, das war es. Kannst du dir vorstellen, wie das ist mit einem Baby, gleich nach der Geburt, und zwei Kindern, die ständig etwas von dir wollen, während du versuchst, das schreiende Bündel im Arm irgendwie zur Ruhe zu bringen? Kinder bestimmen dein Leben, Paul. Alles. Jeden Tag. Jede Sekunde. Twentyfourseven.«

»Aber du wolltest Henry doch, oder?«

»Ja, schon, nur ...« Sie schluckte, biss sich auf die Zunge. Ihr Herz klopfte laut und bedrohlich an ihre Rippen. »Henry ist ... er ist anders als die anderen. Immer in Bewegung und ... ach, was rede ich, er ist wunderbar! Auch wenn er mir manchmal den letzten Nerv raubt.« Jetzt war sie es, die auflachte. Glockenhell war das Lachen, eines von der Sorte, das gegen die Enge andrückt und Platz in der Kehle macht. Was wusste Paul schon von alldem? Alles, was er erzählt hatte von seiner Kindheit und seiner Ehe, hörte sich schön an. Einfach nur schön. Nach einem ordentlichen Haushalt mit geputzten Fenstern, einer sauberen Couch im Wohnzimmer und strikten Essenszeiten. Man hat Zeit für Netflixabende mit einem Schälchen Nüsse auf dem Schoß, weil keine Kinder bis wer weiß wann durchs Haus rasen und sich lauthals drangsalieren. Irma seufzte. Er meinte es nicht böse, er konnte es nicht wissen. Sie küsste ihn mit diesem schönen Lachen auf den Lippen, gluckste in ihn hinein, kicherte, als er seine Hand unter ihr T-Shirt schob.

»Es ist wunderbar mit dir«, sagte er leise und drückte seine von der Hitze feuchten Stirn an ihre.

Ja, das war es. So wundervoll. So einzigartig. Viel mehr als einfach nur schön. Das wusste er, das wusste sie.

»Dieser Ort hier, Irma, ist fantastisch. Danke, dass du mich hierhergebracht hast«, flüsterte er. Du weißt, wo es besonders ist, weil *du* besonders bist.«

Und da war sie, die Leichtigkeit, die so einfach war, wenn man alles hinter sich ließ. Es war nicht die behäbige, lindgrüne Unbeschwertheit, die heute Vormittag den schweren Umhang von ihren Schultern genommen hatte, nein, die hatte sich schon längst behutsam aus Irma herausgezogen. Mehr als ein paar Stunden hielt sie nie. Die Konturen der Wirklichkeit waren wieder scharfgezeichnet, aber das Herzklopfen kam nicht zurück. Ihr war leicht. Einfach so. An diesem magischen Ort, zusammen mit Paul, der nichts mehr wollte als sie.

Der Mauerschatten wurde länger, schützte sie vor Licht und Hitze, hielt sie fest, noch über eine Stunde lang. Paul nickte ein. Irma hörte seinem Atem zu, ließ sich treiben, weit über alle Felder und Hügel hinweg, mit dem Kopf auf seiner Brust.

Es war schon zwei, als Stimmen sich in das Glühen drängten, am Zauber zupften, den sanften Schleier von Irma zogen. Paul erhob sich, Gras klebte an seinem nassgeschwitzten Hemd, ein Halm hatte sich in seinem Haar verfangen. Er reichte ihr die Hand, zog sie sanft zu sich herauf, küsste sie auf die Stirn.

»Pisa?«, fragte er mit einem Lächeln.

»Ja, lass uns auf den schiefen Turm steigen.«

Arm in Arm schlenderten sie über den staubigen Weg zum Parkplatz, fassten sich an den Händen, rannten das letzte Stück. Lachend ließen sie sich in die Autositze fallen.

Der Fahrtwind tobte in der Fahrerkabine hin und her, trug ihr Lachen nach draußen, kühlte ihre heißen Nacken.

»Wo wollen wir übernachten?«, fragte Irma, lockerte den Gurt und lehnte sich an Paul, der seinen Arm um sie schlang.

»Ach, irgendwo. Wir werden schon etwas finden. Ein schönes Zimmer mit einem wunderbar breiten Bett, in dem wir uns austoben können.« Er küsste sie aufs Haar, ohne den Blick von der Landstraße zu nehmen.

»Vielleicht gehen wir vorher essen, machen uns hübsch und hinterher, wenn wir richtig scharf sind, dann …«, sagte sie kichernd. »Leider habe ich mein kleines Schwarzes nicht dabei. Es würde dir gefallen. Es hat auf dem Rücken einen langen Reißverschluss. Einen *sehr* langen.«

Paul riss den Arm von ihrer Schulter. Sie schreckte hoch. Er stieg auf die Bremse, steuerte in einem scharfen Schlenker an den Straßenrand. Das Auto kam abrupt zum Stehen, der Gurt drückte sich in Irmas Hals.

»Was ist?«, rief sie erschrocken. Paul war bleich, seine Augen waren weit aufgerissen. Er löste den Gurt, fuhr herum, schob sich über den Sitz, schaute nach hinten. Rutschte zurück, riss die Tür auf, stolperte zur hinteren Tür, kroch in den Fußraum. »Scheiße, verdammte Scheiße!«, hörte Irma ihn rufen, es war fast schon ein Schrei.

»Was denn?«, rief sie. »Was ist los?« Sie stieg aus dem Auto.

Paul hatte den Kofferraum aufgerissen, schob hektisch die Gepäckstücke hin und her. »Der Kleidersack!«, rief er. »Irma, der Kleidersack! Verdammt, wo ist der? Wo ist mein Anzug?« Er stand mit starrem Blick vor dem geöffneten Kofferraum.

»Hängt der nicht hinten am Haken, am Rücksitz?«

»Nein, Irma! Da hängt er nicht! Er ist weg!« Seine Stimme bebte, sie war laut, so ungewohnt laut, dass sie erstarrte.

»Wir haben ihn vergessen. Verdammt! Wir haben ihn im Hotel vergessen! Das darf nicht wahr sein!« Er vergrub sein Gesicht in den Händen, raufte sein Haar, ging hektisch auf und ab.

Irma streckte die Hand nach seinem Rücken aus. »Macht doch nichts, Paul. Der geht nicht verloren. Wir rufen im Hotel an und fragen, ob er dort ist, ja?«

Er griff in seine Hosentasche, holte sein Handy heraus, fingerte daran herum. »Verdammt, kein Netz, heilige Scheiße, auch das noch!«

Irma beobachtete ihn wie ein exotisches Tier. Was ging hier denn ab? Was war los mit Paul? »Der wird schon nicht weglaufen«, sagte sie, versuchte zu schmunzeln.

»Wir müssen zurück. Jetzt sofort«, stieß er hervor.

»Warum das denn?«

»Denk mal nach, Irma, denk einfach mal nach! Was ist, wenn die bei mir zu Hause anrufen, he?«

»Warum sollten sie?«

Er antwortete nicht, setzte sich auf den Fahrersitz. »Steig ein, bitte, schnell!«

Widerwillig drückte sich Irma in den Wagen.

Paul raste ein Stück die Straße hinunter. »Und? Ist jetzt das Netz da? Sag mir, wenn wir Netz haben!« Er raste weiter, erschrocken hielt Irma sich am Türgriff fest.

»Beruhig dich mal, Paul! Fahr langsam, verdammt!«

Er sagte nichts, presste stattdessen die Lippen zu einem Strich zusammen.

»Was soll schon passieren? Wenn sie anrufen, dann auf deinem Handy. Komm mal runter!«

»Ach, und wenn nicht? Was dann?«

»Welche Nummer sollten sie denn sonst anrufen? Ich weiß nicht, du bist ein bisschen ...«

»Keine Ahnung hast du, Irma«, zischte er.

Sie neigte sich zu ihm. »Wie bitte? Was hast du gesagt?«

Seine Nasenflügel weiteten sich mit jedem seiner Atemzüge.

»Wovon habe ich keine Ahnung, Paul?«

Er schwieg, raste weiter. Die Schlagader an seinem Hals pulsierte, seine Hände umklammerten das Lenkrad, weiße Fingerknochen traten hervor.

Der Wagen sprang über jede Unebenheit, mit einem *Peng* krachte der Reifen vorne links in ein Loch im Asphalt.

»Sag mal, geht's noch, Paul Mertens?«

Kein Wort von ihm, nur ein Nicken in Richtung Handy. »Und?«

»Jetzt gibt's wieder Netz«, sagte sie trocken. Paul stieg in die Bremse, wirbelte Staub auf, als er zum Stehen kam. Sprang aus dem Wagen, hielt sich sein Handy ans Ohr, ging nervös auf und ab. Dann redete er. Wartete, redete, legte auf. Fuhr sich durch die Haare.

Irma stieg aus. »Und?«

»Sie haben den Anzug samt Kleidersack in die Post gegeben. Kann sein, dass er schon auf dem Weg nach Hause ist. Sie schauen nach, rufen gleich zurück.«

»Vielleicht ist er ja doch noch im Hotel«, versuchte Irma, ihn zu beruhigen. Vielleicht auch nicht, dachte sie. Das wäre gar nicht so schlecht. Es brächte etwas in Bewegung. Das sagte sie ihm selbstverständlich nicht. Der schien sie ohnehin nicht zu bemerken, ging auf und ab, wischte sich den Schweiß von der Stirn. Stemmte seine Hände in die Hüften, trat gegen einen Stein. »Ich hab's gewusst! Wir hätten nicht in dieses verdammte Hotel fahren sollen. Wie konnte ich nur?«, presste er aus sich heraus.

»Wieso nicht? Es war doch schön. Also, mir hat es gefallen.«

Er winkte nur ab, wirbelte weiter Staub auf, trat gegen einen anderen Stein, seine edlen Sneaker waren schon ganz grau. Sein Telefon summte, er ging dran. Hyperventilierte nochmal richtig durch, ließ dann die Schultern sinken, sackte in sich zusammen. »Thank you so much. I am very happy ... Yes, I'll pick it up on the way back. Please don't send it, I'll pick it up, you can be sure. On Saturday. Please, do not send! Thank you so much, I'm so glad.« Ein erschöpftes Strahlen setzte sich auf sein Gesicht. Er legte auf, sagte: »Gott sei Dank.«

Der schon wieder. Irma biss die Zähne zusammen. »Was ist los, Paul?«, fragte sie streng.

»Nichts, jetzt ist alles gut.« Er fuhr sich über die schweißnasse Stirn. »Komm, meine Schöne, lass uns nach Pisa fahren.« Sein blasses Gesicht passte nicht zu dem Gesäusel, das er von sich gab.

Sie verschränkte die Arme, der Staub hatte sich auf ihre Sandalen und die Füße mit den akkurat lackierten Zehennägeln gelegt. »Ich will wissen, warum du so ein Theater veranstaltet hast.«

»Habe ich das?«

Sie hob die Augenbrauen.

Er streckte den Arm nach ihr aus, versuchte, sie an sich zu ziehen.

Sie spannte sich an, hob den Kopf, legte eine Haarsträhne hinter das Ohr. »Du bist völlig ausgerastet, Paul. Wegen deines Anzugs!«

»Kannst du das nicht verstehen? Offiziell bin ich in Bozen!«

»Ja, und? Dann hast du eben einen Abstecher nach Trient gemacht. Ist doch nicht weit.«

»Ich habe aber gesagt, dass ich in Bozen bin. Heute morgen am Telefon. Weißt du nicht mehr? Du warst dabei!«

»Dann solltest du nicht so viel telefonieren«, sagte sie trocken.

»Dieses Hotel ... Ich hätte das nicht tun dürfen«, murmelte er.

»Wieso, Paul? Was ist mit dem Hotel?« Sie beugte sich vor, klebte ihren Blick in sein Gesicht, zwang ihn, sie anzusehen. »Nun sag schon!«

»Ach, lass uns aufhören damit. Alles ist gut. Komm, meine ...«

»Nichts da, ich will es wissen. Jetzt!« Sie atmete flach, ihr Puls stieg bedenklich hoch, es fehlte nicht viel und sie würde die Kontrolle verlieren. Dann würden ohne ihr Zutun Worte aus ihr fliegen und zu scharfen Geschossen werden. Bloß das nicht! Sie hielt die Luft an, atmete lange aus. Stand vor Paul im Straßenstaub. Die Hitze klebte an ihr, verbrannte die Haut, immer tiefer, kleine Löcher taten sich in Irmas nackten Armen auf, breiteten sich rasend schnell aus. Hektisch strich sie darüber hinweg. »Sag es mir!« Sie griff nach Pauls Arm, er zog ihn weg.

»Es ist nichts, gar nichts«, stammelte er.

Sie schwieg, stand mit verschränkten Armen da, steinhart, starrte auf Paul. Tiefes Schwarz stieg in ihr auf. Sie atmete Kälte aus. »Ich – will – wissen – was – los – ist«, sagte sie messerscharf.

»Nichts, rein gar nichts, meine Schöne. Jetzt machst aber du Theater, findest du nicht?« Ein in Fetzen gelachter Ton stob aus ihm heraus, gefror in Irmas eisigem Blick.

»Sag es«, zischte sie.

Er senkte den Blick, kratzte sich am Kopf. Schaute wieder auf. »Also, gut«, stammelte er. »Silvia ... Sie kennt das Hotel. Wir waren zusammen dort.« Seine Worte hingen in der Luft, tropften giftig auf Irma herab.

In ihr stiegen Bilder auf: Sie bei der Ankunft im Foyer, unsichtbar ganz hinten im Schatten. Das Frühstück mit ihm allein im Zimmer, von wegen romantisch, er hatte sie eingesperrt. Bei der Abfahrt hatte er sie zum Auto vorausgeschickt, um allein auszuchecken. War zügig abgefahren, nichts hatte sie sehen können von der Aussicht, vom üppigen Garten. Niemand außer diesem seltsamen Kofferträger hatte sie im Hotel zu Gesicht bekommen. Niemand, als ob es sie nicht gab. Paul hatte sie verschwinden lassen, wegradiert, ausgelöscht. Das Fünkchen Glut in Irmas Brust wurde zu einer heißen, lodernden Flamme, schoss scharfes Rot unter die Haut. Sie drehte sich um, warf sich auf den Fahrersitz, knallte die Tür zu, versuchte, den Wagen zu starten. Würgte ihn ab, zündete wieder.

Die Beifahrertür wurde aufgerissen, Paul sprang ins Auto, packte ihre Hand. »Nicht, Irma«, sagte er mit bebender Stimme. »Bleib, bitte, bleib.«

»Lass mich!«, zischte sie, stach ihren Blick in seinen.

»Also wirklich, was soll das? Alles ist gut!«

»Gut? Alles ist gut? Du hast mich verraten! Eiskalt!«

»Bitte was? Verraten? So ein Unsinn!« Paul schüttelte den Kopf, wieder und wieder. »Ich ... Ich wollte dir nicht wehtun. Ich ... ich wollte, dass es dir gut geht. Dass es *uns* gut geht. An einem schönen Ort wollte ich mit dir sein, es war unsere erste gemeinsame Nacht, du weißt schon ... Das sollte etwas ganz Besonderes sein!«

»Das ist dir wahrhaftig gelungen, Paul Mertens! Du hast mich belogen.« Sie schluchzte auf. Nichts konnte diese Lüge auslöschen, sie würde für immer sein. Ein schwarzer Fleck auf einer weißen Wand.

Paul umklammerte das Steuer. Irma war so still. Seit über einer Stunde, seit sie in San Galgano losgefahren waren, schaute sie aus dem Seitenfenster. Sie hatte ihm nur einsilbig geantwortet und nicht ein einziges Mal zu ihm geschaut. Was hatte er bloß angerichtet? Seine Schmeicheleien, die sie sonst zu diesem zauberhaften Lächeln brachten, prallten an ihr ab. Er hatte sie wahrhaftig verletzt. Wie sollte er das wieder hinbekommen? Wenn er ihr doch nur klarmachen konnte, dass es für ihn nicht leicht war. Jederzeit konnte alles auffliegen, sie mussten vorsichtig sein, sorgfältig planen und durften nichts dem Zufall überlassen. Er wischte sich den Schweiß von der Stirn. Die Klimaanlage kam nicht gegen die Hitze an, in Irmas altem Kombi war alles etwas heruntergekommen. Sein schweißnasses Hemd klebte am Rücken, es juckte und kratzte, kein Wunder, der Sitzüberzug war aus Kunststoff und an den Nähten abgewetzt. Nicht auszudenken, was der in den Jahren schon alles aufgesogen hatte. Wäre es vielleicht doch besser gewesen, mit seinem Auto zu fahren? Der BMW stand nun schon seit Tagen auf dem Parkplatz neben der Autobahn. Was, wenn sich jemand wunderte und die

Polizei alarmierte? Oder kriminelle Autohändler ihn kurzerhand stahlen? Wie sollte er das dann zu Hause erklären? Er seufzte. Etwas mehr von Irmas strahlender Unbedarftheit könnte er gut gebrauchen. Aber so leicht war das für ihn nicht. Und, mal ehrlich, die Sache mit dem Kleidersack, die war haarscharf gewesen, das hätte in einer Katastrophe enden können. Selbst Irma sollte das einsehen. Er musste aufpassen, im Rausch mit ihr nicht so etwas Wichtiges aus den Augen zu verlieren. Er war wirklich nicht gemacht für solche Heimlichkeiten und Betrügereien. Und trotzdem tat er es. Jeden Tag, seit er Irma kannte.

Er sah sie vor sich stehen, an jenem regnerischen Montag vor fast drei Monaten, im Wäldchen neben der Klinik. Sie meinte, dass sie gleich sterben werde, und begab sich verzweifelt voll und ganz in seine Hände. Von da an leuchtete sie hell in seine tiefe Dunkelheit hinein, die ihn monatelang taub und blind gemacht hatte. Lebendig und wild war Irma, dann wieder verletzlich und zart. Alles neben ihr verblasste zu einem trüben Schein. Und sie wollte ihn, das zeigte sie ihm, immer wieder. Nie hätte er für möglich gehalten, dass eine Frau wie Irma sich in ihn verlieben könnte. Eine Frau, die so schön und begehrenswert war, so begeisterungsfähig und interessant. So unwiderstehlich und bezaubernd. Und jetzt hatte er sie verletzt. Verdammt, was sollte er tun? Im Grunde mochte er keine Überraschungen, es gab nichts, was ihn überrumpelte, vielleicht mal ein nicht erahntes Geburtstagsgeschenk, ein unerwarteter Regenguss an einem heißen Tag oder das grundlose Bremsmanöver eines vorausfahrenden Idioten. In der Regel hatte er alles im Griff. Er fuhr vorausschauend und schaute regelmäßig in die Regen-App. Aber Irma hatte sein Leben auf den Kopf gestellt. Jedes Mal, wenn er sie sah, gab es nichts mehr außer sie. Wenn sie sich liebten, war es lange und intensiv. Er wunderte sich über sich selbst, so ausdauernd war er sonst nie. Und so viel Lust hatte er ewig nicht mehr gespürt. Jeden Tag konnte er mit Irma schlafen, sich in sie schieben, immer wieder. Oft saß sie auf ihm, wiegte sich, tanzte, gab den Rhythmus vor, er ging mit ihr. Dann überließ sie sich ihm, im perfekten Moment, wenn er richtig in Fahrt gekommen war. Es war dann ganz leicht, er fühlte sich stark und mächtig, wie nie zuvor. Manchmal schaffte er es, dass sie zweimal kurz hintereinander kam, einmal sogar ein drittes Mal. Er hatte immer gedacht, das sei nur Gerede, Angeberei und komme nur selten vor, aber mit Irma war alles möglich. Lebendig und energiegeladen fühlte er sich, seit er sie kannte, er konnte sich nicht erinnern, jemals so voller Leben gewesen zu sein.

Das erste Mal mit ihr war in seinem knarrenden Klinikbett gewesen. Erst hatte er gezögert, hatte einen klaren Kopf bewahren wollen, nie im Leben hätte er gedacht, jemals seine Frau zu betrügen. Doch dann hatte er losgelassen und nichts war mehr von Bedeutung gewesen. Sie liebten sich mit unbändiger Kraft, als hätten sie seit Ewigkeiten auf diesen Moment gewartet. Es war schnell gegangen, aber betäubend schön war es gewesen. Wie Irma ihn liebkoste, ihr leises Seufzen, das rhythmische Atmen, er hatte alles um sich herum vergessen. Atemlos ineinander verschlungen hatten sie anschließend auf den Flur gehorcht, nichts, keine Schritte, keine Stimmen, alles war still gewesen. Sie hatten leise gelacht und gekichert, wie Kinder es tun, wenn sie etwas ausgefressen haben, dann hastig nach ihren Kleidern gegriffen. Von da an hing Irmas Bild in seinem Kopf und die Tage ohne sie waren gefüllt von Begehren nach ihr.

Er schaute zu ihr, sah die Linie ihres Profils vor dem vorbeifliegenden Gelb und Grün. Vorsichtig tastete er mit der Hand nach ihrem Bein, legte sie behutsam auf den zarten Stoff ihres Sommerkleids. Hoffte, sie würde nach seiner Hand greifen, sie auf ihre nackte Haut führen und die Schenkel für ihn öffnen, wie sie es sonst immer tat. Er wollte ihre Lust auf ihn spüren, wenn er schmunzelnd mit seinen Fingern unter ihrem Rock nach oben fuhr, Irma kichern und dann seufzen hören. Dass sie ihn so sehr wollte, das haute ihn manchmal regelrecht um. Doch nichts passierte. Von Irma kein Wort.

»Alles okay, meine Schöne?«, fragte er zaghaft.

»Ja«, antwortete sie spitz.

»Du bist noch sauer, stimmt′s?«

»Na ja, soll ich jubeln über das, was du getan hast?«

»Nein … nein, natürlich nicht.« Schweißperlen rannen an seiner Schläfe entlang. Er legte die Hand zurück aufs Steuer, hielt sich daran fest. Nahm aus den Augenwinkeln wahr, dass Irma den Kopf zu ihm drehte. Er schaute zu ihr. Ihre Augen waren matt, kein Leuchten wie sonst, wenn sie ihn ansah. Und sie waren rot vom Weinen vorhin in San Galgano. Oder hatte sie die ganze Zeit geweint? »Es … es tut mir wirklich leid, meine Schöne!«, sagte er mit belegter Stimme. »Ich habe einen Fehler gemacht. Das wird nicht mehr passieren. Ich passe besser auf. Ab jetzt.«

»Worauf?«

»Dich nicht mehr zu verletzen. Und …« Paul schluckte.

»Und?«, fragte sie.

»Na ja, dass …«, stotterte er, strich über seine feuchte Stirn. »Dass es uns gut geht. Dir und mir.«

»Ah«, sagte sie, mehr nicht.

»Ich wollte uns eine wundervolle erste Nacht schenken. Und ich dachte …«

»Ja?«

»Also, … dass das Hotel genau das Richtige dafür ist. Und dass sich dort niemand an mich erinnert. Es ist so lange her. Und es war auch nur ganz kurz.«

»Ach. Diese Brünette an der Rezeption hat dich erkannt?«

»Ja … nein. Also, meine Daten waren gespeichert. Und Silvias auch. Das wusste ich nicht.«

»Und was ist daran so schlimm, dass du mich belügen musstest? Wenn es doch so lange her ist?«

Paul schluckte vergeblich an gegen den dicken Kloß im Hals. »Nichts. Eigentlich nichts«, fiel es aus ihm heraus. »Du hast vollkommen Recht. Es war dumm von mir.«

»Ja. Das war es.« Ihre Stimme klang so ungeheuer traurig und verstört. Es zog ihn in einen dunklen Schlund.

»Es ist wunderbar mit uns, meine Schöne«, versuchte er sanft, in den Graben zwischen ihnen ein rettendes Seil zu werfen. »Wie noch nie in meinem Leben. Lass uns aufhören mit diesem dummen Streit und da weitermachen, wo wir in San Galgano aufgehört haben. Ja?«

Irma schwieg.

»Ich werde diesen Ort nie vergessen«, fuhr Paul fort. »Du hast mich damit glücklich gemacht. Es war unglaublich. So, wie du es bist.« Wieder tastete er nach ihrem Bein, legte seine Hand auf den zarten Sommerstoff. »Verzeihst du mir?« Er schaute sie an, sah nur ihr Profil. Heftete den Blick zurück auf die Straße. Schluckte.

Doch was war das? Es war nicht mehr als ein sanfter Ruck, aber Paul spürte es deutlich unter seiner Hand: Irma legte das Knie ein ganz klein wenig zur Seite, öffnete die Schenkel für ihn. Mit aller Vorsicht schob er seine Fingerspitzen einen Hauch breit unter den Saum ihres Sommerrocks. Atmete auf.

Irma musste Paul gar nicht ansehen, um sein Lächeln zu spüren. Sie lehnte sich im Beifahrersitz zurück, legte das Knie noch ein klein wenig mehr zur

Seite. Alles war wieder gut. Sie hatte ihm verziehen. Aber das würde sie ihm erst nachher sagen. Es brannte nicht mehr in ihr, doch die Asche war noch nicht abgekühlt, so schnell ging das nun mal nicht. Darunter glühte ein heißer Punkt, aber bald würde der Wind den schwarzen Staub aufnehmen – und mit ihm den letzten Rest zarter Glut. Würde ihn davonwehen, weit über die Landschaft tragen und die rußigen Flocken auf eine vertrocknete, einsame Wiese rieseln lassen. Ab jetzt würde Irma nicht mehr in der Asche stochern, rußige Hände riskieren und sich womöglich noch die Finger verbrennen. Sie würde offen sein für das, was Paul tat, damit sie wieder gut mit ihm war. Und das würde Einiges sein. Es würde wunderbar werden, wie immer, wenn er ihr zeigte, wie sehr er sie liebte.

TAG 4, DIENSTAG, KURZ NACH ZWEI IN DER NACHT

Paul lag neben Irma im Bett, fand nicht in den Schlaf. Eine seltsam prickelnde Aufregung hatte ihn erfasst. Das Zimmer hier war einfach unglaublich. Es war riesig und wundervolle Antiquitäten ruhten darin, wahrscheinlich schon Hunderte Jahre lang. Ein wunderschön verzierter Schrank, eine alte Kommode, ein Schreibtisch und ein Stuhl. Und das sagenhafte, mächtige Bett. Über Paul spannte sich ein Gewölbe mit Fresken, die Ornamente und Blüten, Engelsgesichter und Bordüren in zarten Farben ergaben ein überwältigendes Zelt über ihm. Er wanderte mit seinen Blicken die Gemälde ab, die ihm im schummrigen Licht mystisch entgegenleuchteten. Irma hatte gesagt, das alles sei eindeutig original Renaissance, das gebe es öfter mal in Italien, weitab von der Stadt. Schließlich sei dieses Land das übervolle Museum Europas und die eine oder andere geschichtsträchtige Perle könne auch mal ungesehen am Straßenrand stehen. Unfassbar. Mitten in der Pampa hatten sie das Haus gefunden, eine alte Villa mit marodem Charme, weitab von den Hauptstraßen, am Rande eines Pinienwalds. Von außen sah es fast schon baufällig aus, doch innen war es ein einziger Schatz. In jedem Raum Fresken an Decken und Wänden, marmorne Böden mit ausgetretenen Pfaden auf den Fluren. Die blind gewordenen Kristallleuchter mussten nur mal ordentlich geputzt werden, um in aller Pracht zu erstrahlen, bodenlange Vorhänge wehten im toskanischen Wind. Am Empfang ruhte ein großer Hund mit braunem, seidigem Fell zu Füßen einer Frau, ihr langes Haar war zu einem Zopf geflochten, der auf ihrer Schulter lag. Mit ihrer italienischen Stimme und ihrem Lachen hatte sie den dämmrigen Raum hell gemacht.

Sobald Irma und Paul im Zimmer waren, hatten sie sich geliebt. Es war leidenschaftlich und heiß gewesen, als habe es den Sturm zwischen ihnen nie gegeben. Das Dach aus magischen Blüten und Ornamenten zog sie in einen mitreißenden Farbenrausch. Paul fühlte sich kraftvoll und stark. Hinterher schmiegte Irma sich an ihn und sagte, dass er sagenhaft sei. Dann schlief sie ein, eng an ihn gedrückt, er spürte jeden Atemzug. Dass der Tag so perfekt enden würde, hätte er nicht für möglich gehalten.

Pisa war die Hölle gewesen. Die Hitze, die Touristenmassen, überall Verkaufsstände mit dem ganzen Andenkenschrott. Auf dem Platz der Wunder war der Zauber vom scharfen Summen Hunderter von Stimmen erstickt. Mühsam schoben sich Irma und Paul in der Hitze an klebrigen Leibern vorbei, sahen den schiefen Turm nur aus der Ferne. Dann ging es Irma plötzlich nicht gut. Sie war blass, rang um Luft. Stand inmitten der Menschen, mit ihrer berührenden Zerbrechlichkeit. Er stützte sie, redete mit ihr, zog sie aus dem Getümmel und hielt sie lange im Arm. Sie schmiegte sich an ihn, mit jedem seiner Worte beruhigte sie sich ein wenig mehr. Sie ergriffen die Flucht, fuhren raus aus der Stadt. Hatten keine Lust mehr auf Lucca, dort würde es dasselbe hitzige Getümmel wie in Pisa sein. Irgendwo an einer staubigen Straße verdrückten sie in einer Trattoria eine lasche Pizza, Irma trank ein Glas Wein mit Eiswürfeln dazu. Langsam taute sie auf. Dann noch eins und das Leuchten in ihren Augen kam zurück. Fast zwei Stunden hatten sie danach vergeblich nach einem freien Zimmer gesucht, immer weiter fuhren sie weg von der Stadt. Und plötzlich war die Villa da, als habe sie auf sie gewartet.

Irma seufzte, räkelte sich. Vorsichtig versuchte er, seinen kribbelnden Arm unter ihr hervorzuziehen, sie aber hielt ihn fest. Sie murmelte etwas, das er nicht verstand. Er roch ihren süßlichen, köstlichen Schweiß, ihre Haare waren am Ansatz feucht. Gegen den Lichtschein zeichnete sich ihre Silhouette ab, eine perfekte Linie, ein perfektes Bild.

Wie hatte er nur so dumm sein können, alles aufs Spiel zu setzen und mit ihr in dieses Hotel im Trient zu fahren? In dem er mit Silvia gewesen war. Zweimal. Paul schluckte.

Am dreißigsten Geburtstag seiner Frau hatten sie im Restaurant unter den üppigen, glitzernden Kristallleuchtern gegessen, danach auf der Terrasse im Kerzenschein einen samtigen Rotwein getrunken und er hatte ihr einen Heiratsantrag gemacht. Ein paar Jahre später waren sie nochmal dort, als er Beamter auf Lebenszeit geworden war. Niemals hätte er es für möglich gehalten, dass er seine Frau hintergehen würde. Und jetzt tat er es. Seit fast drei Monaten. Immer wieder.

Silvia. Pauls Herz begann lauter zu pochen, er rückte von Irma ab, zog seinen Arm unter ihrem Kopf hervor, sie seufzte, er hielt den Atem an. Eine seltsame Schwere, ein dunkles Rauschen durchzog ihn plötzlich, in der Brust wurde es eng. Wie jedes Mal, wenn er herausgeworfen wurde aus dem Höhenflug, aus dem hellen Strudel, der ihn immer weiter zog. Wenn der

Hunger nach Mehr unvermittelt verschwand und ein bitterer Geschmack auf seiner Zunge lag.

Silvia war stark und verlässlich, nie war sie eingebrochen, egal, was passierte. Auch nicht, als ihre Schwester beim Bergsteigen von einer Felsspitze gefallen und gestorben war, in einem Haufen Geröll. Vor drei Jahren war das gewesen. Paul wollte für sie da sein, aber das musste er nicht. Gleich nach der Beerdigung war sie wieder in die Bank gegangen. Nur manchmal sah er das Entsetzen in ihren Augen. Dann nahm er ihre Hand, aber sie sagte mit einem Lächeln: »Es ist alles gut. Mach dir keine Sorgen um mich.« Sie arbeitete viel, verdiente bestens, Geldsorgen gab es bei ihnen nicht. Na ja, das Haus hatte doch mehr geschluckt als geplant, es hatte einen Engpass gegeben, aber jetzt ging es ganz gut. Hin und wieder war Paul auf Partys von ihren Arbeitskollegen dabei, Freizeitpflicht nannte sie diese Termine mit den erfolgreichen Zahlenmenschen. Nur manchmal fragte jemand nach, was er machte, ach, Lehrer, wie schön. Das war's dann auch. Silvia erzählte immer, dass er Klavier studiert habe, dann sagten sie, er solle doch mal etwas spielen, als ob das so einfach war. Zum Konzert im städtischen Kulturzentrum war niemand von ihnen gekommen. Ein paar gute Freunde hatten sie, aus Silvias Studienzeit, und Paul hatte seine Jungs. Die kannte er aus der Schule, einmal im Jahr waren sie unterwegs, davon zehrte er immer lange.

Was wäre, wenn Silvia wüsste, dass er sie schamlos betrog? Heißen Sex mit Irma hatte, wie er ihn mit ihr nie gehabt hatte? Er setzte sich auf, sein Herz schlug schnell, Schweiß stand auf seiner Stirn. Sie musste es nicht wissen, viele hatten Affären und kamen damit klar. Warum nicht auch er? Silvia würde es niemals erfahren. Sie würde ihn weiter mit ihrem offenen, ehrlichen Blick ansehen und sagen, dass sie ihn liebe. Erst seit es mit dem Kind nicht klappte, war sie manchmal etwas ungehalten, das kannte er so nicht von ihr. Er wollte sie nicht verletzen, nein, das wollte er wirklich nicht. Alles war gut mit Silvia. Von Anfang an war es das gewesen. Seit dem Morgen hatte Paul nichts mehr von ihr gehört. Es war einfach nur Glück gewesen, dass die Sache mit dem Anzug nicht schiefgegangen war. Das Hotel hatte auch Silvias Nummer, nicht auszudenken, was hätte sein können. Er griff nach seinem Handy auf dem Nachttisch, öffnete ihre Nachricht vom Morgen, las seine Antwort dazu: *Ja, Liebling, mach Dir keine Sorgen. Es geht mir gut.* Er schluckte. Das war nicht gelogen. Alles andere ja, aber das würde Silvia niemals erfahren. Er sah, dass sie online gewesen war vor ein paar Minuten und stutzte. Es war halb drei in der Nacht. Er wandte sich zu Irma, ihre Silhouette bewegte sich auf und ab mit jedem Atemzug. Sie schlief tief und fest. Wieder ein Blick auf sein Handy. *Bist Du wach?*, tippte er, die Nachricht flog weg, das Zischen zerschnitt scharf die Stille. Erschrocken presste Paul das Telefon in seine Hand. Hielt den Atem an.

Irma machte einen langen Atemzug. Stoppte. Atmete weiter den Rhythmus eines tiefen Schlafs.

Ja, ich bin wach. Ich kann nicht schlafen.

Geht es dir nicht gut?

Morgen habe ich doch den Termin bei Professor Wilde. Können wir telefonieren?

Paul stockte. Wie sollte er das jetzt anstellen? Hastig schlug er die Decke zurück, warf einen Blick auf Irmas Rücken, erhob sich, schlich auf Zehenspitzen ins Bad. Die Tür knarrte, er verharrte kurz, alles schien in Ordnung zu sein.

»Silvia?«

»Wie schön, dich zu hören.«

»Ja ... ja, das finde ich auch.«

»Ach, Paul, ich weiß nicht, soll ich den Termin nicht lieber absagen? Vielleicht sollte ich mir eine Auszeit gönnen, bevor wir weitermachen.«

»Liebling, es wird schon. Ganz bestimmt.«

»Manchmal glaube ich nicht mehr daran.«

»Denk dran, was die Ärztin gesagt hat. Das klang doch gut!«

»Ich weiß nicht ... «

Paul hörte ein Rascheln, legte erschrocken seine Hand über das Mikrofon. »Der Empfang ... Silvia ... hörst du mich?«, stotterte er, »ich höre dich nicht mehr.« Er legte auf. Die Badezimmertür öffnete sich.

»Paul?« Irma stand in der Tür, sie war nackt, ihr Blick haftete auf seinem Gesicht. »Was machst du?«

»Ich ... ich komme gleich, ja?« Das Telefon brummte in seiner Hand, einmal, zweimal, eine Hitzewelle raste durch Pauls Körper.

Irma blieb im Türrahmen stehen. Das Licht aus dem Zimmer zeichnete ihre Konturen scharf. »Du hast mit Silvia telefoniert«, sagte sie trocken.

»Nein ... ja. Es ging nicht anders. Ich musste drangehen.«

»Aha.« Irma neigte den Kopf ein wenig zur Seite, ihr Gesichtsausdruck überzog ihn mit einem Schauer, sein Herzschlag geriet ins Stocken. Das Brummen hatte aufgehört, das Telefon lag heiß in seiner Hand.

»Mitten in der Nacht? Ist was passiert?«, fragte Irma. Ganz ruhig sagte sie das, eine zarte, wachsame Erleichterung stieg in ihm auf.

»Nicht direkt. Sie ... sie hat ein paar Sorgen und kann nicht schlafen.«

»Sorgen?«

»Ja, in der Arbeit.«

»Aha?«

»Lass uns wieder schlafen gehen, meine Schöne.« Das Telefon brummte, jedes Brummen war wie ein Stromschlag, der ihn durchfuhr.

»*Du* hast sie angerufen, stimmt's? Nicht sie dich.«

»Irma, bitte, welche Rolle spielt das? Sie ... sie ist meine Frau, es würde ihr auffallen, wenn ich nicht mit ihr spreche. Es hat nichts zu bedeuten. Nicht für dich und mich. Was soll ich denn machen, wenn sie mit mir reden will?«

»Dasselbe wie ich.«

Er schaute sie fragend an, öffnete seinen Mund, Worte steckten fest in seinem Hals.

Sie hob die Augenbrauen, kam einen Schritt auf ihn zu. Ihr Duft kroch in seine Nase. Sie streckte ihre Hand aus und fuhr mit den Fingerspitzen über seine Brust, wanderte an seinem Bauch herunter. »Nicht erreichbar sein. Ist das zu viel für deine Silvia?« Sie stoppte an seinen Lenden, kam nah an ihn heran, ihre Brüste berührten hauchzart seine Haut. »Wir haben nur die paar Tage, Paul, eine einzige Woche. Wer weiß, wann wir wieder die Gelegenheit dazu haben. Schaffst du es nicht, mal ganz bei uns zu sein? Willst du das überhaupt?«

»Doch, ja, natürlich will ich das. Es ist wunderbar mit dir.« Er legte seine Hand auf ihre Hüfte, sie wich zurück.

»Es sieht aber nicht danach aus. Wie würdest du es finden, wenn ich nachts heimlich mit Philip telefoniere?« Ihre Stimme wurde lauter, sie richtete sich auf. »Ganz ehrlich, Paul, ich könnte das nicht. Ich würde dir das nicht antun. Ich dachte, du und ich sind ehrlich zueinander. Du belügst nicht nur deine Frau, sondern auch mich. Es geht dir immer nur um dich.«

»Was soll ich denn machen? Sie ...«

»Geh nicht dran, fertig.«

»Das ist unmöglich.«

Irmas Augen wurden schmal, ihr Blick schoss durch einen Tunnel direkt auf ihn zu. »Unmöglich?« Sie lachte auf. Machte einen Schritt zurück, streckte sich, stand da, komplett nackt, in der Haltung einer heiligen Kriegerin. »Das ist es nicht«, zischte sie. »Es ist ganz leicht, aber du schaffst es nicht. Dafür bist du zu schwach.« Sie drehte sich um, schluchzte auf, ihre Schultern bebten. »Ich habe dir vertraut, aber ich habe mich getäuscht. Von Anfang an. Du bist nichts weiter als ein kleiner Lehrer, der glaubt, ein großer Musiker zu sein.« Irma schlug die Badezimmertür zu.

Wie versteinert stand Paul da. Das Vibrieren des Handys zersägte seine Hand. Verdammt nochmal! Warum rief sie schon wieder an? »Silvia?« Er erschrak über seinen schroffen Ton. »Sorry, der Empfang hier auf dem Zimmer ist ganz schlecht. Soll ich in die Lobby ...«

»Nein, ist schon gut«, hörte er Silvias warme Stimme. »Ich denke, dass ich jetzt schlafen kann. Mal sehen, was Professor Wilde als Nächstes vorschlägt. Telefonieren wir morgen?«

Paul hörte die Zimmertür zuschlagen, dann schnelle Schritte auf dem Flur. Sein Herz raste, polterte in seiner Brust. »Silvia ... hörst du mich? ... Der Empfang ...« Er drückte auf den roten Knopf. Fast hätte er das Telefon auf dem Marmorboden zertrümmert, konnte sich im letzten Moment beherrschen, presste seine Hand um das heiße Ding. Biss die Zähne zusammen, dass es knirschte.

Irma. Verdammt! Er riss die Badezimmertür auf. Ihr Kleid und die Schuhe waren weg, die Bettdecke lag auf dem Boden, der Schreibtischstuhl war umgekippt. Paul stieg fahrig in seine Hose, strauchelte, fing sich im letzten Moment. Streifte das Polo-Shirt über, rannte den dunklen Flur entlang, die Engel an der Zimmerdecke kicherten ihm spöttisch hinterher. Seine Schritte hallten an den Wänden wider. Nicht so laut, schrie es in ihm, niemanden wecken um diese Zeit.

Er rannte aus dem Haus, es war stockdunkel. Seine Augen wurden weit, nur die schwarze Linie des Pinienwalds zeichnete sich gegen den sternenklaren Nachthimmel ab. Er hielt inne, horchte in den Wald hinein, dieses unerträgliche Zirpen, es bohrte sich in sein Ohr. Mit nackten Füßen lief er über den Kieselweg, es schmerzte höllisch, er wich aus aufs Gras. Das Auto stand neben dem Haus. Gott sei Dank! Er rannte um den Wagen herum. Die Fenster waren schwarze Löcher, die sich gähnend öffneten. Er leuchtete mit seinem Handy hinein. Nichts.

Er rannte zum Haus zurück, warf den Lichtstrahl hektisch auf den Weg, lief um das Gebäude herum, etwas Spitzes bohrte sich in seinen Fuß. Paul biss sich auf die Lippen, zwang sich, nicht zu schreien. Dunkle, graue Mauern erhoben sich neben ihm, hinter den angelehnten Terrassentüren brannte leises Licht. Da hörte er schnelle, kurze Schritte hinter sich, ein Tapsen, nicht von einem Menschen. Er hielt den Atem an, drehte sich um. Leuchtete ins Dunkel. Der Lichtschein fiel in schwarze Augen, die auf ihn gerichtet waren. Ein Knurren war zu hören. Leise, gefährlich nah, Paul erstarrte.

Es war der riesige braune Hund. Paul schluckte, würgte ein freundliches »Na, mein Junge« aus sich heraus, streckte die Hand nach dem Tier aus. Es kam auf ihn zu, schleckte mit rauer Zunge über seine Hand. Zitternd tätschelte er seinen Rücken, strich über das glatte Fell, redete irgendwas Beruhigendes daher. Der Hund rieb seinen Rücken an ihm, streckte ihm hechelnd den Kopf entgegen. Da öffnete sich die Terrassentür, eine schwarze Silhouette in wallendem Gewand zeichnete sich ab gegen das Licht. Es war die Frau mit dem Zopf, sie rief nach Karlo, der drehte sich um und trottete zu ihr. Paul setzte ein Lachen auf, winkte aus der Dunkelheit, redete auf Englisch etwas von nicht schlafen können, noch eine Runde drehen. Die Frau sagte »Buona notte« und zog Karlo ins Licht. Dann schloss sie die Tür und zog die Vorhänge zu.

Paul drehte sich um. Der Pinienwald war eine schwarze Wand, aus der es zirpte und raschelte, so laut, dass es schmerzte. Sie wuchs, schob sich ihm entgegen, warf ihren undurchdringlichen Nachtschatten auf ihn wie ein bleiernes Tuch. Unter seinen Füßen trockenes, graues Gras, feine Nadeln drückten sich in die Haut. Die Wunde unter seinem Fuß brannte wie Feuer. Er stolperte auf die Terrasse, leuchtete ins Dunkel. Ein paar eiserne Stühle standen an runden Tischen, er schob einen zur Seite, das Schaben auf dem Boden stach in das Getöse aus dem Wald. Er setzte sich, sackte in sich zusammen. Hielt in seinen Händen das Telefon, heiß vom pulsierenden Blut unter der Haut. Die Nacht war ein einziger finsterer Schatten, der sich über ihn legte.

Da rannte er also, leuchtete wirr in die Nacht, verstreute sinnloses Licht. Irma stand hinter dem meterdicken Baum, mitten auf der trockenen Wiese, hörte seine Schritte, wie er ums Haus lief, sah seinen Schatten, das weiße T-Shirt hob sich von der Dunkelheit ab. Ein kurzer Schreck, als der Hund bellte, dieser hässliche, sabbernde Köter, den Paul getätschelt hatte, als sie am Abend angekommen waren. Nur gut, dass das Tier nicht sie entdeckt hatte, sie hätte ihm einen gewaltigen Tritt verpasst, diesem alten Vieh.

Wie konnte Paul es wagen, ihr einen solchen Schlag zu versetzen? Und das auch noch nach seiner Lüge am Nachmittag. Sie hatte das Zischen der Nachricht gehört, war sofort hellwach gewesen. Er hatte neben ihr gelegen und sich hinter ihrem Rücken mit seiner Frau geschrieben! Dachte er etwa, sie wäre so dumm und bemerkte es nicht? Und dann hatte er sich ins Bad verdrückt. Armselig war das! Er würde es noch bereuen, so mit ihr umgegangen zu sein.

Sie hörte die Stimme der Pensionswirtin, dann das Schließen der Terrassentür. Paul setzte sich an den Tisch. Was machte er da? Irma beugte sich vor, trat auf einen Zweig, das leise Krachen verlor sich im Gezeter der Nacht-Zikaden.

Paul löschte die Taschenlampe, sein T-Shirt leuchtete nur noch schemenhaft. Irma wartete, lehnte sich an die Rinde des Baums. Eine Zigarette wäre jetzt schön, genüsslich eine rauchen unter diesem herrlichen Blätterdach, hin und wieder zu Paul hinüberschauen, der, sein Gesicht in den Händen vergraben, auf der nachtschwarzen Terrasse saß und um sie weinte. Er würde den kleinen glühenden Punkt sehen und nach ihr rufen, doch sie würde davonlaufen, in den Wald, die Zigarette im Boden ersticken, unsichtbar werden für ihn. Er würde ihr folgen, sie verzweifelt suchen, sich im Wald verirren, während sie im Moos sitzen und dem rennenden T-Shirt hinterherschauen würde. Der Zigarettenstummel würde leise ein Feuer legen, klein und zart würden die Flammen aus dem Boden kriechen, sich durch das trockene Gestrüpp fressen, zu einem lodernden Feuer werden, das hoch aufstieg in den klaren Nachthimmel. In Windeseile gäbe ein Baum das heiße Lodern knackend und zischend an den nächsten weiter. Weißer, beißender Rauch stiege nach oben und Paul riefe verzweifelt Irmas Namen. Husten würde er, stolpern, sein Handy verlieren, der kleine weiße Lichtpunkt der Lampe würde zugedeckt von grauer Asche und das gesamte Ding würde schmelzen und alles, was je damit geschickt oder gesprochen worden war, würde für immer verloren sein. Und dann, im letzten Moment, würde Irma sich finden lassen. Mit Asche im Haar stünde sie auf einer Lichtung und Paul nähme sie erleichtert in seine Arme. Er würde sie durch den Wald zurück in die Villa tragen, sie küssen und liebkosen.

Sie warf den Kopf in den Nacken, ein stummes Lachen kroch in ihrer Kehle hoch, sie öffnete den Mund, ließ es heraus, sah es tonlos aufsteigen in die schwarzen Blätter vor den weißen Sternenwolken.

Die kleine Lampe leuchtete wieder auf, Paul schien aufgestanden zu sein, er bewegte sich durch den Garten, kam näher. Irma drückte sich an den Stamm. Sie hörte ihn ihren Namen rufen, leise und verhalten, hatte er sie gesehen? Sie machte sich schmal, vernahm zögernde Schritte auf dem Gras.

Nun war er dicht neben ihr. Sie hielt den Atem an. Er leuchtete unter den Baum, die Lampe am Handy warf ein erbärmliches Licht auf die dunklen Blätter und den grauen Rasen. Die Nacht hatte alle Farben aufgesaugt und würde sie erst im Morgengrauen wieder über den Garten und die Landschaft spucken. Es dauerte nicht mehr lange.

Wieder rief er ihren Namen. Seine Stimme klang zerbrechlich, Irma hörte seine Angst. Ja, da war sie. Sie klebte an ihm. Nicht an ihr.

»Irma?«

Sie spürte seine Wärme, hörte ihn atmen, schnell und scharf, so nah war er. Dann trat sie aus dem Nachtschatten, griff sein T-Shirt, zog ihn zu sich unter den Baum. Bevor er etwas sagen konnte, küsste sie ihn, drängte ihre Zunge in seinen Mund. Er zögerte, sie griff in sein Haar, zog daran, presste sich an ihn. Unter dem leichten Kleid war sie vollkommen nackt, sie schob es ein Stück an ihrem Bein nach oben.

»Irma …«, stöhnte Paul, seine Stimme bebte. Mit einer Hand strich er fest an ihrem Schenkel entlang, hob fiebrig das Kleid bis über ihren Schoß, erwiderte Irmas drängenden Kuss. Er presste sich zwischen ihre Beine, küsste ihre Brüste, dann wieder ihren Hals und das Gesicht. Öffnete hastig seine Hose, hob Irma ein Stück an, drückte sie an den Stamm. Stark und getrieben war er, sie überließ sich ihm, lachte lustvoll auf. Paul presste ihr fest seine Hand auf den Mund, ließ nicht locker, wurde heftiger, drängender, drückte stärker zu. Irma zog flirrende Luft durch die Nase, mit einem inneren triumphierenden Glühen.

TAG 4, DIENSTAG,
AM VORMITTAG

»Ich will ans Meer«, hörte Paul Irma über den Frühstückstisch sagen. Es war kurz vor neun, jeder Tisch auf der Terrasse der Villa war besetzt. Die Luft hockte still auf dem Park, ein heißer Sommertag war im Werden, bald würde er den letzten Rest nächtliche Kühle in sich aufgesogen haben.

Paul nickte, ohne den Blick von dem Brötchen zu nehmen, das er mit von der Hitze weicher Butter bestrich. »Ja, klar. Hatten wir doch sowieso vor«, sagte er, legte eine Scheibe Emmentaler auf die Brötchenhälfte, schaute auf und über den Käse hinweg Irma an. Landete in ihrem Blick, der wie ein Scheinwerfer in der Dunkelheit auf ihn gerichtet war. So sah nur sie ihn an. Er schluckte.

»Oder möchtest du woanders hin?«, fragte sie mit sanftem Unterton und strich sich eine Haarsträhne hinter das Ohr.

»Nein«, sagte er. »Ans Meer, das ist doch schön.« Er biss ins Brötchen, die trockene Käsescheibe rutschte fast herunter. Er hielt sie mit den Fingern fest, rückte sie zurecht. Kaute lange an dem Gummibrot, rührte im Kaffee. Spürte, wie Irmas Blicke an ihm zogen.

Seltsam stumm saßen die anderen Gäste an den Tischen und gaben sich dem Frühstück hin, das so gar nicht zu der prächtigen Villa passte. Abgepackte Butter und klebrige Marmelade, Wurst und Käse mit trockenen Rändern, die sich nach oben bogen. Kein Müsli, kein Honig, und das Ei war so hart gekocht, dass es um das Dotter herum blau-grünlich schimmerte. Paul schob es angewidert zur Seite.

»Was ist mir dir?«, säuselte Irma am anderen Ende des Tischs, ihre Hand legte sich sanft auf seinen Arm.

»Nichts. Es ist alles gut.« Er räusperte sich, rührte noch einen Löffel Zucker in den Kaffee.

»Mit dir ist doch was.« Sie beugte sich vor. »Sag doch«, drängte sie ein wenig lauter. Das Paar am Nachbartisch, das bis jetzt nichts anderes getan hatte, als stumm zu kauen und aneinander vorbei in den Park zu schauen, sah zu ihnen rüber.

»Es ist nichts, wirklich«, sagte er leise. Dabei hob er seinen Kopf, sah sie eindringlich an.

Hinter Irma tat sich die Wiese auf, aus deren Mitte sich der riesige alte Baum in den blauen Himmel reckte. Er war mächtig und groß, warf in der Morgensonne seinen gewaltigen Schatten auf das ausgetrocknete Gras. Die langen Äste hatten ihre Finger weit ausgebreitet, spannten ein dunkelgrünes, undurchdringliches Dach über dem Boden. Paul senkte den Blick.

Als könnte sie Gedanken lesen, wandte Irma sich um. Sah hinter sich, drehte sich mit einem Kichern zurück. »Ein wunderschöner Baum, oder?«

»Ja, wirklich wunderschön«, sagte er hastig, drückte ihre Hand. Er spürte Hitze im Gesicht, schaute sich um. Alle Gäste saßen stumm an ihren Tischen, rührten in Kaffeetassen, das leise Klingen der Löffel am Porzellan schwebte durch die kristallklare Morgenluft. Zwei Tische weiter nippte ein alter Mann in Anzug und Krawatte mit spitzen Lippen an seinem Kaffee, machte sich dann Notizen in einem Büchlein, das aufgeschlagen vor ihm lag, sammelte von allen Gästen Daten, um sie später in seinem Zimmer mit Engels- und Höllenbildern über sich in komplizierten Rechenwegen auszuwerten und ein Urteil zu fällen, wer gut war und wer nicht.

»Was meinst du, wollen wir nach Viareggio oder möchtest du lieber nach … wie hieß das noch?« Paul zog sein Handy aus der Hosentasche, suchte nach dem Reiseführer, den er heruntergeladen hatte. Damals, als er es nicht hatte erwarten können, endlich loszufahren, sich mit Irma ins Leben zu stürzen, ohne nachzudenken.

»Pietrasanta. Meinst du das?«, fragte sie. »Beides ist nicht besonders toll, wenn du mich fragst. Es sei denn, du stehst auf einen Strand voller Liegen und Sonnenschirme. Die stehen dort wie Soldaten in Reih und Glied. Ich mag das nicht.«

Der alte Mann rückte seine Krawatte zurecht, setzte den Bleistift an.

»Wohin dann?«, fragte Paul.

»Wir könnten weiter in den Norden fahren, da gibt es an der Felsküste richtig hübsche Strände. Die sind oft menschenleer. Man muss erst ein Stück laufen und manchmal auch etwas klettern.« Sie beugte sich vor, ganz nah an ihn heran und flüsterte: »Das Meer ist türkis. Und kristallklar. Es ist ganz wundervoll, Paul.« Sie seufzte, hatte wieder diesen Ausdruck eines freudigen Kinds im Gesicht, als sei nichts anderes wichtig, als das zu tun, wonach ihr in diesem Moment war.

Paul senkte den Blick. Einfach drauflos leben, mit allen Sinnen. Sie machte das immer wieder, dann setzte sich bei ihm dieses Kitzeln ins Gehirn, ein leichter, heller Übermut, der immer größer wurde, nicht mehr zu bremsen war, ihn schließlich überrollte und mit sich riss. Der ihn Dinge tun ließ, die er nie für möglich gehalten hätte. Er starrte auf sein Handy, hielt den Atem an, scrollte hastig weiter im Reiseführer. Spürte Irmas ziehenden Blick.

»Und, was meinst du?«, fragte sie sanft.

Er räusperte sich. »Ja, können wir machen.« Er öffnete Google Maps, zoomte den Küstenstreifen heran. Tatsächlich, Irma hatte Recht. Geöffnete Sonnenschirme überzogen in einem streng nach Farben geordneten Raster kilometerweit die Strände, ein Heer von runden weltfremden Insekten, die sich ferngesteuert in einem dichten Netz auf den Sand geworfen hatten. »Du kennst dich gut aus hier«, sagte er und zoomte die bunten Punkte heran.

»Ich war schon mal da.«

»Aha«, murmelte Paul. Er fragte nicht nach. Auf keinen Fall Philip und die Kinder erwähnen, sie könnte auf die Idee kommen, ihn erneut über Silvia auszufragen. Er wollte das nicht. Nicht an sein Zuhause erinnert werden. Nicht an seine Frau.

Vergangene Nacht, unter dem Baum, hatte er seine Hand auf Irmas Mund gepresst. Sie hatte sich aufgebäumt, er hatte noch fester zugedrückt. War sich dabei seltsam fremd vorgekommen, aber da war etwas gewesen, das ihn gedrängt und immer weiter getrieben hatte. Dann hatte sich Irma mit einem Ruck aus seiner Hand gezogen und ununterbrochen in sein tobendes Innerstes geflüstert, sein Fieber befeuert, bis es kaum noch auszuhalten gewesen war. Er hatte sie an den Baumstamm gepresst, ihre Arme festgehalten, ihre Lust, ihr Verlangen gesehen, nur er konnte es stillen. Niemand sonst. Nur er. Hatte ein Versprechen gestöhnt, als er tief in ihr gewesen war. Hatte versprochen, bis Samstag nicht mehr mit Silvia zu telefonieren.

Die Morgendämmerung hatte schon begonnen, den Nachthimmel aufzusaugen, als sie schweißnass und aufgewühlt aus dem nächtlichen Schatten zurück ins Haus gerannt waren. Auf Irmas Rücken hatte Paul einen roten Fleck durch das Kleid sickern sehen. Es war ein Blutstropfen, er kam aus einem Stück offene Haut unter dem Stoff, das die Baumrinde hineingescheuert hatte. »Lass uns fahren«, sagte er und trank hastig seinen Kaffee aus, jeder Schluck durch seine Kehle machte ein glucksendes Geräusch, das über die Terrasse flog. Der Mann im Anzug grinste, schrieb ohne abzusetzen, der Bleistift kratzte laut und scharf auf dem Papier.

»Ja, endlich ans Meer!« Irma sprang lachend auf, nahm Pauls Hand, zog an ihm, seine Beine waren schwer. Sie rannte los, er stolperte, kam fast zu Fall, die Blicke der Gäste drückten im Rücken, schoben ihn über die Terrasse und durch die Flügeltür. Drinnen war es dunkel und kühl, Paul atmete auf. Eine füllige Bedienung hastete mit schnellen, kleinen Schritten durch die Halle, eine Karaffe mit Orangensaft in der Hand. Sie plapperte verärgert Italienisches vor sich hin, murmelte im Vorübergehen ein grimmiges *Buongiorno*.

Irma lachte und sagte: »Ich liebe diesen wunderbaren Tag, er wird immer besser werden, wir fahren ans Meer! An einen einsamen Strand, nur für uns!« Sie tänzelte um ihn herum, voller Tatendrang, das kannte er schon von ihr. Dann war sie nicht zu bremsen, zog ihn mit sich in einen wilden, berauschenden Sog. Er löste sich aus ihrer Hand.

Sie stockte, drehte sich zu ihm um. »Was ist?«

»Haben wir es so eilig, dass wir rennen müssen?«, fragte er.

Sie lächelte sanft, strich zärtlich über seinen Arm, setzte an, etwas zu sagen, hielt inne. Sah an ihm vorbei und rief so laut, dass er erschrak: »Schau mal! Da hinten steht ein Klavier!«

Es war ein Flügel, der in der Ecke stand, er hatte ihn bereits gestern gesehen. »Ja, ein schönes altes Teil«, sagte er, ohne sich umzudrehen. Er wollte weiter, aber Irma hielt ihn fest.

»Spiel etwas, Paul«, raunte sie.

Er erstarrte. »Auf gar keinen Fall!«

»Warum denn nicht? Du bist doch Pianist. Oder etwa nicht?« Sie zwinkerte ihm zu.

»Ich möchte nicht.«

»Bitte.« Sie drängte sich an ihn und setzte kleine Küsse auf seinen Hals.

»Der Flügel ist alt und sicher nicht gestimmt. Komm, lass uns endlich fahren«, brummte er.

»Ich hab dich noch nie spielen hören, Paul, noch nie! Ich … ich möchte es so gern«, sagte sie leise und zärtlich, als habe sie seinen von Ungeduld und Anspannung getriebenen schroffen Unterton nicht bemerkt.

Niemals würde er drauflos spielen, schon gar nicht, wenn man ihn aus einer Laune heraus darum bat! Das hatte er sich geschworen. So etwas konnte nur danebengehen. Am Ende würde man sagen, dass er nur mittelmäßig sei und nichts verstünde von wirklich guter Musik. Man fragte ja auch keinen Pastor, ob er mal eben eine Predigt aus dem Stegreif hielt, oder einen Schauspieler, ob er Hamlet rezitiere.

»Bitte. Ja?«, hauchte sie. Dann versuchte sie es noch einmal, ganz nah an seinem Ohr: »Bitte, spiel für mich.« Ihre Stimme floss mit einem sachten Plätschern in ihn hinein, durchströmte ihn. Er seufzte. Etwas stieg in ihm auf, er war machtlos. Es war ein Kribbeln, ein seltsames, helles Brennen tief in seiner Brust. Es blies sich auf, trieb ihm einen Gedanken ins Hirn, den er nur selten dachte: *Was soll schon passieren?*

Irma öffnete mit leichter Hand den Deckel über den Tasten, nickte Paul aufmunternd zu. »Für mich. Ja?«

Er setzte sich, fing einfach an. Er konnte viele Stücke ohne Noten spielen. Manchmal, wenn er am Nachmittag allein zu Hause war, spielte er stundenlang, probierte Neues aus, gab sich jeder Note hin. Fügte sie aneinander, machte etwas daraus, das tief in seine Seele drang. Es zeichnete die harten Konturen des Alltags weich, bis sie schließlich ganz verschwanden. Die Französischklausuren, die so dringend korrigiert werden mussten, lagen dann einen weiteren Tag unbeachtet in seiner Tasche herum. Erst, wenn er um achtzehn Uhr Silvias Auto in die Garage fahren hörte, erhob er sich. Setzte Tee auf, um ihn im allabendlichen Ritual mit seiner Frau zu trinken und sich in aller Ruhe die Ereignisse des Tages zu erzählen.

Der Flügel klang etwas schief, vor allem in den Höhen, aber das machte nichts. Paul fand schnell in den Rhythmus, spielte mit den Tönen, jonglierte sie sicher von Takt zu Takt, es ging wie von selbst. Seine Finger waren leicht und geschmeidig, als habe er sich lange warm gespielt. Am Ende brachte er das Stück zu einem ungeheuer emotionalen Schluss. Dann hielt er inne, sah auf. Irma stand dicht neben ihm. Blickte ihn an, als sei er gerade von einer monatelangen Weltumsegelung zurückgekehrt, auf der er ohne Furcht den gewaltigen Gefahren des Ozeans getrotzt und alle Strapazen auf sich genommen hatte, nur um sie zu sehen und vor sonst was zu retten.

»Es ... es ist wunderbar, Paul. *Du* bist wunderbar«, sagte sie leise und ergriffen, nicht so laut und übermütig wie sonst, wenn sie begeistert war. »Bitte nicht aufhören«, raunte sie. Ein paar Gäste waren in die Halle getreten, angezogen von seinem Spiel. Sie nickten ihm freundlich zu, der alte Mann im Anzug applaudierte sogar. Paul lächelte zurück, besann sich, ließ die Hände auf die Tasten sinken. Seine Finger flogen fast ohne seinen Willen über das Schwarz und Elfenbeinweiß, zauberten einen Klang, der die Luft in der Halle in helle, goldgelbe Schwingungen brachte. Als er am Ende angelangt war, lehnte er sich zurück, gab der Musik Gelegenheit, sich zu verflüchtigen. Stand auf, nickte den Zuhörern zu, nahm Irmas Hand und schwebte mit ihr davon.

Im Zimmer küsste sie ihn zärtlich, schaute ihn lange an. »Danke«, sagte sie, saugte ihn auf mit ihren Augen und flüsterte: »Du bist ein wahrer Künstler.«

Indigoblau war das Meer, zog am Horizont eine schnurgerade Linie, über ihm die weiße Sonne. Es lag ungestört da, wie ein endloser Teppich aus blauem Samt. Die Wiesen auf den Hügeln waren in der Hitze des Sommers grau geworden, das Meer dahinter barg ein Versprechen, das Irma wohlig werden ließ. Paul lenkte den Wagen aus der hügeligen Landschaft heraus in die Ebene um Pisa, noch einmal konnten sie den schiefen Turm aus der Ferne sehen.

Schirmpinien und Palmen schoben sich vor das Blau, als sie dem Wasser näher kamen. Irma konnte nicht erwarten, endlich den kühlen Schleier der Meeresbrise auf ihrer Haut zu spüren, durch salziges Blau und Türkis zu schweben, leicht zu werden und sich tragen zu lassen von der sanften Strömung, die von weither über das Mittelmeer kam. Hinausschwimmen wollte sie, kraftvoll Zug um Zug über der kühlen Tiefe dahingleiten, ohne Ziel. Dann am Strand das Kribbeln auf der Haut spüren, leichtes Frösteln, das die heiße Sonne langsam von ihr zog.

Paul hatte fast nichts gesagt während der Fahrt, ein sanftes, frohes Schweigen war es gewesen, das er mit ihr geteilt hatte. Hin und wieder hatte er zärtlich über ihr Bein gestrichen, er nannte sie jetzt *mia bella*, auch er schien euphorisch, voller Freude zu sein. Sie hatten die Fenster heruntergelassen, wollten die Düfte einsaugen, die Hitze spüren, den Wind auf der Haut, der sie kühlte.

»Ich kann nicht fassen, wie gut du bist. Deine Musik hat mich tief berührt«, sagte Irma, ließ ihr im Wind fliegendes Haar durch die Finger gleiten.

»So gut nun auch wieder nicht.« Paul lachte und winkte ab.

»Du warst fantastisch. Und wie du ausgesehen hast, so … glücklich.«

»Na ja, es macht mir Freude.«

Sie nickte, ja, das hatte sie gesehen. Er schien aus der Welt geworfen und ganz und gar bei seinem Spiel gewesen zu sein. Die Musik war aus ihm herausgeflossen, in seinem schönen Gesicht hatte ein leises Lächeln geruht. Er hatte nur für Irma gespielt. Jede einzelne Note nur für sie. »Wäre es nicht wunderbar, in Konzertsälen zu spielen?«, fragte sie.

Er lachte. »Für eine Musikerkarriere ist es zu spät, mia bella.«

»Und wenn nicht? Du hast es nie probiert.«

»Ach, Irma, das hatten wir doch schon.«

»Du kannst es ja nebenbei machen oder, noch besser, die Schule machst du nebenbei und gleichzeitig baust du deine Musikerkarriere auf. Paul, du kannst das!«

Er seufzte, es klang fast, als stöhne er auf. »Ich möchte nicht«, fiel es aus ihm heraus.

»Aber warum denn nicht? Ich ...« Sie setzte sich auf, lockerte den Gurt, beugte sich zu ihm. »Ich könnte dich unterstützen. Ich habe schon viele Ausstellungen und Kulturevents organisiert. Und ich könnte meine Kontakte spielen lassen. Du kannst sicher sein, ich würde alles möglich machen für dich.«

»Du bist süß, mia bella.«

Sie stockte. »Es ist mein Job, Paul! Ich mache das schon lange. Und sehr gut.« Sie ließ sich zurück in ihren Sitz fallen. Süß. Also wirklich!

Er nahm ihre Hand, küsste sie, ohne den Blick von der Straße zu nehmen. »Es ist schön, dass es dir gefallen hat.«

»Ich kenne da jemanden, der Konzerte organisiert, in kleinen Sälen, für den Anfang ...«

»Nein, Irma. Es ist gut so, wie es ist.«

Sie zog ihre Hand aus seiner. »Das wäre doch mal ein Ziel und besser, als in der Schulaula zu spielen.«

»Was ist schlecht daran, in der Aula zu spielen?«

»Na ja, niemand hört dich, also niemand, der etwas von Musik versteht.«

Der Wind zerlegte Pauls Lachen in Schnipsel und wehte sie in die ausgetrocknete Landschaft hinaus. Irma schaute hinterher, presste die Zähne aufeinander.

»Das ist wirklich lieb von dir, meine Schöne«, sagte er. »Aber du kannst mir glauben, in der Musik kann man nicht einfach so Karriere machen. Man muss ganz schön viel dafür tun und man ist schnell wieder weg vom Fenster.«

»Natürlich weiß ich das. Was denkst du denn?«, sagte sie barsch. »Du bist mehr als bloß Musiklehrer. Und du hast mich. Ich bin gut in dem, was ich mache.« Sie sah aus den Augenwinkeln, dass er lächelte, seine Hand wanderte zu ihr herüber, legte sich sanft auf ihr Bein.

»Wenn du aber nicht für deine Musik brennst, kann man nichts machen.«

Sie gähnte, reckte sich, sodass Pauls Hand von ihrem Schenkel rutschte. Er legte sie zurück ans Steuer.

»Also, so kann man das nun auch nicht sagen«, grummelte er. »Die Musik ist mir wichtig.«

»Na, wenn das so ist, dann ist ja alles gut«, sagte Irma mit einem langen Seufzer, verschränkte die Arme, schaute aus dem Seitenfenster.

Kilometerlang sprachen sie nicht, ein sirrendes Schweigen saß zwischen ihnen. Aber Irma hielt es bestens aus. Denn Paul rieb sich das Kinn, fuhr sich durch die Haare, ruckelte sich auf dem Sitz zurecht. Ja, sie hatte ihn am Nerv getroffen, der schien jetzt zu zucken und blitzartige Impulse zu schicken. Sie beide, Irma und Paul, konnten etwas Großes bewegen, das wusste sie und das wusste er. Er musste ja kein Rubinstein werden, natürlich nicht, aber den neuen Richard Clayderman, den würde er allemal hinbekommen. Viel zu lange war er festgezurrt gewesen an Überzeugungen, die irgendjemand vor hundert Jahren in ihn gepflanzt hatte. In Wahrheit aber war er frei, er wusste es nur noch nicht. Frei für sie. Und seine Musik. Irma lächelte selig.

»Ich habe eine Idee«, sagte er plötzlich in die Stille hinein. Er schaute zu ihr, seine Augen leuchteten.

Na also, sie hielt den Atem an.

»Was hältst du davon, wenn wir nach Carrara in die Berge fahren? Die Marmorsteinbrüche liegen fast auf dem Weg. Man sagt, dort hat Michelangelo …«

»Ich weiß«, unterbrach sie ihn schroff. »Nichts weiter als staubige Straßen und weißer Stein. Lohnt sich nicht.« Sie schluckte. Warum wollten alle dorthin? Als träfen sie mitten in der Landschaft Michelangelo persönlich und könnten ihm zusehen, wie er in mehlig-weißen Kleidern für sein nächstes Kunstwerk Marmorblöcke aus den Hängen klopfte.

»Hast du die etwa auch schon gesehen, meine Schöne?«

»Natürlich. Ich bin Kunsthistorikerin«, antwortete sie. Endlose Straßen, bleich vom Marmorstaub, die sich in die Einsamkeit winden, immer weiter bergauf. Im Blick den tief verletzten weißen Berg. Riesige Steinblöcke werden tagtäglich aus ihm herausgeschnitten, stumm und kalt erträgt er die grausamen Taten, die seit Jahrhunderten an ihm verrichtet wurden. Für weiße Marmorfliesen im Bad.

»Also, ich würde wirklich sehr gern …«, sagte Paul. Es lag etwas Helles in seinem Blick. »Ist doch nur ein kleiner Umweg, mia bella. Wollen wir?«

»Hm«, machte sie. Vielleicht sollte sie ihm den Gefallen tun. Er schien es wirklich zu wollen. Voller Freude wäre er. Und voller Dankbarkeit. Hinterher würde sie nochmal in aller Ruhe mit ihm über seine Karriere reden und über all das, was vor ihnen lag. »Aber nur kurz«, sagte sie. »Du weißt, das Meer wartet auf uns.« Sie hob den Kopf, atmete tief ein, strich eine fliegende Haarsträhne hinter das Ohr. Lächelte zum Fenster hinaus.

TAG 4, DIENSTAG, NACHMITTAGS UND ABENDS

Seit mehr als einer Stunde ächzten sie mit dem Kombi diesen verdammten Berg hinauf. Am Anfang hatte es problemlos funktioniert, aber dann war Paul auf die Idee gekommen, die Abbiegung zu nehmen, und nun waren sie in der weißen Hölle gefangen. Auf Irmas Brust saß einer der tonnenschweren Marmorquader und sie erstarrte an jeder Serpentine, hinter der sich ein dunkler Abgrund auftat wie ein riesiges, hungriges Maul. Als der Asphalt an der nächsten furchterregenden Kehre zu weißem Schotter wurde, brach es aus ihr heraus: »Paul! Es reicht! Keinen Zentimeter weiter!«

Er stockte, trat auf die Bremse, eine bleiche Wolke hüllte sie ein und griff durch die geöffneten Fenster nach Irma.

»Was ist?«, fragte er.

»Mir ist schlecht.«

»Wirklich? Du musst nach draußen schauen. Sieh mal, ist das nicht beeindruckend?« Er zeigte mit ausladender Geste auf die brüchige Landschaft um sie herum.

Irma sah nur dunkle Abgründe und gigantische Marmorwände, zerteilt in immer gleiche weiße Blöcke. »Ich will hier weg«, sagte sie schroff.

»Möchtest du etwas trinken? Dann geht es dir besser!« Er hielt ihr die Wasserflasche hin.

Sie schüttelte den Kopf. »Ich bekomme nichts herunter.«

Er stieg aus, ging um den Wagen herum, öffnete die Tür und nahm sie bei der Hand, zog sie raus in die staubige Hitze. »Ein bisschen frische Luft wird dir guttun«, sagte er. Er hakte sie unter, streichelte ihre Hand. »Es ist großartig, unglaublich. Hier wollte ich schon immer mal hin.«

Irma wankte, die Sonne brannte ihr fast die Sinne weg, es fehlte nicht viel und ihr würde schwarz werden vor Augen. Die schroffen weißen Kanten im Berg glichen gigantischen, furchterregenden Zähnen. Eines Tages würde der Monte Altissimo sich rächen und jeden, der es wagte, hier hinauf zu kommen, genüsslich und langsam zermahlen, bis sich Blut in alle Ritzen setzte und den Marmor für immer und ewig verdarb.

»Großartig, einfach großartig«, murmelte Paul vor sich hin und blickte umher. »Aus diesen Steinen wurde Michelangelos *David* erschaffen. Unglaublich.« Er hatte nur Augen für den weißen Berg, kümmerte sich kein Stück um Irma. Er ließ sie los, ging bis zum Straßenrand, schaute den steilen Abhang hinunter. »Wusstest du, dass es hier mehr als *fünfzig* Marmorsorten gibt und, halt dich fest, es ist das größte Marmorgebiet der *Welt*!«, rief er, ohne sich umzudrehen.

»Ich weiß«, sagte sie. »Können wir?«

»Noch ein kleines Stück rauf, ja? Das wäre großartig, mia bella«, schwärmte er. Bekam er denn gar nicht mit, wie es um Irma stand? Auf keinen Fall würde sie noch weiter rauf fahren, auf diesen elendigen, verwundeten Berg. Paul war drauf und dran, über einen Zaun zu steigen, um eine Höhle zu betrachten, die sich zwischen zwei Schneidekanten auftat, eine offene Wunde im Stein. Warum eigentlich wollte er immer irgendwo rauf, in schwindelerregende Höhen, dann hinunterschauen in den Abgrund, der gnadenlos an einem saugte? Sie spürte den Schweiß auf ihrer Oberlippe, kein gutes Zeichen, und leichtes Zittern durchzog ihren Körper, ja, jetzt war es deutlich zu spüren! Alles kam ihr fremd und weit entfernt vor, selbst die Stille, die hier oben herrschte, verzerrte sich, wurde zu einem ohrenbetäubenden Pulsschlag in ihrem Kopf. Und jetzt, ja genau jetzt wurde es tatsächlich schwarz am Rand ihres Blickfelds. Gleich würde sie ohnmächtig werden, auf dem Boden liegen im weißen Staub. Die Sonne würde auf sie herabglühen, sie austrocknen und ihre Haut verbrennen. Arbeiter aus den Brüchen würden heraneilen, sehen, wie sie dalag, hilflos und im Sterben. Sie würden sie dabei filmen, um alles in den sozialen Medien hochzuladen. Vielleicht hätte einer dieser groben Männer Erbarmen und riefe die Rettung, aber es hätte keinen Sinn, denn die bräuchte mehr als eine Stunde, Irma wäre längst gestorben. »Ich will hier weg. Sofort!«, rief sie Paul zu, der am Abgrund balancierte. Jedes Wort ein scharfer Splitter, den sie in seine Richtung schoss. Er fuhr herum.

»Es ist so heiß … ich …« Sie taumelte.

Mit einem Sprung war er bei ihr, fing sie auf, umschlang sie, zog sie sanft zum Auto. »Was ist mit dir?« Er strich ihr das Haar aus dem Gesicht. »Ruhig atmen, ganz ruhig, ich bin bei dir, gleich ist es besser. Willst du dich hinlegen, vielleicht auf die Rückbank?«

Mühsam schüttelte sie den Kopf. »Bitte lass uns nur weg von hier«, sagte sie mit erstickender Stimme und rang nach Luft.

Jetzt kümmerte er sich wirklich sehr um sie. Er stützte sie, half ihr ins Auto, fuhr langsam und vorsichtig die kurvige Straße hinab. Er sah immer wieder zu ihr herüber und wenn sich ihre Blicke trafen, lächelte er sie voller Zärtlichkeit an. Als die Landschaft neben ihnen wieder graugrün geworden war, fragte er: »Geht's wieder?«

Sie nickte.

»Du siehst schon viel besser aus«, stellte er fürsorglich fest. »Das war sicher der Kreislauf, die Hitze, die Höhe ... Du musst genug trinken, mia bella, das ist wichtig.«

»Gut, dass du da warst«, sagte sie mit dünner Stimme. »Ich mag nicht daran denken, was hätte passieren können, da oben allein, ohne dich.« Sie seufzte zart.

Paul griff nach ihrer Hand, drückte sie, hielt sie liebevoll fest. Strahlte sie an mit diesem ermutigenden Retterblick. Sie lehnte sich zurück, sah der Landschaft beim Vorbeifliegen zu. Sie hatten die Ebene erreicht, das flache Land, keine Kurven, keine Tiefen, jetzt ging's endlich ans Meer. »Es ist so schön mir dir, Paul«, sagte sie sanft. Schaute zu ihm, sah sein wunderschönes Profil in der goldenen Nachmittagssonne.

Er nickte, ein warmes Lächeln durchzog sein Gesicht. »Ja, das ist es«, sagte er.

Er würde zweifellos alles für sie tun. Es war also alles gut, Irma und Paul hatten freie Fahrt.

Durch die weit geöffneten Fenster sah Irma vom Bett aus das sagenhafte Blau des Meeres. Es verschmolz mit dem Horizont und öffnete sich der Unendlichkeit. Die späte Nachmittagssonne hatte es mit funkelnden Sternen übersät, das Wasser warf sie ins Zimmer, wo sie an der Decke tanzten und an den Wänden. In der Ferne hörte sie Stimmen, Kinder lachten, Menschen juchzten am Strand, wenige Meter unter ihnen, in einer felsigen Bucht. Paul lag neben Irma auf dem kühlen Laken, hielt sie eng umschlungen. Er war eingeschlafen, sein gleichmäßiger Atem streifte ihren Nacken.

Es war mehr als Glück gewesen, dass sie die hübsche kleine Pension kurz vor Lerici gefunden hatten. An den Wänden hingen Fotos der ligurischen Landschaft ringsherum, von den Dörfern der Cinque Terre, bunte Häuser ruhten auf steilen Felsen über dem tiefblauen Meer. Später würden Irma und Paul die schmale Treppe hinuntersteigen, zum steinigen Strand. Lachend würden sie nebeneinander weit hinausschwimmen, mit jedem Zug den glitzernden Teppich teilen und vor lauter Glück immer weiter treiben, ins Blaue hinein.

Sie hatten sich geliebt, nachdem sie sich den Marmorstaub abgewaschen hatten, zärtlich und hingebungsvoll war es gewesen. Paul hatte ihren Körper vorsichtig mit Küssen bedeckt, den Hals, ihren Busen, den Bauch. Dann zwischen ihren Schenkeln, so intensiv und voller Hingabe, dass sie gar nichts tun musste, um Schwung in die Sache zu bringen. Sie hatte sich fallen lassen und sich voll und ganz in seine Hände begeben. Irma seufzte, lächelte in sich hinein. Es gab keinen Zweifel: Das, was zwischen ihnen war, war einmalig. Paul würde alles für sie tun, aus Liebe und mit Leidenschaft, es war so rein, so wahrhaftig, wie er sie liebte.

Sie schluckte. Vorhin, auf dem Weg hierher, waren sie an dem Hotel vorbeigefahren, in dem sie vor Jahren mit Oliver abgestiegen war. Sie hatte es lange im Blick behalten und an Zimmer einhundertzwölf gedacht. Ihr Herz begann lauter und schneller zu schlagen, vorsichtig zog sie sich aus Pauls Arm. Ein leichter Schwindel erfasste sie, als sie sich erhob. Sie tastete nach ihrem Puls. Etwas schnell, aber regelmäßig, es war nichts, sie musste nur aufhören, an die Sache von damals zu denken.

Es war heiß im Zimmer, Irma hatte Durst. Auf Pauls Nachttisch stand eine Flasche Wasser, auf Zehenspitzen ging sie um das Bett herum. Verharrte. Neben der Wasserflasche lag sein Smartphone, mit dem Display nach unten. Wie immer. Sie streckte die Hand danach aus, sah zu Paul, er schlief. Sie nahm das Telefon in die Hand. Das Display war schwarz. Sie drückte einen Knopf, nichts tat sich. Er hatte es ausgeschaltet. Hatte seine Frau nicht kontaktiert, wie versprochen. Irma atmete auf, legte das Telefon mit einem Lächeln behutsam zurück.

Vorsichtig drehte sie die Flasche auf, es zischte, Paul räkelte sich. Schlief weiter. Sie nahm einen Schluck, trat ans Fenster, blickte hinaus, konnte kaum aushalten, wie schön alles war. Das Meer, die Weite, der Sommer, Italien und die Liebe mit Paul. Hatte sie sich jemals zuvor so glücklich gefühlt? Sie schüttelte mit einem leisen Lachen den Kopf. Nein, selbstverständlich nicht! Sie nahm noch einen Schluck vom sprudligen Wasser, die Bläschen kitzelten im Mund.

»Wie schön du bist«, hörte sie plötzlich hinter sich. Sie drehte sich um. Paul hatte die Arme hinter dem Kopf verschränkt, blinzelte sie an. »Komm her, mia bella.« Er streckte eine Hand nach ihr aus. Wie gut er aussah, verschlafen, mit zerzaustem Haar. Und glücklich sah er aus, glücklich wie sie.

Sie legte sich neben ihn auf den Bauch, strich behutsam mit den Fingern über seine Brust. »Meine große italienische Liebe bist du, Paul Mertens«, raunte sie.

Er lächelte, zog ihren Kopf zu sich heran und küsste sie. Ein Kuss, der ja sagte zu ihr. »Wollen wir an den Strand?«, fragte er und strich ihr zärtlich eine Haarsträhne aus dem Gesicht. Sie nickte erfreut, endlich ans Wasser!

Schnell packten sie die Tasche aus Bast, die sie im Schrank gefunden hatten, Handtücher, Sonnenöl, ansonsten brauchten sie nichts. Die Stufen hinab zum Strand waren schmal, Paul ging voraus, drehte sich nach der letzten Stufe um, reichte Irma die Hand. Sie lachte laut vor ungebremster Freude, eine herrliche Welle, die in ihr rollte, sie wiegte und trug.

Es waren nur wenige Menschen am Strand, der in einer kleinen Bucht lag, umgeben von schützenden Felsen, mit grünen Büschen bewachsen. Alles Unheil der Welt blieb weit draußen, es war zu groß und mächtig für diese versteckte Bucht, in der sich kristallklares Wasser sanft und mit Bedacht am Ufer in kleine weiße Wellen kräuselte.

Irma trug einen türkisblauen Badeanzug, mit hohem Bein und einem sagenhaften Rückenausschnitt. Er sah unglaublich sexy aus und passte vortrefflich zu ihrer leicht gebräunten Haut. Vergangene Woche hatte sie ihn gekauft, extra für die Reise mit Paul. Sie spürte die Blicke der anderen, reckte sich, lachte, warf ihr Haar in den Nacken. Nahm Pauls Hand, zog ihn zum Wasser. Ein wahrhaft attraktives Paar waren sie. Sie hatten alles, die Liebe und das Leben, das vor ihnen lag. Und jung genug waren sie auch noch für diese unbändige Kraft, die sie vorantreiben würde in das erregend Neue, das auf sie wartete.

»Nicht so schnell, mia bella«, rief Paul, »erstmal langsam abkühlen!«

»Ach, was, komm schon!« Sie lief ins Wasser, schmeckte die ersten salzigen Tropfen auf den Lippen. Hätte jauchzen können vor Glück und sprang kopfüber ins Türkis.

Paul stand bis zu den Knien im Wasser, tauchte seine Arme ein, kühlte seine Brust. Eine große Brünette sah ihm dabei zu und drehte sich gekonnt zur Seite, als er zufällig in ihre Richtung sah. Dann tauchte er ab und kam erst bei Irma wieder nach oben. Sie umschlang ihn, küsste ihn innig, löste sich und schwamm los.

»Komm, ein Stück nach draußen«, rief sie voller Übermut.

»Meinst du wirklich?«

»Na los, ich pass auf dich auf.«

Sie lachte laut und strahlte Paul an. »Bis zu dem Felsen da hinten, ja? Ist nicht weit.« Sie tauchte unter, machte drei kräftige Züge, gluckste Luftblasen ins Meer, tauchte wieder auf. »Es ist herrlich, einfach wunderbar!«

»Ja«, sagte er. Schnaufte lachend, schien mit Irma mithalten zu wollen, sie schwamm schneller, er hinterher. Lange hielt er nicht durch, natürlich nicht, sie war immer noch bestens in Form.

»Es ist nur ein kurzes Stück, das schaffst du locker!«, rief sie ihm zu. Sie hätte hundert Kilometer schwimmen können, so stark und hell fühlte sie sich. Die paar Meter bis zum Felsen, der spitz und kantig aus dem Wasser ragte, waren nichts für sie. Schließlich hatte sie jahrelang Schwimmtraining gehabt und Medaillen geholt. Wären die Kinder nicht dazwischengekommen, hätte sie sicherlich viel erreicht.

»Ich drehe um«, sagte Paul. Er lächelte immer noch, aber irgendwie seltsam angestrengt sah es aus.

»Alles okay mit dir?«

»Ja. Schwimm nur weiter, ich schwimme zurück.«

»Gut«, sagte Irma lachend, »aber nicht weglaufen!« Sie warf ihm einen Meerjungfrauenkuss zu und kraulte los. Geschmeidig und leicht glitt sie durchs Wasser, spürte eine unbändige Freude in jeder Zelle des Körpers. Das Wasser kühlte ihren heißen, von Paul herrlich wunden Schoß. Als sie das erste Mal stoppte, war sie schon weit vom Ufer entfernt. Sie sah Paul am Strand, seine Badehose war ein kleiner blauer Punkt. Er winkte ihr zu, rief irgendetwas, sie winkte zurück. Er wedelte mit den Armen, sie solle zurückkommen. Also gut.

»Du kannst doch nicht so weit raus schwimmen, es kann wer weiß was passieren«, sagte er, als sie aus dem Wasser stieg. Er legte ihr das Handtuch um die Schultern.

»Ach was, ich bin eine gute Schwimmerin.«

»Das bist du, mia bella. In der Tat. Aber trotzdem, du warst zu weit draußen.« Er sah sie eindringlich an. »Was ist, wenn du einen Krampf bekommst oder nicht mehr kannst? Oder wenn dir wieder schlecht wird.«

»Dann rettest du mich«, sagte sie und lächelte ihn an.

Er hatte Handtücher auf dem Boden ausgebreitet, sie setzten sich. Das Salz des Meeres kitzelte auf Irmas Haut, die nassen Haare gaben kleine Rinnsale frei, die kribbelnd über ihren Rücken liefen. Sanft strich die Sonne die gekühlte Haut, Irma legte sich hin, streckte sich aus. »Es ist so wunderbar mit dir«, sagte sie, sah Pauls Umrisse gegen das Sonnenlicht. Er saß da, hatte seine Arme lässig über den Knien verschränkt, schaute in die Unendlichkeit.

»Ja«, sagte er, schien versonnen und entrückt. »Es ist sehr besonders mit dir«, fügte er an. Es gab keinen Zweifel: Was er sagte, kam von tief innen.

»Küss mich, Paul Mertens«, flüsterte sie gegen das leise Plätschern der Wellen an. Er drehte sich zu ihr und küsste sie, legte seine Arme um sie. Und alle schauten zu. Das Rauschen des Wassers wurde zu sphärischen Klängen, Stimmen waren weit entfernt. Irgendwo klingelte ein Telefon.

Paul sprang auf. Wühlte in der Tasche, kippte sie um, ein Handtuch fiel heraus, dann sein Handy, es schlug auf die Kieselsteine. Er nahm es in die Hand, es klingelte weiter, er ließ die Schultern sinken. Dann war es stumm.

Weshalb war es nicht ausgeschaltet? Ein messerscharfer Stich fuhr in Irmas Brust. Sie setzte sich auf. »Silvia?«, fragte sie spitz.

»Ja.«

Was war nur los mit dieser seltsamen Frau? Konnte sie keinen einzigen Tag existieren, ohne dass sie Paul drangsalierte? Gut, er hatte nicht mit ihr gesprochen, hatte das Telefon klingeln lassen, er hielt also sein Wort. Darauf kam es an. Sollte Silvia sich doch weiter selbst demütigen und ins Leere telefonieren, irgendwann würde sie begreifen, wie sinnlos das war.

»Ich weiß nicht, ob es gut ist, wenn ich mich gar nicht bei ihr melde«, stotterte Paul. »Sie macht sich vielleicht Sorgen und telefoniert dann überall herum, und dann ...«

»Was dann? Sie bekommt heraus, dass es deine Tagung nicht gibt. Wäre das wirklich so schlimm?«

»Ja ... nein. Ich weiß nicht, aber es wäre doch ...«

»Ehrlich wäre das, Paul«, sagte Irma trocken. Sie hatte Mühe, die Flamme im Zaum zu halten, die in ihrer Mitte leise züngelte. Es fehlte nicht viel und sie würde nach oben schießen.

»Nein, das wäre es nicht. Wenn sie es *so* erfahren würde.«

»Wie soll sie es denn erfahren?«

»Ich weiß nicht, nicht jetzt. Ich meine, nicht so.«

»Wissen soll sie es aber?«, bohrte Irma weiter.

»Lass uns später darüber reden, ja? Es ist ein so schöner Tag, den wollen wir uns nicht verderben.« Er drehte sich zu ihr, wollte sie küssen, sie wandte sich ab.

»Sie wird immer wieder anrufen, dich nicht in Ruhe lassen. *Uns* nicht in

Ruhe lassen. Du musst ihr sagen, dass sie damit aufhören soll«, sagte sie und erschrak, dass ihre Stimme weinerlich klang.

»Es ... sie hatte heute einen wichtigen Arzttermin.«

»Ist sie krank?«

»Nein ... nein, nicht direkt. Es ist wegen ihres Kinderwunschs. Es klappt ja schon seit ein paar Jahren nicht und sie wünscht es sich so sehr.«

»Ah.« Irma schluckte.

»Also, sie will sicher mit mir darüber sprechen, was der Arzt gesagt hat.« Irma hob die Augenbrauen. »Probiert ihr es etwa immer noch? Oder seid ihr jetzt beim Reagenzglas angekommen? Ganz ohne Sex.«

»Es ist kompliziert.«

»Ach. Was genau ist kompliziert? Dass du mit mir zusammen bist und gleichzeitig versuchst, mit ihr ein Kind zu bekommen? Sag mir, wie ich das finden soll.«

»Nein, das stimmt nicht. Also, nicht wirklich. Ich will nicht unbedingt ein Kind mit ihr. Nur weiß ich nicht, wie ich es ihr sagen soll.« Paul hatte seinen Blick auf die Kieselsteine geheftet.

»Ganz einfach: Ich will kein Kind mit dir. Basta.«

»Sei nicht sarkastisch, Irma. Das ist unfair. Immerhin ...«

»Ja?«

»Immerhin sind wir schon lange zusammen und das mit dir hat mich überwältigt. Das alles braucht Zeit.«

»Wir sind seit *zwei Monaten* zusammen!«

»Ja. Und ich bin hier bei dir«, sagte er, nahm ihre kalte Hand. »Nicht bei ihr. Wir beide sitzen hier am Strand in Italien. Wir reden später über alles. Okay?«

Irma rückte nah an ihn heran, so nah, dass sie seinen Atem hörte. Leise sagte sie: »Wir müssen ehrlich miteinander sein, Paul.«

»Ja, natürlich. Das bin ich doch.«

»Wirklich?« Das verdammte Feuer in ihrer Brust loderte gefährlich hoch. »Will sie dir vielleicht sagen, dass sie schwanger ist?«, fauchte sie, hielt den Atem an.

»Nein!«, rief er und lachte laut auf. »Auf keinen Fall!«

Irma stutzte. »Wieso auf keinen Fall?«

Er hatte wieder den Blick gesenkt, spielte mit den Kieselsteinen herum. Seine Finger hinterließen dunkle Flecken auf den Grau. »Es ... es kann nicht sein,« stammelte er.

Irma setzte sich auf, machte den Rücken gerade, warf ihr Haar nach hinten. »Du schläfst also nicht mehr mit ihr?«

»Ach, lass uns nicht davon reden. Wir beide, nur du und ich, wir sind jetzt hier. Das zählt.«

Sie presste die Zähne aufeinander. Atmete lange aus, Lippenbremse, Bauch anspannen, nicht hyperventilieren, ruhig werden! »Du kannst es mir sagen. Ich bin dir nicht böse«, sagte sie sanft, schaute auf ihn herab. »Wirklich nicht. Hauptsache, wir beide sind ehrlich miteinander. Ich würde dich nie anlügen. Nie!«

»Ich dich doch auch nicht, mia bella« sagte er. »Es ... es ist nicht leicht.«

»Natürlich nicht, mein Liebster. Aber wir schaffen das, das weißt du. Wenn wir beide zusammenhalten, dann kann uns nichts passieren.«

»Ja, das stimmt.« Er fummelte weiter mit seinen Schweißfingern an einem verdammten Kieselstein herum. Räusperte sich. »Wollen wir heute Abend zum Essen in den Hafen fahren? Es soll dort sehr schön sein. Habe ich gelesen.« Er schaute auf, seine Augen flackerten.

Irma lächelte ein sanftes Lächeln, platzierte es mitten in sein Gesicht. »Du schläfst also nicht mehr mit ihr?«

Ein Ruck ging durch seinen Körper, »Irma, bitte ...«, sagte er gepresst.

»Du kannst es mir sagen«, hauchte sie in den surrenden Strudel hinein. »Wirklich. Ich verstehe das. Ich will nur wissen, wann du das letzte Mal mit ihr geschlafen hast.«

»Was weiß denn ich!«, raunzte Paul. Er schmiss ein armes Steinchen weit von sich, es landete mit einem lauten *Klack* auf den anderen Steinen.

»Du weißt es nicht mehr? So lange ist es her?«

»Nein ... ja. Ich möchte nicht darüber reden.«

Ihr Herz schlug hart in der Brust. Sie presste die Lippen aufeinander, atmete kontrolliert aus. Das durfte sie jetzt nicht aus der Hand geben, sie musste unbedingt die Kontrolle behalten. »Warum denn nicht?«, fragte sie hell und klar. »Wir vertrauen uns doch, Liebster, oder? Es ist okay, wirklich. Hauptsache, du lügst mich nicht an.« Sie setzte ein warmes Licht in ihren Blick, lächelte Paul an.

»Sonntag. Es war am Sonntag«, fiel es aus ihm heraus. Er griff nach Irmas Arm, hielt ihn fest umschlungen, sah sie eindringlich an. »Sie hatte einen Eisprung, vermutlich. Endlich mal wieder einen, sie hat mich quasi ... also, was sollte ich tun? Sie hätte Verdacht geschöpft, wenn ich nicht ... Deshalb bin ich zu spät zu unserem Treffen gekommen.«

Stille. Sekundenlang.

Dann riss Irma sich von ihm los. Sprang auf, die Brünette starrte sie an. »Du hast mit ihr geschlafen, bevor du zu mir gekommen bist?«, presste sie aus sich heraus. »Ich fass es nicht!« Ein gewaltiger Sturm trieb das Feuer an, scheuchte es vor sich her über den Strand, der brannte lichterloh. Hinauf auf die Felsen, wo er sich in das Grün fraß und einen schwarzen Teppich hinterließ. Sie spie ein lautes Seufzen aus. Natürlich, jetzt konnte sie alles sehen: Paul hatte gezögert, als sie angekommen waren im Hotel, hatte sich erstmal duschen müssen, bevor er mit Irma schlief, sich Silvias Schweiß abwaschen und alles, was sonst noch von ihr an ihm klebte. Abscheulich war das, einfach abscheulich. Irma stapfte durch den Kies; die Füße schmerzten, kleine spitze Steine stachen in ihr Fleisch.

»Warte! Lass uns reden!«, hörte sie Paul rufen.

Was gab es da noch zu reden? Er versuchte, seine Frau zu schwängern, und schlief am selben Tag mit Irma. In einem Hotel, in dem er mit Silvia gewesen war. Angelogen hatte er sie, schamlos und ohne mit der Wimper zu zucken. Was würde als Nächstes kommen? Sie stapfte die Treppe hinauf, rannte durch den kleinen Garten, stürzte ins Zimmer, holte den leeren Koffer unter dem Bett hervor. Sekunden später flog die Tür auf und Paul kam herein. »Du kannst mich mal, Paul Mertens«, schimpfte sie ihn an. »Das war's. Du bist ekelhaft.« Sie blickte auf, stach ihren Blick tief in ihn hinein. »Und eines sollst du wissen«, zischte sie rasierklingenscharf, »sie wird es erfahren. Wenn nicht von dir, dann von mir. Heute noch!« Sie öffnete den Schrank, riss ihre T-Shirts heraus, stopfte sie in den Koffer.

»Bitte verzeih, es war ein Fehler, ich konnte nicht anders.«

»Ach, hat dein Schwanz bestimmt, was du tust?«

»Sag so was nicht.« Paul stand vor ihr, sah sie mit weit geöffneten Augen und hängenden Schultern an. »Lass uns vernünftig sein, mia bella.«

»Scheiß auf *mia bella*!« Sie schrie es fast, konnte nichts dagegen tun, eine heiße Welle stieg in ihr auf, der Sturz von ganz oben war in voller Fahrt. Sie ruderte mit Armen und Beinen, fiel immer weiter, nichts gab es, was sie davor retten konnte, im lautlosen Vakuum zu verschwinden. Wie damals. Die Dunkelheit würde nie enden, sämtliche Farben fressen, ihr alles nehmen. Ihre Würde, ihre Kraft, alles auf einmal. Um sie herum wurde es schwarz, Pauls Stimme flog in Fetzen auf sie zu, prallte an ihr ab. Dass es ihm leidtue, sagte er, dass sie vernünftig sein solle, wer weiß was noch. Die heiße Flamme in ihr loderte meterhoch, unbändige Wut und messerscharfer

Schmerz zugleich. Ja, die Wut machte sie stark, sie würde sie aus dem Loch heben, Irma würde auf ihr reiten, alles niedertrampeln, was sie erdrückte, und jeden, der sie betrog.

»Ich will dich, Irma,« hörte sie, erst leise, dann lauter. »Bitte bleib. Ich will dich. Nur dich.«

Ein schwerer Vorhang hob sich, das Plätschern der Wellen, die Stimmen am Strand kamen langsam zurück. Sie spürte Pauls Arme, die sich um sie legten, er hielt sie, wiegte sie, strich ihr zärtlich über das Haar. Fing ihr Beben auf, während sie haltlos weinte, direkt auf seine nackte, salzige Brust.

Fünf Anrufe von Silvia. Mittags einer, am Nachmittag zwei und vor einer halben Stunde noch einer. Und eine Nachricht über WhatsApp: *Bitte ruf mich an.* Das war um halb acht gewesen, noch nicht mal zehn Minuten her.

Paul hielt das Telefon in den zitternden Händen, konnte den Blick nicht von den Buchstaben wenden, die immer größer wurden und nach ihm schrien. Er saß auf der harten Bettkante, es fröstelte ihn, obwohl es mindestens dreißig Grad draußen waren. Im Bad hörte er Irma hantieren, sie machte sich fertig für das Abendessen in der romantischen Pizzeria schräg gegenüber. Jetzt wäre die Gelegenheit, rasch eine Nachricht an Silvia zu schreiben.

»Paul?«, hörte er aus dem Bad. »Kannst du mir den Rücken eincremen?«

Er seufzte, fuhr sich mit der Hand durch das Gesicht. Erschrak. Plötzlich stand Irma nackt in der Badezimmertür. Warf ihren Blick durchs Zimmer, hakte ihn mit kleinen Widerhaken fest in seiner Haut.

»Was ist?«, fragte sie mit spitzem Unterton. In der Hand hielt sie die Bodylotion, deren Duft er mal so gerne roch.

»Nichts, Irma. Es ist nichts. Wie oft willst du mich das noch fragen?« Er lächelte, als er es sagte. Es schien ihm gelungen zu sein, sie lächelte zurück. Ihre Lider waren noch ein wenig rot und geschwollen, sie hatte lange geweint. Verletzt hatte er sie, ja, das war wohl so.

»Hat jemand angerufen?«, fragte sie mit heller Stimme und wie nebenbei. Hielt Paul die Lotion hin, griff in den Kleiderhaufen, den sie im Streit aus dem Schrank gerissen und aufs Bett geworfen hatte. »Was meinst du, schwarz oder weiß?« Sie hielt zwei Spitzenhöschen hoch, das schwarze mit der kleinen Rose am Bund und das weiße, knappe mit dem schmalen rosa Rand.

»Weiß nicht«, sagte er. Das Telefon glühte in seiner Hand.

»Wirklich? Du stehst doch mehr auf das schwarze. Weißt du nicht

mehr?« Sie hatte dieses frivole Lächeln im Gesicht, er senkte den Blick.
Sie kam auf ihn zu, stand vor ihm, hob mit kühlen Fingern am Kinn seinen
Kopf zu sich empor, zwang ihn damit, sie anzusehen. »Paul Mertens, du
willst mich, hast du gesagt. Das ist wunderbar.«

»Ja«, sagte er, hielt ihrem Blick stand.

»Hat Silvia wieder angerufen?«, fragte sie mit samtiger Stimme, setzte
sich neben ihn aufs Bett, ihre kühle Haut brannte an seiner. Sie legte ihre
Hand auf seinen Schenkel.

»Ein paarmal, ja«, sagte er, räusperte sich.

»Und jetzt?«, fragte sie leise.

Paul zuckte mit den Schultern.

»Darf ich?« Sie griff nach seinem Handy, nahm es ihm vorsichtig aus der
Hand. »Ah, geschrieben hat sie dir auch.«

»Ja, klar. Sie wundert sich, dass ich mich nicht melde. Wie ich gesagt
habe.«

»Hm. Was machen wir jetzt?«

»Ich muss sie anrufen.«

Schweigen setzte sich zwischen sie, Irma senkte den Kopf, spielte mit ihren
Fingern. Dann sagte sie leise: »Ja, du hast Recht. Am besten sofort.«

Er stutzte, heiß durchfuhr ihn der Schreck. »Meinst du? Ich kann auch
nachher ...«

»Nein, nein, mach ruhig, Paul. Es ist okay. Wir wollen doch endlich Ruhe
haben.« Sie beugte sich zu ihm, strich über seine Stirn.

»Ja, aber ...«

»Ich verzeihe dir«, sagte sie. »Ein wenig verstehe ich dich sogar. Du bist
nicht gegen mich, das weiß ich doch. Es war eine schwierige Situation für
dich.«

Er sah sie ungläubig an. Sie saugte ihn auf, verschlang ihn mit Haut und
Haaren, ohne dass er etwas dagegen tun konnte.

»Wenn es für dich leichter ist, mein Liebster, dann gehe ich raus und setze
mich auf die Terrasse«, sagte Irma sanft und hell.

»Wirklich?«

»Ja, aber beeil dich. Wir haben den Tisch um viertel nach acht.«

Er versuchte, sich frei zu hüsteln, bekam fast einen Hustenanfall. »Ja, klar.
Geht schnell«, sagte er.

Sie sprang auf, ihre Nacktheit wurde von den Strahlen der späten Nachmittagssonne erfasst, Irmas Haut wurde zu einem roten, seidigen Tuch, das

ihren Körper umschloss. »Und, was ist nun: schwarz oder weiß?«, fragte sie mit einem offenen Lächeln, hielt ihm die Höschen hin.

»Schwarz.«

»Okay, mein Liebster. Und das Rückeneincremen machen wir später.« Sie küsste ihn auf die Stirn, tänzelte zum Schrank und fischte das lila Kleid heraus, das er mal so sehr an ihr gemocht hatte. Zog es über den Kopf. Seit er ihr zugeraunt hatte, wie fantastisch ihre Brüste seien, trug sie manchmal keinen BH. Er senkte den Blick, machte das Display des Handys hell, drückte es wieder schwarz. Schob es von einer Hand in die andere. Wagte es nicht, aufzusehen.

Irma schlüpfte in die Sandalen, griff nach ihrer Tasche, lief leichtfüßig zur Tür, drehte sich um. »Es ist alles gut, mein Liebster. Ich vertraue dir. Voll und ganz.« Sie warf ihm einen Kuss durchs Zimmer zu, er lächelte, küsste zurück. Sie verschwand, schloss die Tür hinter sich. Er hörte ihre Schritte auf dem Flur.

Da saß er nun, ihm war kalt. In seinem Kopf jagten sich Gedanken und Bilder, die Runde um Runde an seinen Schädelwänden rieben. In seiner Hand das glühende Telefon. *Bitte ruf mich an.*

Sie nahm sofort ab.

»Silvia«, floss es aus ihm heraus, als sei sie Jahre verschollen gewesen. »Ich ... ich wollte mich melden, hier ist der Empfang so schlecht. Wie geht´s dir?«

»Paul, wie schön. Ich habe mir Sorgen gemacht. Ist alles in Ordnung bei dir?« Ihre Stimme klang aufgeregt und höher als sonst, das hörte er nur selten von ihr.

»Ja, selbstverständlich, Liebling«, stammelte er. »Du ... du fehlst mir.«

»Ist die Tagung so langweilig?« Sie lachte hell, mit einem Glucksen, sie lachte mit ihm andres als mit ihren Kollegen, mit ihnen lachte sie irgendwie höflich und gut überlegt.

»Ja. Mittlerweile schon«, sagte er. »Aber, na ja ... wie das eben so ist.«

»Ich dachte, du kannst dich mal ein bisschen erholen. Es war ja wieder eine Menge los.«

Er stützte seinen Kopf in die Hand, rieb sich die Stirn. »Was sagt Professor Wilde?«, fragte er.

»Alles wie gehabt. Es gibt keinen Grund. Wir haben überlegt, was wir als Nächstes tun können. Aber das sollten wir besprechen, wenn du wieder da bist.«

»Ja. Du hast Recht.«

»Paul, mit dir ist doch was.«

»Nein, nein. Es ist nichts. Ich bin nur müde. Wir ... wir haben gestern ein wenig gefeiert.«

»Ah, deswegen hast du dich nicht gemeldet.«

»Ich hatte ein bisschen zu viel getrunken und die Tagungsräume, na ja, du kennst das ja, die sind im Souterrain, wie immer. Und da ist wenig Empfang.« Paul hörte seine eigene Stimme von weit entfernt, es war ein Klon, der auf der Bettkante saß und mit Silvia sprach.

»Wann kommst du am Sonntag zurück?«

»Ich weiß nicht, so am späten Nachmittag, hoffe ich.«

»Morgen und übermorgen habe ich noch eine Menge um die Ohren«, sagte Silvia. »Am Donnerstag steht das Essen mit Werner an, du weißt schon. Aber Freitag könnte ich mir freinehmen. Soll ich zu dir kommen und wir bleiben am Wochenende in Bozen? Mal rauskommen würde mir guttun. Ich hab schon mal nach einem Flug gesehen, es könnte klappen.«

Paul erstarrte. Sein Herz hämmerte im Rhythmus eines Maschinengewehrs, drückte mit scharfem Rauschen das Blut in seinen Kopf. »Ach, wie lieb von dir«, stotterte er. »Aber ... aber, ehrlich gesagt würde ich lieber nach Hause kommen.«

»Wir können in dieses schöne Hotel fahren, du weißt schon, wo du ...«

»Nein«, schoss es aus ihm heraus. »Also, ja. Eine schöne Idee, aber ... ich würde lieber mit dir zu Hause sein, Silvia. Wirklich!« Er konnte nicht atmen, betonhart waren Brustkorb und Schlund. Mühsam formte er: »Moment ...« Er hielt die Hand über das Mikrofon, krächzte irgendetwas ins Zimmer, rieb sich den Kopf, presste aus sich heraus: »Mein Kollege sagt gerade, dass es weitergeht, also, jetzt gleich. Ich komme nach Hause, Silvia, ja? Am Sonntag. Vielleicht schon am Samstag, ich könnte schauen, ob ...«

»Ist schon gut, Paul«, unterbrach sie ihn. »Wir können ein anderes Mal wegfahren. Ganz in Ruhe. Deine Ferien haben ja gerade erst begonnen.«

»Ja, Liebling, ich muss jetzt ...«, stammelte er. »Also bleibt's dabei? Ich versuche, Samstag zu kommen. Ich kann es aber nicht versprechen. Wir treffen uns zu Hause, ja, Silvia? Dann reden wir. Über alles.«

»Natürlich. Ich freue mich, wenn du wieder da bist.« Sie klang wieder förmlich, wie so oft.

Paul ließ das Telefon sinken, sackte in sich zusammen. Sein Herz raste, es fehlte nicht viel und es würde zerspringen, in tausend kleine blutige

Fetzen, die sich im Zimmer verteilten, an die Wände klatschten und blut-
rot heruntertropften. Eiskalt war ihm, er zitterte, während auf seiner Stirn
Schweißperlen hockten.

Irma saß auf der Terrasse, Paul beobachtete sie einen Moment, bevor er sich
bemerkbar machte. Sie hatte den Blick in die himmelblaue Ferne getaucht,
die Beine übereinandergeschlagen, wippte lässig mit einem Fuß. Sie sah so
zufrieden aus, ruhig und gefasst. Nach alldem. Paul zupfte an seinem Kragen,
versuchte, den Kloß im Hals zu schlucken, doch der blieb in seiner Kehle
sitzen, ein riesiger Stein, festgeklemmt zwischen zwei Felsenwänden. Als er
nach ihr rief, drehte Irma sich um. Sie strahlte ihn an, mit offenen, warmen
Augen, stand auf.

»Und?«, fragte sie. »Alles gut gelaufen?«

»Ja, es ist alles gut.«

»Was hast du zu ihr gesagt?«

»Wir reden Sonntag über alles, wenn ich zurück bin.«

Sie ließ ihre Hand in seine gleiten, lehnte sich an ihn. »Keine Telefonate
mehr?«

»Bis Sonntag keine Telefonate mehr.«

»Und du wirst mit ihr reden?«

»Ja, das werde ich.«

Sie küsste ihn, zärtlich und voller Hingabe, strich dann behutsam mit den
Fingerspitzen über sein Gesicht. »Das war nicht leicht für dich, ich weiß«,
sagte sie. Ihr Blick war offen und weit, nahm ihn auf. »Du hättest es machen
sollen wie ich, von Anfang an sagen, dass du nicht erreichbar bist.«

Ja, das war er, nicht erreichbar und weit weg.

TAG 5, MITTWOCH,
KURZ NACH MITTERNACHT

Lange lag Irma wach in dieser Nacht. Sie hatten geredet, nicht viel, aber Paul hatte immer wieder gesagt, dass er sie wolle, es hatte sich ehrlich angehört. Dann hatte er in einen unruhigen Schlaf gefunden. Es war die erste Nacht, in der sie sich nicht geliebt hatten. Lust hätte sie gehabt, aber er war müde gewesen, bleischwer müde, hatte er gesagt. Vielleicht morgen früh.

Der Schlaf wollte nicht kommen, Irma wälzte sich hin und her, schwitzte. Feuchtwarme Nachtluft drängte durch die geöffneten Fenster ins Zimmer, legte sich schwer auf sie.

Paul hatte an einem einzigen Tag mit zwei Frauen geschlafen, so was musste nun wirklich nicht sein! Sie hatte es auch schon getan, aber mehr aus Versehen. Es war an einem Morgen gewesen, da hatte Irma Philip nicht schon wieder enttäuschen können und seinem Drängen nachgegeben. Ab und zu musste es eben sein. Sie hatte nicht ahnen können, dass Oliver ein paar Stunden später die Lust überkommen würde, er hatte sie im Büro seiner Kanzlei geliebt, so richtig, wie im Film, mit dem ganzen Programm: Tür abschließen, am Empfang sagen, dass niemand in der nächsten halben Stunde stören sollte. Dann setzte er sie auf den Schreibtisch, zog ihren Slip aus, drückte ihre Beine auseinander, liebkoste sie und dann hatten sie richtig guten Sex. Es dauerte nicht lange, die halbe Stunde brauchten sie nicht. Es war immer schnell und heftig mit ihm gewesen, von Anfang an. Zuerst fand sie es befremdlich, war es nicht gewohnt nach zehn Jahren Ehesex, aber dann genoss sie es, jedes Mal war es ein Rausch. Bis Oliver eines Nachmittags sagte, das sei jetzt genug. Sie solle es nicht falsch verstehen, aber sie sollten aufhören, bevor jemand in der Stadt ahnte, dass sie mit dem Rechtsanwalt schlief. Der fast ihr Nachbar war und dessen Sohn in Fabians Klasse ging. Er küsste sie zum Abschied, bohrte dann einen langen Blick in sie und sagte, wie schön sie sei und dass er das, was sie miteinander hatten, sehr genossen habe und nie vergessen werde. Lange dachte sie an Rache, stand sogar eines Nachts vor seinem Haus, war drauf und dran, einen Stein in sein Fenster zu werfen und laut in die Dunkelheit zu schreien, dass er ein Arschloch sei, sie gevögelt habe, monatelang. Ja, gevögelt. Genau so fühlte es sich an. Und dabei hatte sie ihn ehrlich geliebt. Wenn sie seine Frau Lea beim Einkaufen traf, war sie nur einen Hauch davon entfernt, es ihr vor die Füße zu werfen, zwischen Kühltruhe und Brotabteilung. Eines Tages hörte sie, dass Lea ihn mit beiden Kindern verlassen habe, weil er eine andere habe, die junge Zahnärztin aus dem Nachbarort. Im Jahr nach der Scheidung wurde die seine Frau.

TAG 5, MITTWOCH, AM VORMITTAG

Eine Decke aus Blei lag auf Paul, drückte ihn auf das Laken, sodass er tief in der Matratze versank. Nur langsam kam er zu sich, war gefangen in einem leeren Raum zwischen traumlosem Schwarz und einem düsteren Tag. Seine Arme und Beine waren taub und schwer, lagen leblos neben ihm. Mühsam öffnete er die Augen. In den blauen Vorhang vor dem Fenster stachen Sonnenstrahlen gleißendes Licht, es drang durch Tausende Löcher in spitzen Pfeilen ins Zimmer. Paul kniff die Augen zu. Rote Punkte tobten hinter seinen Lidern, mit jedem Pulsschlag schwollen sie weiter an. Die Wahrheit überrollte ihn wie ein riesiges Feuerrad, brannte sich in seinen Körper, in dem die Müdigkeit hockte, als habe sie sich darin über Jahre hinweg angestaut.

Er lag im Bett, im Zimmer hoch über der Bucht. Irgendwo in Italien. Neben ihm die schlafende Irma. Sie lag an seinen Rücken gepresst, ihre Haut war klebrig und heiß. Keinen Finger konnte er rühren, jeder Lidschlag war zu viel, er wollte ewig weiterschlafen, bis er irgendwann aufwachte, an einem hellen, freundlichen Tag.

Silvia. Gestern am Telefon schien es, als habe sie zuvor geweint. Das hatte sie bisher nur selten getan. Er sah sie vor sich, stets standhaft, nie strauchelte sie. Ihre Haut war weich, der Körper an manchen Stellen behaglich rund und fest, er hatte es immer gemocht, sie zu berühren, ihre großen Brüste, den Bauch. Eine unsagbare Sehnsucht brannte plötzlich in ihm, er wollte ihre Stimme hören, mit ihr reden, über dies und das, in Ruhe und entspannt.

Neben ihm reckte sich Irma. Sie gähnte und seufzte, er hielt die Augen geschlossen, bewegte sich nicht. Versuchte, ruhig zu atmen, als schlafe er noch. Sie setzte sich auf, beugte sich über ihn, ihr Atem streifte seine Stirn, er roch ihren Schweiß. »Paul?«, flüsterte sie. Strich mit den Fingern an seiner Schulter entlang. »Bist du wach?«

»Hmhm«, machte er.

»Hast du gut geschlafen, Liebster?«

»Geht so«, sagte er, spürte Irmas suchenden Blick.

»Was ist?«, fragte sie.

»Ich bin furchtbar müde.«

»Immer noch? Du bist doch gestern gleich eingeschlafen. Wollen wir schwimmen gehen? Das macht wach.« Ihre Stimme klang hell, so unerträglich hell.

»Nein. Lieber nicht.«

»Ach, komm,« sagte sie und lachte auf. »Heute wird ein herrlicher Tag!«

»Ja, bestimmt.«

»Wir könnten auch erst …« Sie knabberte an seinem Ohr, gluckste hinein, wanderte mit der Hand an seinem Bauch entlang.

»Vielleicht später«, sagte er mit belegter Stimme und fasste nach ihrer Hand. Ein Ruck ging durch ihren Körper. Er drehte sich langsam um, ihr Blick hakte sich in ihm fest. »Ich bin wirklich müde«, murmelte er.

Ihr Gesicht verfinsterte sich, ein dunkler Schatten legte sich vor ihre Augen, den kannte er schon. Gleich würde ihr Blick kühl, die Lippen schmal werden. Nie wusste er sicher, was passierte, wenn sie ihn so ansah, manchmal wurde sie zärtlich, suchte seine Nähe, manchmal wurde sie wütend und wild. Dann gab es nichts, was sie hielt. Bloß das jetzt nicht!

»Hat … hat es etwas mit mir zu tun? Bist du sauer auf mich? Wegen gestern?«, fragte sie zaghaft.

»Nein.« Paul seufzte erleichtert, versuchte ein Lächeln. »Das bin ich nicht.«

»Vielleicht wirst du krank? Ist dir schlecht?«

»Nein.«

»Ja, was denn dann?«

»Einfach nur müde.«

»Okay?« Sie schaute ihn fragend an.

Er zog sie zu sich, sie legte sich neben ihn, den Kopf auf seine Brust. Paul schloss die Augen, tauchte ab. Nichts mehr sehen, nichts mehr hören, der grelle Tag lag vor ihm wie eine tiefe, unüberwindliche Schlucht. Er strich Irma übers Haar, ließ eine Strähne durch seine Finger gleiten. Nicht, weil er es wollte, es war, als erinnerte er sich daran, was jetzt nötig war, wie an eine auswendig gelernte Vokabel.

»Und wenn wir doch schwimmen gehen? Du wirst sehen, dann geht's dir gleich besser«, hörte er sie aus weiter Ferne fragen, ihre Stimme hallte in dumpfen Tönen nach.

»Nicht jetzt. Später. Vielleicht.« Er nahm ein leises Schnauben wahr und

Irma erhob sich abrupt. Er hätte sie nur anlächeln, etwas Liebes zu ihr sagen müssen, und sie hätte Ruhe gegeben, doch es gelang ihm nicht. Kein einziges Wort wollte aus ihm heraus.

»Dann gehe ich eben allein«, sagte sie spitz.

»Ja, mach das.«

»Und du willst wirklich nicht mit?«

»Nein. Geh ruhig. Ist okay.«

»Na, dann …« Er hörte, wie sie die Basttasche aus dem Schrank zog, die Tür laut zuschlug. Stoff raschelte, sie streifte den Badeanzug über, klapperte mit ihren Sandalen über den Steinfußboden, jeder Schritt ein Stich in Pauls Kopf.

»Bis gleich«, sagte sie, trat ans Bett. »Küsst du mich?«

Er öffnete die Augen, streckte sich ihr mit Mühe entgegen. Sie umfasste sein Gesicht, fuhr fordernd mit der Zungenspitze zwischen seine Lippen. Er spielte mit, so gut es ging, lächelte angestrengt, sah sie an.

»Du siehst wirklich nicht gut aus«, sagte sie, hörte verdammt nochmal nicht auf, mit ihren Blicken an ihm zu saugen.

»Bis gleich. Schwimm nicht so weit raus«, sagte er, zog das dünne Laken über seine Schultern.

Sie lachte laut auf, klapperte durchs Zimmer, warf die Tür ins Schloss.

Endlich Ruhe. Paul lag auf dem Rücken, starrte an die Decke, die schwer über ihm hing. Es fehlte nicht viel und sie würde auf ihn herabfallen und ihn zerdrücken, zermalmen, bis nichts mehr übrig war von ihm. Wenn er nur schlafen könnte, tief und fest, aber in ihm tobte, surrte und summte es, wie in einer Starkstromleitung im Regen. Ein wilder Kampf in einer starren Hülle, undurchdringlich wie eine dicke Stadtmauer ohne Tor.

Er drehte den Kopf, auf dem Nachttisch lag sein Handy. Er richtete sich auf, griff danach, drückte den Knopf. Nichts. Keine Nachricht. Kein Anruf.

Vielleicht sollte er sie anrufen, nur ganz kurz mit ihr sprechen? Nein, das ging nicht, es war schon nach zehn, Silvia war in der Bank. Und was sollte er ihr auch sagen? Er ließ sich zurück in die Kissen sinken, das Telefon in seiner Hand. Seine Lider fielen zu, er dämmerte langsam weg. Ein düsterer Halbschlaf zog den Vorhang hoch und gab die Bühne frei für wilde, dunkle Schatten, die versuchten, ihn zu ersticken, und dabei höhnisch lachten. Helle, stechende Schreie und Silvias Tränen, die seine Haut verbrannten.

Mit rasendem Herzen schreckte er auf. Saß auf der Bettkante, wusste nicht, wie viel Zeit vergangen war, in der Ferne hörte er Stimmen am Strand.

Gleich würde Irma hier sein, er stützte den schweren Kopf in seine Hände. Starrte auf den Marmor zu seinen Füßen. Der löste sich auf, wurde zu weißem Schleim. Paul stand auf, versank bis zu den Knien im Sumpf. Mühsam watete er ins Bad. Schloss hinter sich ab. Hörte das Schimpfen und das Lachen der Schatten, sie rüttelten an der Tür. Er drehte den Wasserhahn auf, hielt das blinde Zahnputzglas unter den Strahl, trank den Becher in einem Zug leer. Wasserhahn zu. Stille. Er stützte sich auf den Waschbeckenrand. Eine Tür schlug zu, er horchte auf.

»Paul?« Die Klinke bewegte sich nach unten, einmal langsam, beim zweiten Mal heftig und schnell. »Ist alles okay?« Jetzt ein Rütteln.

»Bin gleich so weit«, rief er, drückte die Klospülung.

Ein leises Rascheln an der Tür. »Wieso schließt du ab? Mach auf!«, hörte er Irma rufen. Paul atmete tief in die enge Brust, drehte den Schlüssel um, die Tür öffnete sich, sie stolperte ihm entgegen. Ihr greller Badeanzug flimmerte vor der hellen Wand.

»Telefonierst du etwa?« Sie schaute im Bad umher, tastete mit ihren Blicken die Ablage über dem Waschbecken ab.

»Natürlich nicht.«

Ihre Augen flackerten, ihr Atem ging schnell. Noch ein Blick an ihm vorbei zum Schränkchen in der Ecke, dann kam sie auf ihn zu. Legte mit einem Lächeln ihre Arme um seinen Hals. Ihr Körper war kühl, die Haut rau vom Salz. Ihr nasses Haar tropfte, machte eine kleine Pfütze um sie herum, ein paar Tropfen landeten auf seinem großen Zeh.

»Warum schließt du ab?«, fragte sie ihn mit großen Augen.

Er räusperte sich. »Tut mir leid, hab ich gar nicht bemerkt.«

»Ah«, machte sie, strich ihm über die Wange. »Geht es dir besser?«

»Ja«, antwortete er und schluckte.

Sie bedeckte sein Gesicht mit Küssen, er hielt den Atem an.

»Fahren wir nach Porto Venere?«, fragte er in ihre Küsse hinein.

»Ein bisschen Zeit haben wir noch«, sagte sie kichernd.

»Wie spät ist es denn?«

»Gegen halb zwölf. Ganz schön heiß ist es draußen. Vielleicht sollten wir später fahren.«

»Ja. Aber wir können auch jetzt … Lass mich erstmal duschen.« Er seufzte, drehte sich mit aller Vorsicht aus ihren Küssen. Sah ihren Blick voller Erwartung, wusste nicht mehr, was er sagen und tun sollte. Versuchte, sie anzulächeln, gab sich Mühe, aber ihm gelang nur ein schweres Lächeln, wie eine starre Maske saß es auf seinem Gesicht. Er nahm Irmas Arme von seinen Schultern, setzte einen spitzen Kuss auf ihre Hand. Sie schaute überrascht, fragte, ob alles in Ordnung sei, und da war sie wieder, diese Zerbrechlichkeit in ihren Augen. Dünn und schmal stand Irma vor ihm, er senkte den Kopf. Griff nach dem Shampoo am Waschbeckenrand.

»Ich müsste auch duschen«, raunte Irma. Sie zog die Träger des Badeanzugs über ihre knochigen Schultern.

»Ist doch viel zu eng hier«, sagte er mit einem leisen Auflachen, das in seinem Rachen wunde Spuren hinterließ.

Sie schob den Badeanzug an ihrem Körper herunter, machte die Brüste frei. Weiter über den hart trainierten Bauch, dann entblößte sie das kleine schwarze Dreieck, in dem er sich so oft verloren hatte, ließ den Stoff auf den Boden sinken. Stand nackt da, lächelte ihn an. Ihr Lächeln rutschte an ihm herunter, fiel in die Salzpfütze zu seinen Füßen.

Sie stieg zu ihm in die Duschkabine. Umarmte und küsste ihn, drängte ihre Zunge in seinen Mund. Ihr Atem ging schnell, sie umklammerte seinen Hintern, drückte ihren Schoß an seinen, hob einen Schenkel leicht an, presste sich an ihn. »Komm schon«, hauchte sie. »Was ist denn heute los mit dir?« Sie lehnte sich zurück, streckte sich ihm entgegen. Er umfasste eine Brust, spürte die harte Brustwarze unter seinen Fingern. Kalt und rau.

»Worauf hast du Lust?«, wisperte sie. »In der Dusche? Wir können auch ins Bett ... Oder magst du von hinten?« Sie bedeckte ihn mit feuchten Küssen, wanderte an seinem Hals herunter, weiter zur Brust.

»Irma«, sagte er, es klang hölzern und fremd. Er griff nach ihren Händen, zog sie aus dem Badezimmer ins Bett. Die Laken waren noch feucht und klebrig von seinem Schweiß, es fröstelte ihn, als er sich von Irma in die Kissen drücken ließ. Er wusste, was zu tun war und wo er sie anfassen musste. Er spulte es ab wie ein einstudiertes Bühnenstück. Antwortete mechanisch auf Irmas Tun, erinnerte sich, was er dabei fühlen sollte, aber sein Innerstes blieb unberührt und leer. Es war ein rein körperliches Abarbeiten, er bediente sich aus dem in den vergangenen Monaten geschaffenen Repertoire. Als sie auf ihm saß, sich wiegte, suchte sie, anders als sonst, seinen Blick. Immer wieder zog er an ihm, bis es endlich vorbei war. Paul schloss Irma in seine Arme, ihr Atem verlangsamte sich, sie sagte, wie schön es mit ihm sei. Er nickte, ja, auch mit ihr war es wunderbar. Strich durch ihr vom Meersalz störrisches Haar, ließ eine Strähne durch seine Finger gleiten.

TAG 5, MITTWOCH, NACHMITTAGS

Das Meer war so unsagbar blau, die Sonne hatte ein silbrig glitzerndes Tuch über dessen Tiefe gelegt, löste die Horizontlinie auf und verwob den Himmel mit der See. Irma stand hoch über der Bucht von Porto Venere, konnte sich nicht sattsehen an der funkelnden Unendlichkeit, war erfüllt von unbändiger Freude. Die Chiesa St. Pietro thronte auf einem Felsen, als hätte er sich nur für sie aus dem Meer erhoben. Der Golf der Dichter warf Wellen an den Felsen, es war ein warmes Rauschen, das sich in die flirrende Sommerluft einflocht.

Paul stand schweigsam neben ihr, genoss mit ihr zusammen diesen unglaublichen Blick hinab in die Bucht, war genau wie sie erfüllt von diesem Moment. Sie konnte es spüren. Hinter ihnen tobten zwei Kinder um die Türme, die vor Jahrhunderten mal Mühlen gewesen waren, Eltern meckerten auf Italienisch herum.

Vom Hafen zur Kirche war es eine Anhöhe hinaufgegangen, ein paar flache Stufen, ein breiter Pfad, eigentlich nicht der Rede wert. Doch Paul hatte geschnauft auf dem Weg, der sich sanft über den felsigen Grund der Kirche aus schwarzem und weißem Marmor entgegen legte. Und dann der Aufstieg über die Treppe bis hier oben, für sie eine Leichtigkeit, doch Paul hatte sich schwergetan. Seit gestern war er so müde, sie hatte sich fast schon Sorgen gemacht. Doch heute Morgen, nachdem sie vom Schwimmen im Meer zurückgekommen war, hatten sie sich geliebt und alles war wunderbar gewesen.

»Wusstest du, dass dort, wo jetzt San Pietro steht, mal der Tempel der Venus war?«, fragte Irma.

»Ach«, sagte Paul, den Blick in die Ferne gerichtet.

»Ja, genau hier ist die Göttin der Liebe dem Meerschaum entstiegen, sagt man.«

Er schwieg weiter in die Sommerhitze hinein.

»Heute ist Mittwoch«, sagte sie nach einer Weile.

»Ja. Mittwoch«, antwortete er.

»Vier Tage noch«, sagte sie, »dann müssen wir zurück.«

»Ich weiß.«

»Ich könnte ewig mit dir unterwegs sein.«

»Ja. Das wäre schön«, sagte er.

Irma seufzte, stupste Paul mit dem Ellenbogen an. Er blickte auf, sah sie an. Ein Lächeln saß auf seinem Gesicht, es wirkte seltsam, schien irgendwie auf seiner Haut zu kleben.

»Was ist?«, fragte sie zaghaft.

»Nichts«, sagte er. »Ich habe Hunger. Wollen wir runter in den Ort, etwas essen?«

»Wir könnten noch ein Stück rauf, zum Schloss, eine beeindruckende Ruine und der Blick ist sensationell. Und da ist noch dieser besondere Friedhof...«

»Vielleicht erst etwas essen? Mir ist schon ganz schummrig.«

Irma stutzte. »Mit dir ist doch was!«, sagte sie.

»Nein, mia bella. Es ist alles gut. Ich bin nur hungrig, sonst nichts.«

»Ehrlich?«

»Na klar«, sagte er, ohne den Blick vom Horizont zu nehmen.

Sie räusperte sich. »Es wäre wirklich schön, wenn wir mehr Zeit hätten. Dann könnten wir noch weiter in den Süden fahren.«

»Ja. Das wäre es.«

»Sag mal, hast du heute keine Sprechstunde oder was ist los mit dir?« Sie nutzte wieder ihren Ellenbogen, diesmal etwas heftiger, ein Ruck schien durch Pauls Körper zu gehen.

Er blickte auf. »Es ist nichts, Irma. Ich habe einfach nur Hunger.«

War da etwa ein scharfer Zwischenton, eingewoben in seine sparsamen Sätze? Nein, das war bloß ein Windstoß gewesen. Und das Meeresrauschen, selbst hier oben auf dem Felsen war es noch zu hören. »Dann lass uns runter in die Stadt gehen, ja?«, sagte sie hell, setzte einen Deckel auf den brodelnden Groll, der gerade in ihr hatte entstehen wollen. Alles war gut, das hatte Paul ihr gesagt.

Sie ließ ihre Hand in seine gleiten und sie schlenderten durch den von Schirmpinien beschatteten Park, hatten einen sagenhaften Blick auf den kleinen Hafen, die Kirche und den Teppich aus terracottabraun gezielten Dächern. Die Gassen im Ort waren schmal, spendeten wohltuenden Schatten, es war wirklich heiß heute, und eine schwere Schwüle lag in der Luft. Laut Wetter-App würden in der Nacht Gewitter von See her kommen, ein bisschen Abkühlung, das wäre wirklich gut.

Die Trattoria lag in einer Seitengasse und hatte einen schattigen Innenhof. Hier war nicht viel los, die meisten Touristen drängten sich unten am

Hafen und auf der Hauptstraße, pilgerten zum St. Peter und wieder zurück, und das war′s. Die wirklichen Schönheiten aber, die sahen nur wenige. Irma kannte sie gut, sie war schon ein paarmal an diesem Ort gewesen. Und sie hatte gewusst, Paul würde ihn genauso lieben wie sie.

»Ich nehme Spaghetti Carbonara«, sagte er, schlug die Speisekarte zu, die Seiten aus Plastikfolie klatschten aneinander.

»Die Pizza sieht auch gut aus.« Irma streute eine Prise Nachmittagsfröhlichkeit in ihre Stimme. Sie musste Paul nur ein bisschen aufheitern, dann würde auch der Rest des Tages fantastisch werden, so wie jeder Tag mit ihm.

»Geht ja nicht«, sagte er, »Tomaten.«

Ach, ja. Tomaten. Irma schaute die Karte rauf und runter, nichts reizte sie so richtig, es war so heiß, eigentlich hatte sie nur Durst.

Paul winkte die üppige brünette Bedienung herbei, die kam angetänzelt, hatte ein hautenges schwarzes T-Shirt mit gewagtem Ausschnitt an, auf dem eine lange Strähne ihres braunen vollen Haars über ihren Brüsten lag. Knapp oberhalb ihres Busens steckte ein Namensschild – Sophia, war doch klar. Sie lächelte Paul an. Der strahlte zurück. Bestellte ein großes Wasser, aus der Flasche bitte, nicht aus dem Hahn, man weiß ja nie, und lachte auf. Dazu zwei Gläser Weißwein. Nanu? Offensichtlich hatte er sich dem italienischen *Dolce Vita* angepasst, wie schön.

Dann schaute er Irma fragend an: »Und?«

»Was, und?«

»Was möchtest du essen?«

»Pizza Funghi, amore mio«, säuselte sie mit einem Augenaufschlag und reichte ihre Speisekarte Sophia, ohne sie anzusehen. Die sagte irgendwas auf Italienisch und rauschte davon. Paul holte das Telefon aus seiner Hosentasche, fragte, wie der Ort nochmal heiße, und scrollte auf dem Display herum.

Seit heute Morgen wirkte er stiller als sonst, irgendwie in sich gekehrt. Sicherlich dachte er nach, so wie sie. Todsicher würde er kommen, der Sonntag, an dem sie zurück mussten, aus der überschäumenden Farbenpracht in einen Film in Schwarz-Weiß, der ermüdende Längen hatte, kaum Höhen, einige Tiefen, irgendwann würde man das Ende herbeisehnen und am Schlusspunkt voller Entsetzen bemerken, dass die seit jeher im Verborgenen blühende Sehnsucht zu Staub zerfallen war. Nicht mit Paul. Mit ihm würde es anders werden, sie waren füreinander bestimmt. Mit ihm ging es Irma gut, die Tage waren hell und der Blick nach vorn war voller Zuversicht. Zweifellos war es für ihn genauso. Er war verrückt nach ihr, jeden Tag sah sie das. Sie hatte ihn aus der Tiefe geholt, niemand sonst hatte das geschafft. Das hatte er ihr oft gesagt.

»Ich liebe die Gegend hier. Porto Venere ist wirklich besonders. Es ist so wunderbar, mit dir hier zu sein«, sagte sie leise. Paul schaute auf.

»Ja, das ist es«, sagte er. Kein freudiges Sprühen war in seinem Blick, kein Saugen an ihr, was sie so oft gesehen hatte. Nein, es war viel mehr: sinnliche Tiefe und Verbundenheit. Sie lächelte versonnen, strich über seine braun gebrannte Hand, fragte: »Was ist das mit uns?«

»Es ist wunderschön.«

»Das meine ich nicht. Du weißt schon ...«

»Ja.«

»Ich bin glücklich mit dir. Sehr sogar«, raunte sie.

»Das bin ich auch.«

»Es war noch nie so, ich meine, ich war noch nie so glücklich wie mit dir, Paul.«

Er senkte den Blick, nahm ihre Hand. Gebannt schaute sie auf seinen schönen Mund.

Aus dem Nichts kam die Kellnerin mit schwankendem Tablett, stellte die Wasserflasche auf den Tisch, beugte sich weit vor, platzierte die Weingläser. Schaute Paul dabei an, öffnete mit einem Lachen die Weinflasche, schenkte ein. Lachte ihn an und tat, als wäre Irma gar nicht da. Am Bund der Jeans wölbten sich kleine Rollen aus dem Bauch und den Hüften, das sah er mit Sicherheit nicht. Dann palaverte sie noch etwas über *una bellissima giornata*, er nickte ihr freundlich zu.

»Un espresso per me«, sagte Irma spitz, fragte Paul: »Du auch, il mio grande amore?« Legte ihre Hand auf seine, strahlte ihn an.

»Nach dem Essen«, antwortete er. Die Kellnerin drehte sich um und ging mit schwingenden Hüften davon.

Er hob das Glas. »Na dann, salute!«

Irma lächelte weiter, blickte ihm tief in die Augen, nahm einen großen Schluck vom kalten Wein. Spürte ihn sofort im Kopf. Nachher würden sie reden, wenn sie allein waren, nicht hier. Dann würde sie ihm sagen, was sie fühlte für ihn. Er würde sie in den Armen halten und mit ihr Pläne schmieden, es war an der Zeit. Welche Steine auch auf ihrem Weg wegzuräumen waren, im Grunde war es ganz leicht. Sie beide schafften alles, wenn sie es wollten.

»Was machen wir heute? Fahren wir weiter?«, fragte sie. »Vielleicht Cinque Terre? Es ist nicht weit von hier und es ist einmalig.«

»Und bestimmt überfüllt«, antwortete Paul. Er nahm einen großen Schluck Wein, sein Glas war schon fast leer. »Wir könnten einen Tag länger in der Pension bleiben. Einfach nichts tun. Wir haben ein Zimmer mit Meerblick«, sagte er.

»Das wäre wundervoll.« Paul wollte mit ihr allein sein, sich einfach treiben lassen, ein Funke Glück sprang aus Irma heraus. »Hoffentlich ist das Zimmer noch frei!« Sie fischte das Handy aus ihrer Tasche. »Wie hieß die Pension noch? Wir sollten gleich anrufen und fragen, ob wir bleiben können.«

»Das hat doch Zeit bis nachher«, sagte er. Er trank einen Schluck, fügte an: »Mia bella.«

Irma hielt inne. »Meinst du wirklich? Nicht, dass ...«

»Ja, das meine ich.« Er hob das Glas und nickte ihr zu. »Lass uns trinken, auf Italien und das schöne Leben!« Er lachte auf, sie mit ihm. Da war ein kleiner Schlenker in seiner Stimme, ein paar zarte Silben flogen aus der Kurve, die der Wein bereitet hatte.

»Und auf die Liebe!«, sagte sie, ließ das Glas an seinem klingen.

»Und auf die Liebe, na klar!« Er rief es fast, so übermütig schien er zu sein. »Auf dich, Irma Schreyer!«, schickte er im Flüsterton hinterher.

Sie schmunzelte. Nachher, in der Pension, würden sie sich heute zum zweiten Mal lieben, sie würde ihn verführen, sie hatte schon eine prickelnde Idee. Außer Atem würden sie danach aneinanderkleben und sich ihre Liebe gestehen. Es ging nicht mehr um das *Ob*, es ging nur noch um das *Wie*. »Du hast Recht, Liebster. Wir haben Zeit.« Sie streichelte seinen Arm.

»Möchtest du auch noch einen?«, fragte Paul, drehte sich nach Sophia um, hob sein leeres Glas, nickte ihr mit einem Zwinkern zu.

»Nein«, sagte Irma freundlich lächelnd. »Einer von uns beiden muss fahren.« Sie schluckte.

»Ich kann fahren«, entgegnete er und fuhr sich durch das volle Haar, sodass es zerzaust abstand vom Kopf. »Ich fahre dich, meine Schöne. Wohin du willst.« Er lachte auf, lehnte sich im Stuhl zurück und nahm mit einem breiten Grinsen Sophia das Glas ab, das sie ihm mit einem sinnlichen *prego* entgegenhielt. Irma trommelte mit den Fingern auf dem Tisch, fragte Sophia kühl, wo ihr Espresso bliebe.

»Ich finde die Idee toll, noch hierzubleiben«, sagte sie silberhell, räusperte sich.

Er beugte sich über den Tisch, schraubte seinen Blick in ihren. »Ist was, meine Schöne? Habe ich wieder etwas falsch gemacht?«

Sie stockte. »Nein, wie kommst du darauf?«

»Dann ist ja gut.« Er kippte den nächsten Schluck runter, drückte einen aufsteigenden Luftstrom sichtbar in der Kehle nieder. »Dann ist ja alles wunderbar. Du, Italien, der Wein.« Er machte eine ausladende Geste, der Stuhl unter ihm kippelte. »Der Himmel, das Meer, die Liebe und hoffentlich auch die Pasta.« Er lachte erneut.

Die Flamme in Irma züngelte gefährlich hoch, schickte einen zischenden Funkenflug, der sich im Hof verteilte. »Verarsch mich nicht, Paul Mertens«, sagte sie schroff.

»Mach ich doch gar nicht.«

»Und ob«, fauchte sie. Aus den Augenwinkeln sah sie die Kellnerin, die zu ihnen herübersah. Lachte dann ihr glockenreines Lachen. »Ich glaube, du hast einen sitzen«, sagte sie leise und spitz.

»Stimmt.« Er nahm ihre Hand, zog sie zu sich und küsste sie. Ein Grinsen breitete sich auf seinem Gesicht aus. »Du bist eifersüchtig, Irma.«

»So ein Blödsinn!« Sie riss ihre Hand weg.

Mit einem Krachen landete die Pizza vor ihr auf dem Tisch und die Pasta vor ihm. »Prego«, säuselte Sophia ihm zu. Wenn er jetzt irgendetwas tat, das auch nur ansatzweise nach Flirten aussah, wenn er sich umdrehte und Sophias prallen Hintern anglotzte, dann würde Irma aufstehen und ihren eiskalten Blick in ihn fahren lassen. Er würde frieren und bibbern, binnen Minuten tiefgefrostet sein. Erst im letzten Moment hätte sie Erbarmen, würde ihn an ihren warmen Körper drücken und zurück ins Leben holen.

Er tat es nicht. Schüttelte die Papierserviette aus, legte sie sorgsam auf seine Hose. Zupfte sie nochmal zurecht »Sieht köstlich aus, findest du nicht?«, fragte er und drehte die fettigen Spaghetti in den Löffel.

»Geht so, eigentlich wie zu Hause«, sagte sie. Griff nach dem silberkalten Besteck.

»Ach, hier schmeckt alles besser, wir sind in Italien!« Er hielt ihr die Gabel mit einem Spaghettiknäuel hin.

Sie nahm es in den Mund, kaute es gut durch und schluckte. Die schleimige Pasta und das, was Paul vorhin gesagt hatte. Schweigend sägte sie die steinharte Pizza zurecht, aß ein kleines Stück, schob den Teller mit dem Tausend-Kalorien-Rest beiseite.

Nach dem zweiten bestellte Paul ein drittes Glas Wein. Sophia goss ihm einen Fingerbreit mehr ein, entblößte mit einem hellen Lachen ihre weißen Zähne und tippelte mit einem *Salute* auf den vollen Lippen davon. Paul nahm einen großen Schluck, setzte ab. Dann wieder einen. Seine Augen glänzten, er fing an zu reden. Sagte, dass Irma schön sei, also wirklich schön, und so temperamentvoll. Manchmal überrasche sie ihn gewaltig, er lachte hell auf. Dann erzählte er von seiner Reise nach Südostasien, damals, als er noch jung gewesen sei. Zum dritten Mal hörte sich Irma das an. Sie sagte nichts, schmunzelte in sich hinein. Leicht angetrunken und nicht mehr so steif war Paul irgendwie süß. Dann erzählte er von seinem Vater, wie streng er gewesen sei und wie klug. Aus seinem tiefsten Inneren heraus habe Paul ihn bewundert, ihn auf einen Sockel gestellt, so hoch, dass er ihm nie habe die Hand reichen können. Bis er eines Tages in einem Café beobachtet habe, wie sein Vater eine fremde Frau küsste. Als er seinen Sohn entdeckt habe, sei der Vater aufgesprungen, habe ihn am Hemdkragen gepackt und gedroht, wenn Paul nur ein Sterbenswörtchen erzählt, wäre er schuld am Zerbrechen der Familie. Sechzehn Jahre alt war er damals gewesen.

»Das hast du noch nie erzählt«, sagte Irma entsetzt.

»Ist nicht mehr wichtig«, brummelte er.

»Was für ein Arsch ist dein Vater, so etwas zu tun!«

»Wir tun dasselbe, mia bella«, lallte er wie nebenbei. Er nahm einen Schluck.

In Irma schoss ein messerscharfer Schreck. »Nein, das tun wir nicht!«

»Was ist bei uns anders?«

»Wir ... wir lieben uns! Gegen die Liebe kann man nichts machen. Gegen Geilheit schon.«

»Wie redest du! Das ist ekelhaft!«

»Dass wir uns lieben?«

»Nein, natürlich nicht. Geilheit mit meinem Vater in Verbindung zu bringen. Das mag ich mir wahrhaftig nicht vorstellen.«

»Musst du ja nicht. Aber er hat dich erpresst. Das hätte er nicht tun dürfen! Verantwortung hätte er übernehmen müssen. Das wäre richtig gewesen. Wie konnte er seinem Sohn das bloß antun? Ach, Paul, das ist wirklich schlimm.«

»So schlimm nun auch wieder nicht. Er hat es ja wieder gutgemacht. Als meine Mutter krank wurde, war er für sie da. Tag und Nacht. Ohne ihn hätte sie das nie geschafft.«

»Krank?«

»Ja, Krebs. Ist aber wieder gut.«

»Meine Güte, das ist schlimm, so schlimm!« Sie schüttelte den Kopf. »Weiß deine Mutter, dass er ...?«

»War nichts Ernstes«, unterbrach Paul sie. »Es hatte wohl noch nicht mal richtig angefangen, hat er mir später erzählt. Also, streng genommen hatte er nichts getan. Da muss man die Kirche auch mal im Dorf lassen.« Er streckte die Arme in die Luft, reckte sich, gähnte. »Wollen wir los?« Er winkte nach der Kellnerin, lehnte sich schwankend über den Tisch und sagte leise mit einem Zwinkern: »Ich lade dich ein, meine Schöne, heute bezahle ich.«

Ja, bei ihnen war alles anders, sie liebten sich. Sie wären nicht so weit gegangen, wenn es nicht einmalig wäre mit ihnen. Daran gab es nichts zu rütteln. Irma warf ihm einen Kuss zu, sagte: »Danke, amore mio.«

Paul erhob sich, wankte leicht, sie stützte ihn. Sie lachten und kicherten, hielten sich an den Händen, als sie durch die Gassen liefen. Im Auto auf dem Parkplatz war eine mörderische Hitze, Irma wollte den Wagen starten, doch Paul beugte sich zu ihr, küsste sie fordernd und drängend, schob seine Hand unter ihr Kleid. Als sie die Beine für ihn spreizte, drückte er so fest zu, dass sie ein wilder, heißer Stich durchfuhr. Ein kleiner Schrei hüpfte aus ihr heraus. Das schien Paul nicht zu stören, auch nicht, dass ein junges Pärchen im Vorübergehen ins Auto glotzte und in die vorgehaltenen Hände kicherte. Er arbeitete sich weiter vor unter Irmas Rock. Sie stoppte ihn, sagte: »Nicht hier, Liebster. Lass uns nach Hause fahren, so viel Zeit haben wir.«

Die Fahrt zurück zur Pension war mühsam, Irma lenkte den Kombi über Hügel bis nach La Spezia, stand dort ewig lange im Stau. Dann weiter um die Bucht herum, streckenweise ging es nur im Schritttempo voran. Die Hitze hielt das Auto umklammert, sie hockte auf den Scheiben und zerdrückte sie fast. Die Klimaanlage ächzte, als sei sie in den letzten Zügen, und hatte Irmas schweißnasse Haut zu einer klebrig kalten Hülle getrocknet. Paul war eingenickt, seine Hand lag schlaff auf ihrem Bein.

Fast halb fünf war es, als sie endlich in der Pension ankamen. Irma stellte den Motor aus.

Paul schreckte auf. »Schon da?«, fragte er, schaute sich mit glasigen Augen um, rieb sich den Kopf.

»Ja. Du hast einhalb Stunden geschlafen.«

»Echt?« Schwerfällig stemmte er sich aus dem Auto, trottete an ihrer Seite ins Zimmer. Ließ sich aufs Bett fallen, streckte die Arme weit aus und stöhnte.

»Ist dir schlecht?«

»Mein Kopf zerspringt gleich. War keine gute Idee, in der Mittagshitze Wein zu trinken.«

»Wir könnten schwimmen gehen«, sagte Irma. Sie legte sich zu ihm, nestelte an seinem Hemdknopf. »Oder ...«

»Ach, lieber nicht«, entgegnete er. Er drehte sich auf die Seite. »Ein bisschen schlafen wäre jetzt toll.«

»Finde ich auch«, hauchte sie. Dann öffnete sie den ersten Knopf, den zweiten, zerrte das Hemd aus seiner Chino, zog den Reißverschluss herunter, ließ ihre Hand in seine Hose gleiten.

»Ich bin so unglaublich müde«, murmelte Paul. Er drückte Irma plump an seine Brust, ihr Handgelenk in seiner Hose knickte gefährlich ab. Sie stöhnte auf und zog die Hand heraus, atmete erstarrt in sein Leinenhemd, bekam kaum Luft. Er setzte einen feuchten Schmatzer auf ihre Stirn.

»Mir ist so schwindelig«, stöhnte er. Dann hob und senkte sich sein Brustkorb plötzlich gleichmäßig und ein Schnarcher dröhnte zuerst in seiner Brust, sprang dann aus seinem geöffneten Mund.

War das wirklich wahr? Er schlief ein, während ihre Hand in seiner Hose steckte und sie versuchte, ihn zu verführen? Irma bewahrte sich mit einem Ruck vor dem Erstickungstod. Pauls Arme rutschten schlaff an ihm herunter. Eine Stichflamme loderte in ihr auf, sprühte Funken, setzte die ausgetrocknete Steppe in Brand. »Ich gehe jetzt an den Strand«, sagte sie scharf, bemüht, nicht zu schreien. »Du kommst mit. Okay?«

Er schreckte auf, riss seine glasigen Augen weit auf. »Was ist los?«, fragte er.

»Nichts. Rein gar nichts!«, zischte Irma. Eilte zum Schrank, riss die Basttasche heraus. Warf Pauls Badehose aufs Bett.

»Ich bin müde. Bitte, mia bella. Ein bisschen schlafen, dann ...«, stammelte er.

Sie hielt inne, atmete Kälte aus. »Du ... du bist so ein Dreckskerl. Ganz ehrlich.« Sie wusste nicht, wie das hatte passieren können, aber das Weinen war schneller als sie. Es floss aus ihr heraus, löschte die heiße Flamme innerhalb von Sekunden. Legte einen dunklen, rußigen Teppich über die Glut. Machte alles aschestaubgrau.

Paul sprang auf, wankte, war kreidebleich, stürmte ins Bad, schloss nicht mal die Tür. Sie hörte sein Würgen und das Plätschern in der Keramik. Einmal, zweimal. Sie hielt sich die Ohren zu. Starrte auf den Boden, auf dem ein kleiner Haufen Schnipsel lag, ihr geschreddertes Verlangen nach Paul. Der Wasserhahn lief, ein Gurgeln erklang. Dann stand er wieder mit hängenden Schultern im Zimmer. Er setzte sich neben sie aufs Bett. Eine lähmende Befangenheit saß bleischwer im Raum.

»Du hast mich verletzt«, flüsterte Irma in die dumpfe Leere zwischen ihnen und schniefte. Er zog ein Taschentuch aus seiner Hose, reichte es ihr. Sagte nichts. Sie weinte weiter, eine Welle hatte sie erfasst und rollte über ewig tiefe und dunkle Gründe dahin.

Paul blieb lange stumm. Hockte neben ihr, nestelte an seinen Fingern herum. Sie schaute ihn vorsichtig an, er hielt Kopf und Schultern gesenkt. Sah irgendwie geschlagen aus. Und verloren. Irma schluckte.

»Ich bin ja auch ein Dreckskerl«, sagte er schließlich, seine Stimme klang dünn.

»Ja. Nein. Also, es tut weh, wenn du so zu mir bist.«

»Hm«, machte er. Weiter nichts.

»Ich sage dir, dass ich dich liebe und du ...«

»Wann hast du das gesagt?« Erstaunt sah er auf.

»Na, vorhin, im Restaurant. Und du hast es auch zu mir gesagt! Und dann lässt du mich abblitzen«, sagte sie schluchzend.

»Tut mir leid. Ich habe zu viel getrunken. Das passiert mir sonst nicht.« Er legte den Arm um sie, drückte sie an sich, unbeholfen und steif.

Sie schmiegte sich an seinen starren Körper, lehnte den Kopf an sein Gesicht. »Paul, unsere Liebe ist etwas Besonderes. Wir müssen sie festhalten.«

»Ja. Natürlich. Das ist sie«, sagte er. Sie spürte sein Lächeln an ihrer Stirn.

»Alles wird gut werden für uns«, sagte sie leise. »Ich weiß es. Vom ersten Tag an wusste ich das. Es wird wunderbar. Wie alles, wenn wir zusammen sind.«

»Ja. Ganz bestimmt.« Er streichelte ihren Arm, setzte einen zärtlichen Kuss auf ihr Haar. Sie spürte sein heftig klopfendes Herz.

TAG 6, DONNERSTAG, IN DER NACHT

Seit Stunden wälzte Paul sich von einer Seite auf die andere. Es war schon nach eins in der Nacht, doch der erlösende Schlaf wollte einfach nicht kommen. Ein Ungeheuer hatte sich in seine Magenwände gefressen, ihm war immer noch übel und es brannte sauer in seinem Schlund. Irma schlief dicht neben ihm, die Hitze hatte sie aneinandergeklebt, immer wieder war er vorsichtig von ihr abgerückt, aber sie hatte sich schlaftrunken sofort aufs Neue an ihn gedrückt.

Es war so dumm gewesen, fast eine ganze Flasche Weißwein zu trinken. Wie hatte ihm das nur passieren können in der Hitze und am helllichten Tag? Vorhin, beim Abendessen am Hafen, hatte er keinen Bissen herunterbekommen. Der Geruch von Irmas Fisch war in seine Nase gekrochen und hatte sich in unerträglichen Gestank verwandelt. Sie hatte ohne Pause geredet, immer wieder nach seiner Hand gegriffen, nicht bemerkt, wie übel ihm gewesen war. Er hatte den brennenden Wunsch verspürt, sich hinzulegen, stundenlang zu schlafen, nichts zu hören, nichts zu sehen. Doch er hatte sie weiterplappern lassen. Sie hatte von den Kindern erzählt, irgendwelche Geschichten, als sie klein gewesen waren, und dass sie jetzt aus dem Gröbsten raus seien und ihre Mutter gar nicht mehr brauchten. Sie hatte laut aufgelacht, als sie es gesagt hatte. Jasmin sei sowieso ein Vaterkind und außerdem ziehe sie demnächst aus. Fabian habe die Pubertät so gut wie hinter sich, er sei ein Ruhiger, wie Philip, er sei noch nie ein Problem gewesen. Und Henry, der sei zwar ein Wirbelwind, aber Paul würde ihn mögen. Manchmal hatte er eine Frage gestellt, aber die Antwort hatte ihn nicht interessiert. Eigentlich hatte ihn noch nie interessiert, was mit Irmas Kindern war. Oder mit ihrem Mann. Manchmal erzählten sie sich Anekdoten aus ihrer beider Leben, in der Klinik auch schon mal von schwierigen Elternhäusern, aber im Grunde genommen ging es bei ihnen um etwas anderes. Irma war aus dem Himmel gefallen, direkt in seine Arme, hatte alles in ihm umgekrempelt. Leicht hatte er sich mit ihr gefühlt und lebendig wie nie. Bei ihren Treffen war nichts wichtiger gewesen, als ihr Verlangen und ihre

Sehnsucht nacheinander zu stillen, es war wahrhaftig eine eigene Welt. In diesen Stunden blühte ihre Liebe auf, in ganzer Pracht. Zarte Knospen öffneten sich in der Sonne und schlossen sich wieder, bis zum nächsten Wiedersehen. Das hatte ihn stark gemacht für die Tage zwischen den Treffen, sogar seine Kollegen hatten gesagt, er wirke so gesund und zufrieden.

So hätte es bleiben müssen. Nur sie beide, in diesen Stunden, ohne das ganze Drumherum. Schwerer Regen hatte die Blüten plattgeregnet. Paul war zu weit gegangen.

Irma war den gesamten Abend über sanft und friedlich gewesen. Liebevoll hatte sie von innen heraus geleuchtet, sodass er es fast nicht hatte ertragen können, sie anzusehen. Er wusste nicht mehr, was er zu ihr gesagt hatte, doch es musste das Richtige gewesen sein, denn sie war ruhig geblieben und hatte ihn angestrahlt. Sie schien glücklich und voller Energie zu sein, doch er wusste: ein falsches Wort, und er würde sie in den Abgrund stoßen. Dann würde sie sich an ihn klammern und Halt suchen, ihn mit sich reißen und seinen Namen schreien. Mit tausendfachem Echo würde der Schrei ihn verfolgen, jeden Tag, jede Nacht. Es gab kein Zurück. Und es gab kein Voran.

Sie hatten vorhin miteinander geschlafen, es war ruhig gewesen und schnell vorbei. Keine Ahnung, woher er die Kraft genommen hatte, mitzumachen und Irma das Gefühl zu geben, dass er es genoss. Danach war sie bald eingeschlafen, hatte noch etwas von Liebe in seine unendliche Leere gemurmelt, er hatte genickt. Und an Silvia gedacht.

Mit größter Vorsicht, ganz langsam, löste er sich erneut von Irmas Körper, sie seufzte im Schlaf, drehte sich auf die Seite. Er erhob sich behutsam, hielt den Atem an, schritt auf Zehenspitzen ins Bad. Schloss leise die Tür hinter sich. Atmete auf.

Da saß er, im Bad in einer Pension, die hoch über einem Abgrund hing, in einem fremden Land, weit weg von dem Ort, der früher mal sein Zuhause gewesen war. Kauerte nackt auf dem Toilettendeckel, den Kopf in die Hände gelegt. Die Leere in ihm hatte sich ausgebreitet, seine Konturen weich und durchlässig gemacht, er wusste nicht mehr, wo er aufhörte und wo die Welt um ihn herum begann.

»Paul?«, hörte er aus dem Zimmer. Er zuckte zusammen.

»Komme gleich«, rief er, hob seine Stimme in den hellen Bereich.

»Bist du okay?«

»Ja, alles ist gut«, rief er zurück. Wiederholte im Flüsterton: »Alles ist gut, alles ist gut.« Stolperte zum Waschbecken, ließ Wasser in seine

Handflächen laufen, tauchte sein Gesicht hinein. Wagte nicht, in den Spiegel zu sehen.

»Paul?«

Ja, doch!, rumpelte es in ihm. Gleich würde ihre Stimme wieder bedrohlich werden, dann würde sie aufstehen, die Tür aufreißen und ihren Blick tief in ihn bohren. Er würde hilflos sein, sich nicht wehren können gegen die wutgefärbten Blicke, die aus schmalen Augen schossen, und auch nicht gegen die eines verwundeten Rehs am Straßenrand. Und wenn ihn schließlich ihr Verlangen und ihre Liebe ansprangen, könnte er nichts dagegen tun.

Er griff nach dem Handtuch auf der Ablage, Irma pfefferte alles einfach hin, nicht mal dieses elende Stück Frottee konnte sie an den Haken hängen. Er zog daran, es gab einen dumpfen Knall. Irmas Kulturtasche schmetterte auf den Boden, Stifte rutschten über den Stein, Cremedosen und -tuben, zwei Haarspangen und eine runde Pfefferminzdose. Mit einem leisen, blechernen Schaben rollte sie durch das Bad, kippte auf eine Seite, öffnete sich. Lindgrüne Tabletten stoben auseinander, machten kleine Hüpfer auf dem Marmor, bevor sie liegenblieben. Paul bückte sich. Hob eine Tablette auf und hielt sie zwischen den Fingern. Das musste eine von denen sein, die Irma für den Notfall bei sich gehabt hatte, damals, im Krankenhaus, sie hatte ihm davon erzählt. Eine Waffe, die das Kettenhemd der Angst von ihr sprengte und sie leicht und heiter machte, so hatte sie es mal gesagt. Von der sie behauptete, sie schon lange nicht mehr zu nehmen.

»Paul!«

»Ja! Sofort!« Schnell raffte er das Zeug zusammen, stopfte alles in Irmas mit Blüten bedruckten Beutel, sammelte mit zittrigen Fingern die Pillen auf, ließ sie in die Dose fallen. Bis auf zwei, die behielt er in der Hand. Er zog ein Blatt von der Klopapierrolle, wickelte die lindgrünen Dinger darin ein. Ließ es im Seitenfach seines Kulturbeutels verschwinden.

TAG 6, DONNERSTAG, VORMITTAGS

Irma schreckte aus dem Tiefschlaf hoch. Was war das? Ihr Herz klopfte schnell. Im dämmrigen Zimmer stand feuchtschwüle Luft, zaghaft schickte die Morgensonne ihr Licht durch den Spalt im blauen Vorhang, ein Luftzug ließ den Saum über die Marmorfliesen schleifen. Dann das Singen eines Windstoßes in den Pinien vor dem Fenster, das Sonnenlicht wurde aus dem Raum gesaugt, in der Ferne ertönte ein Donnerschlag. Endlich, das Gewitter war da. Gleich würde Regen fallen, die aufgeladene Luft reinwaschen von all dem Staub und Dreck, den Blick frei werden lassen für ein magisches Blau. Irma ließ sich zurück auf das Laken sinken. Stockte. Neben ihr war das Bett leer! Nur das zerdrückte Kissen und die zurückgeschlagene Decke. Das Betttuch war kalt.

Wo war Paul? Sie setzte sich auf. Horchte. Aus dem Bad war nichts zu hören. Kein Wasserrauschen und auch nicht der Rasierapparat. Sie sprang aus dem Bett, legte das Ohr an die Badezimmertür. »Paul?« Keine Antwort, ihr Puls schnellte hoch. Sie riss die Tür auf, im fensterlosen Bad war es stockduster. Sie schlug auf den Lichtschalter, das kalte Neonlicht setzte sich mit einem Schlag in den Raum. Nichts. Die Handtücher waren trocken und unbenutzt. Pauls Rasierapparat lag auf der Ablage, neben seiner Kulturtasche aus edlem Leder, angelehnt an ihre aus Stoff mit Blütendruck. Sie lief ins Zimmer zurück, zum Nachttisch. Das Telefon war nicht da! Hitze schoss ihr ins Gesicht. Er saß doch nicht etwa draußen und telefonierte heimlich mit Silvia? Sie stolperte zum weit geöffneten Fenster, riss die Gardinen auf. Dunkle Wolken hingen am Himmel, sie zogen vom grauen Meer herauf. Irma beugte sich weit vor, schaute auf die Terrasse zwei Stockwerke unter ihr. Die Sonnenschirme waren eingerollt, die Wirtin hastete von Tisch zu Tisch, zog die Sitzkissen von Stühlen und Liegen, trieb ihre ohnehin schon hetzenden Mitarbeiter mit lautem »Avanti, avanti!« an. Paul war nicht da. Sie beugte sich noch weiter vor. Nichts. Was war in ihn gefahren, sie hier allein zu lassen? Sie hob ihr lila Sommerkleid vom Boden auf, streifte es hastig über, eilte zur Zimmertür, hörte ein Donnern, riss die Tür auf, spähte auf den Flur. Keine Stimmen, kein Wispern. Nur bleierne Stille saß auf dem ausgelatschten Teppichboden. Irma wich ins Zimmer zurück, knallte die Tür in den Rahmen, das Scheppern fraß sich in die Wand, verteilte sich im ganzen Haus.

Neben den Riemchensandalen lag ihre Tasche auf dem Boden, sie kramte fiebrig nach ihrem Handy, zog es heraus. Neun Uhr zwölf. Und keine Nachricht von Paul! Er hatte sich aus dem Zimmer geschlichen, während sie tief und fest geschlafen hatte. Sie tippte mit zitternden Fingern seine Nummer, sofort war die Mailbox dran. Verdammt! Irma wurde heiß, so heiß, dass sie im züngelnden Feuer zu verglühen drohte. Sie drückte Wahlwiederholung, Mailbox, drückte wieder, Mailbox, drückte ein weiteres Mal. *Sprechen Sie nach dem Signalton.* Biep.

»Paul Mertens, wo bist du? Ich …«, zischte sie in den Raum. Ihr Atem ging schnell. Viel zu schnell! Stopp! Durchatmen, Lippenbremse, doch ihr Herz raste weiter. »Melde dich! Verdammter Mistkerl«, fiel es zischend aus ihr heraus. Sie schmiss das Smartphone mit aller Kraft aufs Bett, konnte gerade so noch verhindern, dass sie es an die Wand warf. Lief auf und ab, atmete schnell. Vier Schritte hin, vier Schritte zurück. Hitze im Kopf. Zum Fenster, wieder zurück. Tür auf, mit aller Gewalt drückte die Stille ins Zimmer, Tür zu mit lautem Knall.

Was bildete Paul sich ein? Ließ sie allein mit ihrer Angst, die ihr die Luft abdrückte und ihr rasendes Herz in den Händen hielt, mit ihm spielte und es zu zerdrücken drohte. Irma hastete zur Tür, dann zum Fenster, wieder zurück. Schaute aufs Handy. Immer noch nichts.

Sie stockte. Atmete tief. Öffnete den Schrank. Seufzte erleichtert auf. Seine Hosen und Hemden hingen ordentlich über den Bügeln. In der Schublade lagen seine gebügelten Unterhosen. Sie lachte auf. Für den Bruchteil einer Sekunde hatte sie tatsächlich gedacht, er habe sie verlassen. Wie konnte sie nur so einen Unsinn denken?

Irma setzte sich aufs Bett. In der Ferne grollte Donner, ein helles Flackern stieß ins Zimmer, sie schluckte. Gestern, am Morgen, hatte sie einen Moment lang gedacht, Paul könnte niedergeschlagen sein. Dieser trübe Schleier, den sie aus der Klinik kannte, hatte in seinen Augen gesessen. Was, wenn die Depression ihn mit einer Peitsche vor sich her auf einen Felsen getrieben und heruntergestoßen hatte? Vielleicht stand er genau in diesem Moment an der Kante, starrte ins schwarze, aufgewühlte Meer, während sie nach ihm suchte? Stürzte ins riesige Maul einer Welle, ließ am Felsenrand ein Päckchen zurück, fein säuberlich an sie adressiert. Voll tonnenschwerer Schuldgefühle. Lebenslang müsste sie es mit sich herumschleppen, es würde sie niederdrücken, nie wieder könnte sie leicht sein.

Sie schüttelte den Kopf, kniff die Augen zusammen, nestelte an der Bettdecke herum. Nein, polterte es in ihr, es gab wahrhaftig keinen Grund für ihn, lebensmüde zu sein! Sie liebten sich und das richtige Leben fing gerade erst an. Am vergangenen Nachmittag, in Porto Venere, war mit ihm alles wieder im Lot und am Abend beim Essen im Hafen war er richtig gut drauf gewesen! Sie hatten viel geredet und zum ersten Mal ausgiebig von Irmas Kindern gesprochen. Paul würde Henry mögen, mit Sicherheit! Noch war nichts entschieden, doch es stand im Raum, klar und deutlich: Sie würden zusammen sein! Und am Abend hatten sie Sex gehabt, schneller als sonst war es gewesen, aber auch das hatte was. Wie immer mit Paul. Es war also nicht nötig, darüber nachzudenken, ob er lebensmüde war oder, schlimmer noch, sie verlassen könnte. Er war geheilt. Und glücklich. Genau wie sie!

Sie ballte die Hände zu Fäusten, presste die Fingernägel so stark ins Fleisch, dass es brannte. Drückte noch fester zu, ließ locker, atmete aus. Ruhig werden. Kontrolle behalten. Sie griff nach dem Handy, Wahlwiederholung, Mailbox. Sie schnaufte, holte aus und dann passierte es doch: Sie schmetterte das Telefon auf den Boden. Mit lautem Knall schlug es auf den Stein, rutschte über die Fliesen bis unters Bett. Klingelte.

Irma durchfuhr ein Blitz, sie warf sich auf den Boden, schob sich angewidert unter das Bettgestell, angelte das Handy aus alten Staubmäusen und seltsamen Flusen hervor. Hielt den Atem an. Das Display überzog ein Netz aus feinen Rissen, messerscharf klingelte es weiter, Philip rief an. Sie drückte ihn weg. Stand regungslos da. Dann ein Brummen in ihrer Hand, hinter dem silbrigen Spinnennetz eine Nachricht von ihrem Mann: *Wollte nur Bescheid geben, am Wochenende fahren Henry und ich zum Angeln. Wann kommst Du zurück? Hoffe, es geht Dir gut. Hier läuft alles. Kuss, Dein Philip.*

Tränenloses Weinen stieg in ihr auf, sie schluchzte, kleine, scharfe Atemstöße stoben aus ihr heraus. Sie bewahrten sie davor, zu zerreißen, ließen Druck ab, der im Innern sofort aufs Neue entstand. Draußen fielen die ersten Regentropfen. Sie spielten ein spöttisches Lied auf den Piniennadeln, der Wind drückte eine Böe ins Zimmer, jagte sie in jede Ecke, schoss mit einem grölenden Lachen Regen hinterher. Irma stürzte zum Fenster, es klemmte, sie stieß es mit aller Kraft zu. Gab einen Faustschlag auf den Rahmen, dass die Knöchel schmerzten. Ein Wirbel erfasste sie, warf sie hin und her, schleuderte sie durch den Raum. Ein bellendes mehrstimmiges Lachen griff nach ihr und bohrte sich tiefer und tiefer in ihren Kopf. Sie stolperte ins Bad, riss den Kulturbeutel auf, nahm die kleine Dose heraus, in der die Tabletten an den Wänden rieben. Stockte. Die Zimmertür fiel ins Schloss.

»Irma?«

Paul war zurück.

Sie hielt den Atem an. Setzte sich auf den Badewannenrand. Räusperte sich leise, rief mit belegter Stimme: »Bin gleich da!« Hörte ihn summen. Konnte das sein? Er tat unbeschwert, als sei nichts geschehen. Eine weiße Flamme züngelte aus der Glut. Irma legte die Dose zurück in den Kulturbeutel.

»Bringst du mir ein Handtuch mit? Ich bin total durchnässt!«, rief Paul, sein Lachen war leicht und wolkenlos. Sie schloss die Augen, atmete langsam, bei jedem Ausatmen zählte sie bis vier.

Er stand vor dem Schrank, als sie ins Zimmer kam, hatte sein Poloshirt ausgezogen, seine Leinenhose war regendurchtränkt. Tropfen fielen aus seinem zerzausten Haar, liefen über die sonnengebräunte Haut seiner nackten Brust. »Ich war spazieren, mia bella«, sagte er und strahlte sie an. »Es war großartig! Die Blitze, ich sag dir, da kommt ordentlich was herunter. Ich hab´s gerade noch geschafft.«

»Ah«, drückte sie aus sich heraus, steckte eine Strähne hinter das Ohr. Donnergrollen brachte das Haus zum Erzittern.

»Es war herrlich! Die Abkühlung tut richtig gut. Das war aber auch eine Hitze … «, sagte er heiter, schien bester Laune zu sein. Er kam auf sie zu, setzte einen Sekundenkuss auf ihre Lippen, nahm ihr das Handtuch ab, rubbelte seine Haare trocken.

Irma presste die Zähne aufeinander.

»Ich habe große Lust, etwas zu unternehmen«, flötete er. »Wollen wir nach Lerici laufen? Vielleicht auf die Festung? Oder einfach nur durch die Stadt bummeln? Es soll ganze Viertel geben, in denen nur alte Villen stehen.« Er lachte, ein Blitz erhellte das Zimmer.

»Nicht mehr müde?«, fragte sie trocken und spitz. Sie verschränkte die Arme, presste sich ihre zitternden Finger ins Fleisch.

»Nein, keine Spur!« Er griff in den Schrank, zog ein blaues Poloshirt hervor.

Irma atmete tief und lang ein. »Wo warst du?«, fragte sie scharf. Mit großen, unschuldigen Augen sah er sie an. Wie ein kleines Kind. So nicht, Paul Mertens!

»Am Strand. Hab ich doch schon gesagt«, sagte er mit heller Stimme. Rubbelte weiter an seinem Haar.

»Aha. Und warum ohne mich?«

»Du hast so süß geschlafen, Liebste. Ich wollte dich nicht wecken.« Er lachte schon wieder.

»Was hast du gemacht? Am Strand?«, zischte sie, schluckte gegen das Feuer an, das in ihr zu lodern begann.

»Spazieren war ich. Nur kurz. Sagte ich das nicht bereits?«

»Sonst nichts?« Sie ließ ihren Blick über sein Telefon auf dem Nachttisch fahren. Schaute wieder auf, schoss einen Pfeil auf Paul ab. Der duckte sich, griff ins untere Schrankfach.

»Sonst nichts, mia bella, ich habe einfach nur das Unwetter kommen sehen. Das war wirklich toll. Was meinst du, wollen wir in den Ort laufen?«, redete er in den Schrank, zog eine Hose heraus.

»Bei Gewitter?«, fragte sie spitz, zog die Augenbrauen hoch und zischte dann: »Willst du uns umbringen?«

Ein Lacher hüpfte aus ihm heraus, leicht und beschwingt, ein Kobold, der sich über sie lustig machte. Paul öffnete den Hosenknopf, zog den Reißverschluss nach unten, stieg aus der Hose. »Das wird gleich vorbei sein. Hab keine Angst, meine Schöne.« Er stand da in seiner Unterhose, strahlte sie an. Sie hasste Boxershorts.

»Wolltest du heute nicht ausruhen? Am Strand oder im Bett?« Sie grub ihre Finger tief in den Arm.

»Das war gestern«, sagte er und winkte lachend ab. »Heute ist ein neuer Tag.« Er stieg in die trockene Hose, steckte das Poloshirt in den Bund, schloss den Knopf. Schaute auf. Sein Blick war offen und weit.

Irma schluckte, einmal, zweimal. Sie musste die Kontrolle behalten, Bauch anspannen, ruhig bleiben, langsam atmen. »Du wolltest nicht mit mir an den Strand, stimmt's?«, sagte sie schroff.

Paul schloss den Reißverschluss seiner Hose. Lächelte erstaunt. »Mia bella! Wie kommst du darauf?« Er kam auf sie zu, nahm ihre Hände in seine, drückte sie sanft.

Sie presste die Lippen aufeinander. Ihre Pfeile prallten an ihm ab. Wie konnte das sein? Mit einem leisen *Ping* fielen sie auf den Boden. Kein einziger stach in sein Fleisch. »Du bist einfach abgehauen! Ohne mir etwas zu sagen!«, zischte der nächste Pfeil aus ihr heraus. Sie zog ihre Hände aus seinen.

»Du hast tief und fest geschlafen, meine Schöne«, sagte er lächelnd. »Wundervoll hast du ausgesehen. Ich hätte es nicht übers Herz gebracht, dich wachzurütteln. Was denkst du nur?«

Wollte er sie verarschen? Das wilde Feuer in ihr zischte und knisterte gefährlich laut. Aber da saß tatsächlich nichts in Pauls Blick. Kein Flackern, nichts Düsteres oder Scharfes. Ihr Zorn tropfte einfach an ihm ab. Sie senkte den Kopf. Atmete durch. »Du weißt, dass ich dir vertraue?«, fragte sie leise. Von unten herauf sah sie Paul an, zeigte ihre ganze Verletzlichkeit, drückte das heiße Feuer herunter, setzte einen Deckel darauf. »Mach so was nicht nochmal mit mir, hörst du?«, wisperte sie. Mit ihrem Gesicht kam sie nah an seines, ließ einen Seufzer aus sich heraus. »Ich habe mir Sorgen gemacht.«

Paul griff erneut nach ihren Händen, drückte sie zärtlich, fuhr mit den Daumen auf ihren Handrücken entlang. »Wie süß von dir«, sagte er. »Das musst du nicht. Alles ist gut.«

»Wenn du das sagst …« Sie holte aus der Tiefe ein leises Lächeln, ja, das war der richtige Moment dafür.

»Genau, das sage ich. Und jetzt gehen wir in die Stadt. Ein bisschen shoppen, ja?«, zwitscherte Paul.

Irma schaute ihn erstaunt an. »Shoppen?« Sie zog ihre Hände unter seinen streichelnden Daumen weg. Wie kam er denn darauf? Sie hatte schon jetzt Probleme, das alles hier zu finanzieren. Und außerdem konnte sie Shoppen nicht leiden. Mochte er das etwa? Oder kaufte Silvia das ganze Leinenzeug für ihn und bügelte zu allem Überfluss auch noch seine Unterhosen? »Ach, ich weiß nicht«, sagte sie. »Bei dem Wetter. Wir können doch hierbleiben.«

»Das Gewitter ist gleich vorbei, mia bella. Schau, da hinten wird's schon wieder hell.« Er schob sie zum Fenster, drückte sich von hinten an sie, rieb sich ein wenig an ihr, wiegte sie, nur zart aber es reichte, dass sich etwas in ihr lockerte. Er küsste sie auf den Hals, flüsterte ihr ins Ohr: »Wir finden bestimmt etwas Nettes für dich, meinst du nicht?« Es klang wie ein Versprechen, als zöge er das Band zwischen ihnen in diesem Moment sanft an.

»Du willst mir etwas kaufen?«, fragte sie erstaunt. Drehte sich um, sah seinen wachen Blick, sah seine Freude, sah sich.

»Ja, das will ich.«

»Mit Kreditkarte?«

Er lachte laut, ein offenes und warmes Lachen war das. Es war so ehrlich und frei, dass es hell wurde in ihr. Sein Blick verfing sich in ihrem, sie konnte es sehen, ganz deutlich, er wollte sie, nur sie, nichts gab es außer Irma und Paul.

TAG 6, DONNERSTAG, NACHMITTAGS

Wie gut, dass Irma heute das lila Sommerkleid trug, sie fühlte sich großartig darin! Es war leicht und hatte einen verführerischen Ausschnitt, der ihre Brüste vortrefflich zur Geltung brachte. Vor allem, wenn sie, wie heute, den weißen Spitzen-BH trug, den Paul so sehr mochte. Sie genoss seine Blicke, die ihr sagten, wie schön sie war, und die seit dem Morgen so ehrlich und klar waren, dass es keine Zweifel mehr gab: Jetzt ging es wirklich voran mit ihnen. Während sie durch die Gassen von Lerici liefen, hielt er die ganze Zeit ihre Hand, küsste sie, immer wieder, lachte und kicherte. Jeder konnte sehen, wie glücklich sie waren. Die Passanten lächelten sie an, manche drehten sich nach ihnen um und schauten ihnen hinterher. Sie waren wahrhaftig ein attraktives Paar!

An der Marina setzten sie sich in ein Café mit strahlend weißen Sonnenschirmen. Es gab nur Kleinigkeiten zu essen, aber das machte nichts. Der Tisch, an dem sie saßen, war fantastisch, mit freier Sicht über die Bucht. Direkt gegenüber hockte in aller Selbstverständlichkeit die Festung auf dem grün bewachsenen Felsen. Boote dümpelten in der Marina, ein leises Pingen der Fahnen an den Masten flirrte über den Platz. Nach dem Gewitter strahlte der Himmel so blau, freundliche Urlaubsstimmen plätscherten ringsherum, bunte Fassaden schimmerten im Hintergrund und auf dem Teller lag ein köstliches Sandwich. Paul spendierte ein Glas Prosecco dazu.

»Haben wir etwas zu feiern?«, fragte Irma und sah ihn erwartungsvoll an.

»Ja. Uns!« Paul hob das Glas, rückte nah zu ihr, küsste sie. Erst war es nur eine sanfte Berührung ihrer Lippen, dann spürte sie seine Zunge in ihrem Mund. Sie erwiderte seinen Kuss. Alle konnten es sehen.

»Denk daran«, sagte sie glucksend. »Gestern ist dir der Alkohol nicht bekommen.«

Er lachte hell auf. »Nur ein Glas, mia bella. Versprochen!«

Das Sandwich war herrlich, für sie mit frischen Tomaten, für ihn natürlich ohne, stattdessen mit Avocado und Ei. Irma konnte sich kaum zügeln, hatte den Drang, schnell zu essen, wie ein Kind, das nicht erwarten konnte, aufzustehen und hinauszurennen in die Welt, um das zu tun, wonach ihm war.

Paul steckte sich den letzten Bissen in den Mund. »Ich bin gleich wieder da, meine Schöne«, sagte er und stand auf. Wischte sich mit der Serviette die Krümel vom Mund. »Bestellst du Espresso für uns? Nicht weglaufen, okay?«

Noch bevor Irma antworten konnte, eilte Paul die Straße hinauf. Was hatte er vor? Im Laufen drehte er sich nochmal um und warf ihr einen Kuss zu. Verdutzt sah sie ihn mit wehender Leinenhose hinter der nächsten Ecke verschwinden.

Sie schluckte. Hatte ihn am Morgen doch der Blitz getroffen und mit einem hellen Zischen durch einen Avatar ersetzt? Sie nippte am Glas. Schob die Sonnenbrille vom Kopf auf die Nase, fingerte an der Serviette herum. Er hatte sein Telefon mitgenommen. Zum Essen legte er es auf den Tisch, das Display nach unten, na klar. Hastig hatte er es eingesteckt, bevor er losgelaufen war, sie hatte es genau gesehen. Irma reckte sich, schaute die Straße hinauf. Von dort waren sie gekommen, hatten in kleinen Läden gestöbert, sich über den Andenkenschrott kaputtgelacht. Wohin war er verschwunden? Sie drehte sich nach dem Kellner um. Bestellte zwei Espressi. Tastete vorsichtig am Hals nach ihrem Puls. Er war hart und schnell. Sie nestelte an der Papierserviette, pulte kleine Fussel ab. Nippte am lauwarmen Prosecco. Schaute mit zusammengekniffenen Augen die Straße hinauf. Von Minute zu Minute schoben sich die Sonnenstrahlen weiter unter den Schirm, griffen nach Irma, brannten sich in ihre Haut. Fast zehn Minuten wartete sie, dann stand sie auf. Schaute sich um. Menschenscharen schoben sich an den Tischen vorbei, plapperten unsinniges Zeug. Juchzer landeten wie das Gepinge der Bootsmasten als kleine Stiche in Irmas Kopf. Nicht auszuhalten war das.

Jetzt reichte es aber. Fünf Minuten noch, dann würde sie gehen. Keine Sekunde länger würde sie in der Hitze hocken und auf ihn warten. Sie setzte sich, nippte am Espresso, viel zu bitter war der. Kramte in ihrer Tasche nach dem Handy, tippte Pauls Nummer. Nach dem ersten Klingeln war er dran.

»Bin gleich da«, hechelte er ins Mikrofon. »Ich kann dich schon sehen!« Mit dem Telefon in der Hand kam er angelaufen, ein kleiner runder Schweißfleck hatte sich über seinem Brustbein ins Poloshirt gegraben. Außer Atem setzte er sich, legte das Handy auf den Tisch, fuhr sich durch das an den Schläfen feuchte Haar.

»Wo warst du?«, fragte Irma spitz.

»Ich hatte noch was zu besorgen.«

»Was denn?«

Er griff in seine Hosentasche, holte eine kleine Tüte heraus. Fingerte darin herum, hielt etwas fest in seiner Hand, schob es über den Tisch. »Für dich, mia bella.« Er öffnete die Hand. Die Haarspange, die sie vorhin in dem kleinen Laden lange betrachtet und zurückgelegt hatte, weil sie teuer war und vielleicht doch nicht so hübsch, wie sie anfangs gedacht hatte, glitzerte in seiner Hand. Perlen und Steine, die in der Sonne funkelten, aufgereiht, in der Mitte zu einer Blüte gruppiert.

»Ich … also, ich habe dich beobachtet. Du magst sie doch, oder? Du hast sie so lange angesehen und sie passt wunderbar zu deinem Haar«, sagte Paul.

Irma nahm das funkelnde Ding aus seiner Hand. Betrachtete es. Schaute auf, landete in seinem offenem und begeistertem Blick.

»Und?«, fragte er und strahlte sie an.

Neununddreißig Euro hatte die Spange gekostet, nicht die Welt, aber, na ja, Paul hatte sie ihr geschenkt. Eine kleine helle Freude stieg in Irma auf. Sie drehte die Haarspange, lächelte. »Sie ist so schön«, flüsterte sie. Beglückt blickte sie ihn an. Sie wusste, dass ihre Augen leuchteten, als habe er für sie ganz allein die Kronjuwelen aus dem Tower gestohlen. Sie nahm ihr Haar zusammen, schüttelte es, fasste nach, reckte sich. Befestigte die Spange, legte eine Strähne nach vorne, drehte sich leicht. »Und?«, fragte sie.

»Wunderschön«, sagte er, strich über ihr Haar. »*Du* bist wunderschön.«

Es war einfach einmalig zwischen ihnen, so tief und warm. Der vergangene Tag zählte nicht mehr. Und fast vierzig Euro für eine Haarspange waren eine Menge Geld.

Paul griff nach ihrer Hand, zog sie zu seinem Mund und setzte kleine Küsse darauf. »Ich wusste, dass du dich freust«, sagte er leise.

Sie nickte, machte eine Pause, seufzte dann und sagte: »Noch drei Nächte, Paul, dann müssen wir zurück.«

»Ja«, sagte er. Mehr nicht. Ließ ihre Hand sinken.

»Was machen wir dann?«

Er setzte sich auf, hatte ein Flackern in den Augen, ja, es war deutlich zu sehen: Es ging ihm wie ihr. Der Gedanke, dass sie nur noch zwei ganze Tage hatten, lag bleischwer auch auf seinem Gemüt.

Sie beugte sich vor, kam ihm ganz nah. »Ich kann mir alles vorstellen mit dir. Wirklich alles«, raunte sie.

»Ich auch. Wollen wir gleich damit anfangen?«, fragte er schmunzelnd. »Wir bleiben heute einfach im Bett und probieren alles aus. Ich wüsste da schon was.« Er zwinkerte ihr zu.

Irma richtete sich auf. »Nicht das!«, sagte sie empört. »Was du wieder denkst! Ich meine es ernst, Paul Mertens! Ich sagte schon mal, unsere Liebe ist etwas Besonderes. Sie ist einmalig!«

Er senkte den Blick, schob den Teller beiseite. »Ja. Das ist sie«, sagte er.

»Und?«

»Was und …?«

Sie stockte. Konnte es sein, dass er immer noch nicht kapiert hatte, worum es ging? Schluss mit dieser heiteren Leichtigkeit, die er ihr hier gerade überstülpen wollte. Wenn sie am Sonntag nach Hause kämen, würde nichts, aber auch gar nichts mehr sein wie vorher. »Sag mal, ich mache dir gerade eine Liebeserklärung und du …«, zischte sie.

Er schreckte hoch, etwas Aufgescheuchtes saß in seinem Blick. »Was ist denn los, mia bella? Ich … ich sehe es doch genauso wie du.«

»Warum sagst du es dann nicht?«

»Ich sage es doch.«

»Ach, dann habe ich es wohl überhört«, erwiderte sie. »Sag mir, was ist mit uns? Was ist es für *dich*? *Ich* war noch nie so glücklich wie mit dir. So ist das. Punkt.«

»Für mich ist es auch so. Was soll ich noch sagen?«

»Zum Beispiel *Ich liebe dich auch, Irma Schreyer.*«

»Tust du es denn?«

»Dich lieben? Rate mal!«, schoss es aus ihr heraus. Sie verschränkte die Arme. »Ich hab doch gesagt, ich kann mir alles mit dir vorstellen. Alles! Ja, Paul Mertens, ich liebe dich!« Da war er, der Satz, der alles veränderte, der Sehnsuchtssatz, der demaskierte, verletzlich machte, millionenfach gesagt, niedergeschrieben und Höhepunkt eines jeden Liebesfilms. Mit ihm wurde alles gut. Immer.

»Du würdest tatsächlich, also, du würdest wirklich deinen Mann verlassen?«, stotterte Paul. Seine Augen waren weit. Irgendwie sah er erschrocken aus. Hatte er denn geglaubt, sie meine es nicht ernst mit ihm? Ja, tatsächlich, so musste es sein: Er hatte Angst, sie könnte ihn verlassen! Sie fing das Flackern in seinen Augen auf, breitete einen sanften Schleier tiefen Mitgefühls über ihm aus. »Das habe ich doch längst«, sagte sie zärtlich. »Von dem Tag an, an dem wir uns getroffen haben, du und ich. Für mich gibt es kein Zurück.« Sie lächelte, strich ihm mit den Fingerspitzen über das Kinn.

»Irma, ich … also, natürlich geht es mir wie dir.«

Sie neigte sich ihm entgegen, so nah, dass sie die Furchen in seiner Haut sah, die grauen Ringe unter seinen Augen, die Stoppeln an seinem Kinn.

»Ich habe eine Entscheidung getroffen«, sagte sie fest. »Ich werde Philip sagen, dass ich ihn verlasse, ich rufe ihn an. Heute noch. Am besten gleich.«

»Meinst du wirklich?«, fragte er. »Ist das nicht etwas zu überstürzt?«

Plupp, eine kleine, fette, silbrige Kälte saß zwischen ihnen. Wieder mal.

»Überstürzt?« Irma sprang auf, fegte den Eisklumpen vom Tisch. Der Stuhl schabte über den Boden, sein Quietschen zerschnitt die Luft. Paul legte die Hand auf sein Telefon.

»Wir tuckern seit fast einer Woche in Italien rum, haben jeden Tag Sex, und was für welchen!« Irma hatte Mühe, ihre Stimme im Zaum zu halten. Das Paar am Nachbartisch schaute auf. »Du bist ständig heiß auf mich und wir können nicht genug voneinander bekommen. Wie viel Zeit wollen wir noch verplempern?« Sie holte tief Luft, nahm so den Deckel vom dampfenden Topf. »Ich habe keine Angst«, sagte sie. »Seit wir uns kennen, habe ich vor nichts mehr Angst. Ich vertraue unserer Liebe. Ich vertraue dir! Wir können alles schaffen!«

»Ja, Irma, ich weiß, aber bitte setz dich wieder.«

Das tat sie selbstverständlich nicht. Stattdessen beugte sie sich vor und sagte leise: »Ich kann auch mit deiner Frau sprechen, wenn du willst.« Es kostete sie kaum Kraft, jetzt beeindruckend sanft zu klingen. »Ganz vernünftig, von Frau zu Frau. Du weißt, dass ich es kann.«

»Bitte, mia bella, setz dich«, wisperte er, griff nach ihrer Hand und zog daran. Nickte dem Paar am Nachbartisch freundlich zu. Schaute zu Irma. »Lass uns einen kühlen Kopf bewahren, ja? Wir ... wir sollten nichts vorschnell tun, wir müssen genau überlegen. Denk ... denk an Henry. Setz dich, mia bella, bitte. Lass uns über alles reden!«

»Du liebst mich also? Du bist bereit für uns?«

»Ja«, sagte er. »Ja. Natürlich.«

»Schau mich an, Paul Mertens. Es geht um unser zukünftiges Leben. Hier und jetzt. Nichts weniger als das. Also: Liebst du mich?« Von oben bohrte sie ihren Blick in seine weit geöffneten Augen.

»Ja, natürlich liebe ich dich.«

Sie hielt ihn mit ihrem Blick fest, ließ nicht locker. Dann zog sie den Stuhl nah an seinen, setzte sich, hakte sich bei ihm ein, legte den Kopf auf seine Schulter. »Wir beide, du und ich, wir gehören zusammen«, sagte sie leise. »Und, ganz ehrlich, auch wenn es hart wird, es ihnen zu sagen, sie werden es verkraften und einsehen, dass es besser so ist. Philip und ich sind schon lange kein richtiges Paar mehr. Es ist wie bei dir und Silvia.«

Durch Paul fuhr ein Ruck. Der schoss in ihre Hand, die bis dahin zärtlich seinen Arm umfasst hatte. Ihre Fingernägel gruben sich tief in seine Haut.

»Ja«, sagte Paul mit einem Seufzer. Er legte seine Hand auf Irmas, strich zärtlich über ihren Handrücken, sie löste den Krampf in ihren Fingern. Er schien zu lächeln, sie konnte es nicht sehen, hatte ihr Gesicht in seinem nach ihm duftenden Hemd vergraben, war nah dran, ihre Erleichterung in den Stoff zu weinen.

Dann richtete sie sich auf, beugte sich Paul entgegen. Sie spürte seine warmen, weichen Lippen auf ihren, öffnete den Mund zu einem überwältigenden Kuss. In einem langsamen Rhythmus, mit Hingabe und in der Überzeugung, dass die Liebe, die in sanften Wellen in ihr aufstieg und sie durchströmte, sie für immer und ewig tragen würde. Ein Leben lang. Überall hin. »Lass uns nach Hause gehen«, sagte sie, strich Paul zärtlich übers Gesicht. »Es wird wunderbar werden«, flüsterte sie. Er nickte. Lächelte sie so unglaublich liebevoll an, dass es fast schon albern aussah. Sie schmunzelte. Und tatsächlich, da waren sie: ihre Tränen, die flossen, einfach so. Sie hatte sie nicht gewollt, nicht geplant und nicht erwartet. Als sehe sie nach Jahren auf sturmgepeitschter See, in denen Monsterwellen mit ihr gespielt und sie hin und her geworfen hatten, zum ersten Mal rettendes Land. Tiefer Frieden füllte ihren Körper aus, machte sie leicht für einen gigantischen Höhenflug.

Irma redete und redete, seit sie das Café verlassen hatten, und der Weg in die Pension war noch lang. Von wer weiß was redete sie, Paul hatte keinen Platz mehr in seinem Kopf, hörte nur noch sein rasendes Herz und das Schaben des Gedankenkarussells an seinen Schädelwänden.

Sie tippelte neben ihm her, lachte immer wieder, die Leute schauten sich nach ihnen um. Was war nur in ihn gefahren, ihr diese verdammte Haarspange zu schenken? Es war im Überschwang gewesen, ein Augenblicksversagen, wie so oft. Und dann hatte Irma ihm diesen Liebesschwur abgerungen. Heute Morgen hatte er noch gedacht, er habe alles wieder im Griff, könnte sie beruhigen, sie davon überzeugen, dass sie sich Zeit nehmen sollten. Hatte gedacht, sie würden die letzten zwei Tage genießen. Und dann weitersehen.

Am Morgen am Strand hatte er mit Silvia telefoniert. Fast eine halbe Stunde lang. Danach hatte er sich stark gefühlt. Wie jedes Mal. Und Nachrichten hatte er ihr geschickt, wie er es immer getan hatte, lange bevor Irma in sein Leben gekommen war. Als sie unter der Dusche gestanden hatte, hatte er Silvia geschrieben, hatte gefragt, ob es ihr gut gehe, dass er sich freue auf sie und so weiter. Manche Sätze hatte er im Handy seit Jahren einprogrammiert. Es kostete ihn nur einen Klick und schon war etwas Liebevolles unterwegs. Von Irma hatte er ihr nichts erzählt, nein, das würde er niemals tun. Er würde nach Hause kommen und alles würde wie immer sein. Mit Irma würde er sich weiter treffen, berauschende Stunden mit ihr erleben und Silvia weiterhin lieben. Warum denn auch nicht? Viele machten das. Warum nicht auch er? Schließlich war er ein erwachsener Mann. Silvia würde es an nichts fehlen, im Gegenteil. Vielleicht würden sie mal wieder guten Sex haben, er hatte wahrhaftig Einiges dazugelernt. Und Irma würde er ebenso lieben, auf diese besondere Art, ein- oder zweimal die Woche. Er konnte sie fraglos glücklich machen. Und das wollte er auch. Aber dazu mussten sie nicht alles andere hinter sich lassen. Eigentlich war es ganz leicht und genau so würde es sein. Hatte er gedacht.

»Lass uns ein Foto machen!«, unterbrach Irma seinen Gedankenfluss. Sie lachte, löste sich von ihm, tänzelte um ihn herum. Griff nach seinem Handy, das er in der Hand hielt, blitzschnell und überraschend riss sie es ihm aus den Fingern. Eine heiße Welle erfasste ihn. Er griff nach ihr, fasste ins Leere, sie war wendig und schnell.

»Los, lass uns ein Selfie machen!«, rief sie übermütig, hielt das Handy in die Luft. »Du musst dich immer von oben fotografieren, Paul, dann siehst du am besten aus. Nie, wirklich niemals von unten, hörst du? *Niemals*!«

Er fasste nach ihrem Arm, sein Herz raste wild. Das Telefon hatte vorhin leise gebrummt, vielleicht eine Nachricht von Silvia, die jetzt auf dem Display zu sehen war, um Himmels willen, bitte nicht! »Irma!«, rief er, »komm schon, gib sie mir!« Er rang sich ein Lachen ab, wollte sie umschlingen, sie drehte sich aus seinen Armen, lief ein paar schnelle Schritte über den Platz.

»Erst ein Selfie, wir beide, du und ich!«, rief sie. »Ein Foto von Irma und Paul!« Ihr lautes Lachen strömte in die offene, enge Gasse vor ihnen, stieg an den Berghängen hinauf, stand als Riesenreklame am tiefblauen, reingewaschenen Himmel. Hunderte Kilometer weit zu sehen.

»Irma! Bitte!«, sagte Paul barsch und laut, als rufe er einen unfolgsamen Hund. Sein Gesicht glühte, Schweißperlen rannen an seinem Rücken hinab.

Sie kicherte. »Was hast du gesagt? Ich verstehe dich nicht. Kannst du etwas lauter sprechen?« Lachend lief sie voraus, ihre Sandalen klapperten scharf auf dem glatten Asphalt. Er rannte und rannte, holte sie schließlich ein, bekam einen Zipfel ihres Kleids zu fassen, griff hart in den Stoff, zog mit aller Kraft. Ein leises Reißen war zu hören. Irma stoppte abrupt.

»Sag mal, spinnst du?«, rief sie, in der Hand sein Telefon.

»Oh, tut mir leid«, stotterte er, strich hektisch über den flatternden lila Stoff. Sein Atem stockte. Zuerst waren seine Fingerkuppen lila, dann war die ganze Hand verfärbt. Die Farbe lief zäh aus dem tiefen Riss im Kleid, erst kleine Tropfen, dann lange, leckende Zungen, dann ein purpurnes Rinnsal, das sich in den Pflasterfugen sammelte, sich in den Stein fraß und Löcher in ihn ätzte.

»Was soll das?«, hörte er Irma aus der Ferne rufen. Er sah auf. Ihre Augen waren schmal, kleine helle Punkte saßen auf ihren Pupillen, sein Blick rutschte an ihnen ab. Er konnte sich nicht bewegen, bekam kein Wort heraus, stand da, eingeschweißt in eine drückend schwere Rüstung. Es wurde dunkel in ihm.

»Was hast du getan?«, zischte es rasierklingenscharf durch die Luft. Sie fasste in den lila Rock, zog daran, der Riss gab ihren Oberschenkel frei. Sie begann zu schluchzen, erst leise, dann so stark, dass die Schultern bebten. »Das war mein Lieblingskleid! Du hast es zerstört!«

»Es tut mir leid«, stammelte er. »Vielleicht ... vielleicht kann man es nähen?«

»Nähen?« Sie lachte laut auf. »Keine Ahnung hast du! So was kann man nicht nähen. Glaubst du etwa, ich laufe in zerfetzten Klamotten herum?« Sie wedelte aufgebracht mit dem Handy, Paul hatte es wieder fest im Blick.

»Wir finden ein neues, ganz bestimmt. Ein neues, wunderschönes Kleid für dich«, stammelte er, trat vorsichtig an sie heran.

»Ich habe es in Spanien gekauft, Paul, in Spanien! Drei Jahre ist das her, das gibt es nicht mehr.« Sie schluchzte auf, bedeckte ihr Gesicht mit den Händen, mit einer umklammerte sie immer noch sein Telefon.

Vorsichtig und zart strich er über ihre Knöchel, umfasste mit zitternden Fingern ihr Handgelenk. »Es tut mir so leid, meine Schöne. Vielleicht finden wir es noch im Internet. Manchmal klappt das ja«, sagte er mit belegter Stimme. Kaum atmen konnte er, sein Hals war zugeschnürt. Jetzt bloß nichts Unüberlegtes tun. Alles ringsherum hatte er ausgeblendet. Er sah nur noch das verdammte Telefon. »Lass uns ein Selfie machen, Liebste. Ja?«, sagte er beschwichtigend sanft, als spreche er mit einem bissigen Tier. Aber sie hielt es weiter so fest, dass er es ihr nur entreißen konnte, und das sollte er nun wirklich nicht tun. Er ließ von ihr ab und fragte: »Verzeihst du mir?« In seinem Schlund stieg sauer das Sandwich auf. »Es war keine Absicht«, schickte er hinterher.

Sie ließ die Hände sinken. »Na, das wäre ja noch schöner«, fauchte sie. Mit dem Handrücken wischte sie die Tränen ab.

»Ich werde dir ein neues Kleid kaufen, ein wunderschönes lila Kleid.«

»So eines wirst du nicht finden, Paul.«

»Du siehst in jedem Kleid fantastisch aus.«

»Jetzt schleimst du herum. Lass das!«

»Okay«, sagte er, schluckte den Schleim runter, hüstelte sich frei. »Dann ... gibt es nichts, was ich tun kann?«

Irma schaute auf. In ihrem Blick saß ein Millisekundenstaunen, Paul hielt den Atem an.

»Das Kleid ist zerrissen. Was sollte man daran ändern können?« Es klang schnippisch, aber zumindest schrie sie nicht mehr.

Er atmete auf. »Ja, du hast Recht«, sagte er. »Es war dumm von mir. Wollen wir jetzt ein Selfie machen? Ein schönes Foto von uns beiden?« Er zwang sich zu einem Lächeln, das Sandwich klebte weit oben in seinem Schlund.

»Also gut«, sagte Irma. »Ich verzeihe dir.« Sie zupfte an ihrem Ausschnitt, strich sich über die Hüften, alles mit dem Telefon in der Hand. »Wie sehe ich aus?«, fragte sie.

»Wunderschön.« Er trat nah an sie heran und küsste sie zart auf den Mund. »Gibst du es mir?« Er griff nach dem Handy, zog es mit schweißnassen Fingern aus ihrer Hand. Rang sich ein Schmunzeln ab, hatte keine Ahnung, ob es ihm gelang. Tippte zittrig den Pin ein. Zog Irma an sich, küsste sie wieder, lachte nochmal zur Auflockerung, hielt sie fest. Justierte das Handy. Übelkeit kroch in ihm hoch.

Irma kicherte. Es klang seltsam fremd, ein leises Zischen, das in Schnipseln aus ihr sprang, dann ein spitzes Lachen und sie sagte: »Moment ...«. Sie strich sich durchs Haar, formte einen Kussmund, setzte ein strahlendes Leuchten auf. »Dann kannst du mich immer sehen, wenn du Sehnsucht nach mir hast«, säuselte sie. Er drückte ab. Klick. Ein Bild für die Ewigkeit.

TAG 6, DONNERSTAG, AM ABEND

Irma lag auf dem Bett, hatte die Arme weit ausgebreitet, reckte sich. Was für ein Tag! Paul hatte gesagt, dass er sie liebte. Endlich. Und sie hatten Pläne gemacht. Gut, noch nicht im Detail, aber das große Ganze war klar. Es leuchtete hell, sie stand im Licht, ab jetzt würde es immer so sein.

Am Sonntag würden sie nach Hause fahren, sie mussten früh los, den verdammten Anzug im Kleidersack abholen, das hatte sie fast vergessen. Aber dann, am Abend, wenn Henry schliefe, würde sie mit Philip reden. Und Paul würde dasselbe mit Silvia tun. Es würde nicht leicht werden, aber es musste sein.

Sie richtete sich auf. Philip würde geschockt sein. Immerhin würde er die Frau seines Lebens verlieren. Vom ersten Tag an sei sie das für ihn gewesen, hatte er immer gesagt. Aber was sollte sie tun? Liebe ließ sich nicht erzwingen, sie war einfach da. Sie und Philip waren ein prima Team, mehr nicht. Das würde er einsehen. Ein guter Ehemann war er, immer ruhig und besonnen, hatte im Haushalt geholfen und offen gestanden kam er mit den Kindern besser zurecht als sie. Sie schluckte. Selbstverständlich könnte er Henry jederzeit sehen und mit ihm Zeit verbringen. Jasmin und Fabian waren fast schon erwachsen, denen würde die Trennung nichts anhaben. Letztlich würden alle davon profitieren, denn sie würden ab sofort eine glückliche Mutter haben.

Paul würde Henry mögen. Vielleicht nicht sofort, ihr Sohn war schwierig und wenn sie nicht aufpasste, ließ er mit Leichtigkeit einen gesamten Tag im Chaos versinken. Aber das alles würden sie hinbekommen. Paul und sie kannten den Weg. Hand in Hand würden sie den Gipfel erklimmen, voller Freude einen sanften Hang hinablaufen, in eine weite Ebene voller Sonnenschein. Und wenn er doch noch auf die Idee käme, ein Kind zu wollen, mit ihr würde es klappen.

Sie rollte sich auf die Seite, strich mit der Hand über das knittrige Laken, auf dem sie sich zuvor geliebt hatten. Ruhig, fast schon gemütlich war es gewesen. Eine sanfte Welle hatte sie überrollt, als sie gekommen war, hatte zart an ihr gekitzelt, dann war sie wieder weg. Paul war heute etwas müde, schön war es trotzdem gewesen. Zwar irgendwie schnörkellos, aber durchaus gut. Morgen, wenn sie ausgeschlafen ihr neues Leben planten, würde sie wieder das Verlangen in seinen Augen sehen. Er wollte nur sie, sie allein. Sie schob sich das Kissen unter den Kopf, roch daran. Es duftete nach Paul, nach seinem Aftershave und seinem Schweiß, nach ihrer Liebe, nach heißen, unersättlichen Nächten mit ihm. Sie würden niemals aufhören, sich bis zur Erschöpfung zu lieben, immer wieder etwas Neues auszuprobieren. Es würde noch besser werden, mit jedem Mal. Ja, so würde es sein.

Was machte er nur so lange im Bad? Eben hatte sie die elektrische Zahnbürste gehört, jetzt lief der Wasserhahn. Irma war müde, wollte schlafen, dicht an ihn geschmiegt. Morgen wollten sie früh los, ein wenig weiter in den Süden, an einen sonnigen, sandigen Strand. Vielleicht würden sie für ihre letzten beiden Nächte ein Haus direkt am Meer finden, mit einem weißen Sandstrand vor der Terrasse und einem Blick in die blaue Unendlichkeit.

Auf dem Nachttisch lag die glitzernde Haarspange, sie hatte ordentlich geziept, als sie sich geliebt hatten, Paul hatte sie mit zittrigen Fingern davon befreit und die Spange auf das Tischchen gelegt. Neben sein Telefon. Irma heftete ihren Blick daran.

Da lag es, das schwarze Handy mit der feinen Lederhülle, unschuldig und still. Seit Silvia es frühmorgens nicht mehr in unruhiges Zappeln brachte, war es nichts weiter als ein Telefon. Irma lächelte. Lehnte sich zum Nachttisch, griff nach der Haarspange, hielt sie ins Licht. Die Steine glitzerten und funkelten, einfaches Glas, geschickt geschliffen, konnte das: So tun, als sei es ein wertvoller Diamant. Sie legte die Spange zurück. Sah das Telefon. Nahm es in die Hand. Betrachtete es. Sie konnte Paul vertrauen, selbstverständlich konnte sie das, um nichts in der Welt würde er sie verletzten. Nie mehr! Es gab nichts und niemanden zwischen ihnen. Sie konnte also ruhig in sein Handy schauen, nicht die kleinste Spur würde sie finden. Und Paul hätte nichts dagegen, wenn sie es täte. Oft hatte sie gesehen, wie er den Pin eingab. Er hatte es nicht mit vorgehaltener Hand getan, sogar angelächelt hatte er sie. Damit hatte er stumm gesagt: »Schau her, es gibt nichts zu verbergen.«

Sie drückte den Knopf. Acht, sechs, zwo, vier, der Bildschirm schaltete sich frei. Sie drückte die Nachrichten-App. Stockte. Silvia! Ein Profilfoto von ihr, in einem wallenden Sommerkleid am Strand, die braunen Haare wehten im Wind. Irma tippte darauf, konnte ihren Augen nicht trauen. Scrollte hoch und runter, ein ellenlanger Chatverlauf. Von Samstag bis vorhin, nachdem sie zurückgekommen waren. *Ich freue mich auf dich,* schrieb sie. *Der Garten blüht so schön. Kommst du am Sonntag mit zu Johannes zum Brunch, mein Schatz?*

Irma sprang auf. Konnte das wirklich sein? Verdammt, er hatte ihr geantwortet, auf jede Nachricht, hatte manche sogar zuerst geschickt, nannte sie *Liebling*! Nicht zu fassen! Jede Zeile war gelogen, dass es schön sei auf der Tagung, dass er seine Frau vermisse, dass er sich langweile und gerne zu Hause wäre! So ein hirnverbrannter Schwachsinn, es stimmte kein einziges Wort! Er musste es mit blutigen Fingern eingetippt haben, mit rissigen, von Irmas Blut verschmierten Fingern. Ihr Atem raste.

Sie öffnete die Telefonapp. Ihr Herz stockte. Er hatte Silvia angerufen! Heute Morgen, über eine halbe Stunde lang hatten sie telefoniert. Er musste es am Strand getan haben, während Irma geschlafen, ihm zutiefst vertraut und ihm alles gegeben hatte. Sie zwang ein giftig grünes Lachen aus sich heraus, das aufstieg und dann in scharfen Spitzen von der Decke fiel. Eiskalt hatte er sein Versprechen gebrochen und hinter ihrem Rücken mit seiner Frau telefoniert! *Liebling* nannte er sie, was für ein öder Kosename war das! Er passte zu einem spießig-verlogenen Paar.

Fahrig klickte sie sich durch die Apps, war nicht mehr zu halten, öffnete mit bebenden Fingern das Emailfach. Scrollte Tage zurück. Nichtssagende Rechnungen, Werbung, hin und wieder etwas aus der Schule, sie wischte und scrollte, gab Silvias Namen ein. Da waren sie: Nachrichten an Paul, mit offizieller Signatur von der Bank. Konnte nicht wahr sein! Mal schickte sie Unterlagen, dann einen Link für eine Reise oder ein Restaurant. Alltägliches im Leben eines liebesmüden Paars.

Sie wippte hin und her, ein wilder Strudel hatte sie erfasst. Sie schlang die Arme um ihren Körper, starrte auf das weiße Laken, das verschwitzt und zerknittert über einer alten Matratze lag, auf der Hunderte geschlafen und ihren Schweiß und wer weiß was verteilt hatten. Sie schluchzte auf. Konnte es wirklich sein, dass Paul sie schamlos belog?

Sie hielt inne. Vielleicht ging es nicht anders und er konnte nur so Silvia ruhig halten, bis er nach Hause kam? Was, wenn seine Frau eine Furie war? Unausstehlich und unberechenbar? Einiges sprach dafür. Womöglich war sie eine echte Gefahr und Paul beschützte Irma vor ihr? Er hatte also keine Wahl, musste es tun! Ja, natürlich, das leuchtete ein. Niemals würde er sie verraten oder mit ihr spielen, er hatte gesagt, dass er sie liebte und vorhin, als er in ihr gewesen war, hatte er mit bebender Stimme ihren Namen

146

geflüstert. So wie jedes Mal. Alles war gut. Gleich würde sie ihn mit offenen Armen empfangen, sich mit ihm unter dem Laken verkriechen. Sie würde ihn streicheln und wiegen, ihm sagen, wie sehr sie ihn liebte, und dass sie ihm blind vertraute. Ja, so würde es sein. Dann würde er ihr erzählen, dass ihn Silvia zwang, mit ihm zu telefonieren, würde Irma verzweifelt bitten, ihm zu verzeihen.

Sie schob das Handy auf den Nachttisch zurück, ließ einen Moment lang ihre Hand darauf liegen. Horchte ins Bad. Das Wasser lief immer noch. Sie nahm das Telefon wieder auf, acht, sechs, zwo, vier. Öffnete die Foto-App. Sie sah Fotos von einem Garten, sauber gemähter Rasen, unkrautfreie Rabatten, ein paar dumme Gesichter, abfotografierte Gebrauchsanweisungen, Sonnenunter- oder -aufgänge, Pauls Auto in einer engen Parklücke. Ein verklinkertes Einfamilienhaus, Silvia im Gartenstuhl. Kein Bild von Irma und Paul. Keines aus Florenz, Carrara oder Pisa, Porto Venere und Lerici. Nichts. Er hatte alles gelöscht. Die gesamte Reise. Er hatte Irma gelöscht. Einfach weggewischt!

Sie atmete in harten Stößen, presste die Zähne aufeinander, ein heißes Feuer loderte in ihrer Brust. Gierig leckte eine riesige Flamme in ihr, fraß sich blitzschnell in jede Zelle, kroch ihre Kehle herauf. Sie spuckte Feuer, hörte sich schreien.

Paul saß mal wieder auf dem Klodeckel. Der Wasserhahn lief, er wusste, dass Irma das Rauschen im Zimmer hörte. Eine Weile noch wollte er allein sein, sich sammeln, seine Gedanken ordnen. Wie sollte man einen Hurrikan aus Worten zur Ruhe bringen? Den Kopf hielt er tief gesenkt, zu schwer war er, um ihn anzuheben. Vielleicht schlief Irma in der Zwischenzeit ein, na ja, eher nicht. Mit leuchtenden Augen würde sie ihn empfangen, wenn er aus dem Bad käme. Er konnte es nicht mehr ertragen. Irgendwas würde er aus seinen Hirnrinden kratzen, in hellen Worten würde es aus seinem Mund fallen und Irma ruhig halten. Und lächeln musste er, so viel war klar. Wie schon den gesamten verkackten Nachmittag lang. Wie er es vorhin wieder hinbekommen hatte, mit Irma zu schlafen, war ihm schleierhaft. Wenigstens darauf schien er sich verlassen zu können. Er hatte alles abgearbeitet, so gut es ging. Ewigkeiten hatte es gedauert, bis sie endlich gekommen und Ruhe gewesen war. Gefühlt hatte er dabei nur ein dumpfes Nichts. Immerhin besser als namenlose Panik und der beißende Schmerz in seiner Brust. Es ging abwärts mit ihm, das stand fest. Er war im freien Fall in einen endlosen schwarzen Schlund, auf dessen Grund stockdunkle Finsternis auf ihn wartete. Kein Gekeife oder Gescherze mehr, kein Gestöhne, kein Lachen und keine Liebesschwüre. Und kein Klingeln des Telefons. Nur noch er in absoluter Stille.

Was war das? Etwas stoppte seine Abwärtsfahrt, riss ihn ins Licht der trüben Badezimmerlampe. Hatte Irma nach ihm gerufen? Wieder ein Geräusch. Er hielt den Atem an. »Irma?« Er erhob sich, doch noch bevor er an der Tür war, flog sie schon auf. Splitterfasernackt stand Irma im Türrahmen, keuchte und richtete das leuchtende Display seines Handys wie eine Waffe auf ihn.

»Was ist das?«, zischte sie. »*Liebling, mein Schatz?*«

Paul erstarrte. Eine eiskalte Welle erfasste ihn. Sein Atem stockte, sein Herz schlug einen letzten Schlag, dann setzte es aus.

»Was für ein Arsch bist du, Paul Mertens?«, fauchte Irma.

Er starrte sie an.

»Ein Lügner bist du, ein erbärmlicher Lügner.« Ihr Zischen webte sich in das Wasserrauschen, legte eine Decke aus flirrender Panik um ihn herum. Er öffnete den Mund, wollte etwas sagen, wusste nicht, was. »Irma … ich«, drückte seine Kehle aus ihm heraus.

»Wage nicht, mich *mia bella* oder *meine Schöne* oder sonst wie zu nennen. Hast du dir die Domain für all den Scheiß reserviert? Oder eine Schmeichel-App gekauft für die unwiderstehliche Irma, mit der du herumvögeln kannst, und eine für deine brave Frau?«, rief sie in den Raum.

»Bitte nicht schreien, Irma. Bitte!«

»Ich fange gerade erst an. Ich habe dir alles gegeben, du trittst mich mit Füßen, kalt und berechnend. Ich fasse es nicht!«

»Gib mir das Telefon. Bitte«, presste Paul aus sich heraus. »Du kannst nicht in meinem Handy herumspionieren.«

»Ach nein? Warum denn nicht? Offensichtlich war es richtig. Sonst hätte ich die Wahrheit über dich nie erfahren!«

Er griff nach dem Handy, sie drehte sich weg. »Wir reden über alles, ja? Ganz vernünftig«, sagte er, streckte seine zitternde Hand nach ihr aus.

»Über was denn?«, rief Irma scharf und trocken. »Über deine Frau? Hast du ihr von uns erzählt? Weiß sie, dass du sie verlassen willst? Na? Wen lügst du an, sie oder mich?« Sie wischte auf dem Display herum. »Geht es dir gut, *Liebling*?«, las sie laut und stieß einen spöttischen Lacher aus. »Ich freue mich auf dich, *mein Schatz*! Wenn die Tagung doch nur schon vorbei wäre«, las sie im Jammerton weiter. »Sie ist *soo* langweilig …« Ihre Worte tauchte sie in Häme und Spott, die Lacher dazwischen klatschten an die Fliesen und wurden mit tausendfachem Echo von einer Wand zur anderen geworfen. »Oje, der arme kleine Paul, so ganz allein in der Welt«, flötete sie dazwischen mit der Schärfe einer Kreissäge in den Raum. Hob die Augenbrauen, legte einen mitleidigen Schein aufs Gesicht.

Er stolperte auf sie zu, fasste sie am Arm. »Hör auf zu schreien«, zischte er. »Und gib mir das verdammte Telefon!«

»Sonst?«, rief Irma. Sie stach einen scharfen Blick in ihn, zerrte und zog an ihrem Arm, er packte fester zu.

»Gib es mir!«, fauchte er.

»Lass mich los oder ich schreie das ganze Haus zusammen!«, rief sie, versuchte, sich aus seinem Griff zu winden. Paul drückte fester zu, unter seinen Fingern spürte er das Nachgeben ihrer Haut.

»Hör auf! Es tut weh!«, rief sie so laut, dass ein Zittern durch die offene Tür ins Zimmer und dann aus dem geöffneten Fenster nach draußen drang.

»Sei endlich still!«, zischte er und packte noch fester zu. Er erschrak über seinen scharfen Ton, löste seinen Klammergriff für den Bruchteil einer Schrecksekunde. Sie wich zurück, befreite sich aus seiner eisernen Hand. Der Schwung drückte sie mit dem Rücken an die Wand, mit geöffnetem Mund atmete sie eine heiße Wolke ins Zimmer.

»Geht's noch?«, rief sie, rieb sich den Arm. »Was bist du für ein erbärmlicher Typ«, feuerte sie auf ihn ein. Tränen liefen über ihr bleiches, wutverzerrtes Gesicht. An ihrem Arm blühte ein roter Kranz in der Haut, Paul konnte den Abdruck eines jeden seiner Finger sehen.

Sie stöhnte, sah an ihrem gequetschten Arm herab. Ihr hellbraunes Haar fiel nach vorne, verbarg ihr Gesicht. Ein Beben fuhr durch ihren Körper, sie schluchzte auf, wurde dünn und schmal, war in ihrer Nacktheit kaum noch auszumachen vor der pastellgelben Wand.

Paul atmete flach, tief im Innern hörte er ein Wispern, das ihn drängte, zu ihr zu stürzen, sie aufzufangen, sie zu umarmen, ihr die Tränen von den Wangen zu küssen. Was hatte er bloß getan?

Sie hielt die Arme vor ihrem Körper gekreuzt, verdeckte mit einer Hand den dunkelroten Ring. Gebeugt lehnte sie an der Wand. Er machte einen Schritt auf sie zu.

»Fass mich nicht an!«, fauchte sie hinter dem langen Haar, im scharfen Luftzug ihrer Worte wehte eine Haarsträhne auf.

»Irma, ich …«, stotterte er.

»Wenn ich gewusst hätte, was für ein jämmerlicher Kerl du bist, hätte ich mich niemals auf dich eingelassen. Du hast mich ausgenutzt!« Ihre Stimme brach, Paul senkte den Blick.

»Du betrügst *mich*, nicht deine Frau. Mich, Irma Schreyer, die es ehrlich mit dir meint«, sagte sie, blickte auf. Ihre Augen waren stumpf, schimmerten blassblau hinter einer Wand aus trübem Glas.

»Ich ... ich konnte nicht anders«, stotterte Paul.

Sie tat nichts weiter, als ihn anzusehen, sekundenlang. Dann holte sie Luft, als müsse sie sich besinnen für ihren letzten Atemzug. »Du kannst schon, Paul, aber du willst nicht«, rieselte es im Wisperton auf ihn nieder. »Ich hätte es mir denken können.«

»Lass mich erklären, ich ...« Er streckte die Hand aus, machte einen Schritt auf sie zu, einen kleinen, eine Geste war es, mehr wagte er nicht.

»Ich habe gedacht, du bist anders, dir kann ich vertrauen, aber ich habe mich getäuscht. Du denkst nur an dich!«. Dann machte sie einen Schritt auf ihn zu, kam so nah, dass sich ihre flirrende, heiße Energie auf seiner Haut verteilte. Hob ihre Hand. Paul schluckte. Sie strich über sein Schlüsselbein, mit einem Finger, behutsam und langsam. Dann an der kleinen Mulde am Hals entlang, über das Brustbein, weiter über die Mitte seines Bauchs bis knapp vor den Bund seiner Boxershorts. Folgte mit dem Blick ihrer Fingerfahrt, hinterließ ein Brennen auf seiner Haut. »Du bist nicht meine erste Affäre«, rann es leise und hell aus Irma heraus. »Und schon gar nicht meine beste. Ich hatte schon mal eine. Und die war heiß, mit allem Drum und Dran. Wirklich heiß. Nicht so ein Geplätscher wie mit dir.« Sie seufzte, sah auf, ihre Lider waren wie festgetackert, kein einziger Wimpernschlag. Langsam fraß sich ein triumphierendes Lächeln durch ihre Haut, bis es glühend in ihrem Gesicht saß.

Paul stockte der Atem. Er stoppte ihre Hand, hielt sie fest. »Was hast du gesagt?«

Sie neigte den Kopf ein wenig zur Seite, hielt Paul mit ihrem Blick fest, flüsterte versonnen: »Es war heiß und stürmisch, wir haben es überall getrieben.« Dann drückte sie sich an ihn, ihre Brüste klebten auf seiner Haut, er spürte ihren Schoß an seinem. Wich zurück.

»Bist du geschockt, armer, braver Paul? Dachtest du etwa, du bist was Besonderes? Das bist du nicht!« Ein lautes, dumpfes Lachen stob aus ihrem Mund.

Er sank auf den Badewannenrand. Etwas in ihm begann zu fließen, aus seinem Kopf in den Brustkorb, weiter durch seinen Rumpf, in die Beine, aus den Füßen hinaus. Er löste sich auf. »Dein ganzes Getue, dein Liebesgeflüster, wie wunderbar alles ist, und deine Schwüre, das alles war gelogen?«, fragte er benommen. »Das hast du einfach so dahergesagt?«

Irma stutzte, ein Ruck ging durch ihren Körper. »Ich habe dir gesagt, dass ich dich liebe, und das stimmt auch! Aber du ... du hast mich belogen, dein Versprechen gebrochen, jeden Tag aufs Neue!«, rief sie und wedelte mit dem Telefon herum.

Er drückte sich mühsam hoch, sah zu ihr auf. »Ich glaube dir kein Wort«, sagte er, erschrak über diesen kühnen Satz. Doch schon im nächsten Moment hatte der etwas Befreiendes, er öffnete das schwere Tor nach draußen einen Spalt, durch den Paul atmen konnte.

»Du glaubst mir nicht?«, rief Irma spöttisch, mit jedem ihrer Lacher hüpften ihre Brüste, splitterfasernackt verteilte sie Eiseskälte im Raum.

Paul erhob sich ohne ein Wort, drückte den immer noch rauschenden Wasserhahn zu, zog ein Handtuch von der Leine über der Badewanne, reichte es ihr mit langem Arm. Verwundert sah sie ihn an, nahm es stumm entgegen, hüllte sich ein. Holte Luft für den nächsten Schlag. Doch Paul war schneller, spuckte ihr einen Satz direkt ins Gesicht. »Wie viele waren es noch?« Aufrecht schaute er auf sie hinab.

Irma schnappte nach Luft. »Du glaubst ... ich ... das ist nicht dein Ernst!«, fiel es aus ihr heraus.

Er verschränkte die Arme, stand felsenfest im Raum. Nichts konnte ihn aus dem Gleichgewicht bringen, er wunderte sich über sich selbst. Irma hatte ihn verführt, seine Frau zu hintergehen. Die ganze Zeit hatte sie getan, als sei er das große Wunder in ihrem Leben. Wie hatte er nur so dumm sein können, ihr zu glauben? Alles aufs Spiel zu setzen und ihr schwanzgesteuert hinterherzurennen? Er lachte innerlich auf. Tatsächlich, das war er dann wohl gewesen! Irma liebte ihn also nicht wirklich. Na und? Viel schlimmer war doch, wie sehr er sich nach ihr gesehnt hatte, fast hörig war er ihr gewesen. Doch nun war er frei.

»Und?«, fragte er, stand da, mit beiden Füßen fest am Boden, jetzt hatte er wieder die Fäden in der Hand.

»Was geht es dich an?«, fauchte Irma, die rotumrandeten Augen weit aufgerissen.

»Dann ist ja alles klar. Für mich ist hier Schluss«, sagte er. Sein Herz machte einen Hüpfer, klatschte in die Hände und rief mit piepsig heller

Stimme: Bravo Paul, weiter so! »Ich gehe jetzt, Irma. Es ist besser so.« Filmreif war das, wie er es sagte, einfach großartig fühlte sich das an. Er atmete durch, sah nichts außer der offenen Tür.

»Geh nicht. Bitte! Hör mich an!« Irmas dünne Stimme grätschte in seinen Aufbruch. Er stutzte. Sah sie an. Ihr Blick war gesenkt, das Handtuch eng um ihren schmalen Körper gezogen, mit zittrigen Fingern hielt sie es fest.

»Damals ging es mir sehr schlecht«, sagte sie leise. »Alles war mir über den Kopf gewachsen, die Kinder, das Studium. Der Tod meines Vaters. Ich hatte niemanden, der mir geholfen hat. Niemanden. Wenn du willst, erzähle ich dir alles. Von Anfang an. Es war nur das eine Mal, Oliver war der Einzige.«

Nicht hinsehen, hämmerte es in Pauls Kopf, sie spielte nur wieder mit ihm, das konnte sie gut.

»Ich habe ihn in einer Bar, also, in einem Restaurant kennengelernt. Er war so nett zu mir, aber dann ... «

»Hat er dich sitzen lassen«, vollendete Paul den Satz.

»Natürlich nicht!« Die Empörung tanzte mit scharfer Klinge zwischen ihnen. Dann senkte Irma den Blick und flüsterte in den Raum: »Er war ein Widerling. Wirklich schrecklich. Ich habe es nicht gleich bemerkt. Ach, Paul, ich mag gar nicht daran denken.«

Sie sah so schmächtig aus, so zart und dünn. Und sie weinte, leise, ohne Geschrei, sie weinte fast stumm. Er schluckte. »Was hat er getan?«, fragte er, biss sich im selben Moment auf die Zunge.

Irma schaute auf, ihre Unterlippe zitterte. »Du bist der Eine für mich, Paul«, sagte sie leise. »Das weißt du. Ich liebe dich.«

Wie sie so zerbrechlich vor ihm stand, war er nah dran, sie in die Arme zu schließen. Verdammt! Gleich würde sie das Ganze mit einer gehörigen Prise Sexappeal und sinnlichem Versprechen würzen, dann würde ein verheißungsvoller Duft im Zimmer hängen, dem er nicht würde widerstehen können. Das durfte auf keinen Fall geschehen.

»Das mit Oliver war ein Fehler, er war so charmant und hat mit mir geflirtet. Er hat mich manipuliert, hörst du? Ich konnte nichts dafür, es ist einfach passiert.« Ihre Stimme war zittrig und ausgefranst, gespickt mit zierlichen Seufzern.

»Wie mit mir?«, fragte Paul trocken.

Das Erstaunen hüpfte förmlich aus ihr heraus, sprang ihn an und saugte sich an ihm fest. »Nein! Natürlich nicht, in dich habe ich mich verliebt! Wirklich verliebt!«, sagte sie so voller Leidenschaft, dass er erschrak.

Er wandte den Blick ab, atmete durch. Drehte ihr den Rücken zu. Sammelte seine Badutensilien ein. Zwängte sie Stück für Stück in den Kulturbeutel. Bloß nicht Irma ansehen! Er musste weg hier, jetzt in diesem Moment tat sich ein Fluchtkorridor auf.

»Was tust du da?«

»Ich packe.«

»Du willst mich verlassen?«

Irma zog an seinem Arm, er griff nach der Zahnpasta, drehte mit zitternden Fingern den Deckel fest.

»Wir wollten doch zusammenbleiben. Das hast du gesagt.«

»Hab ich das?«, redete er ins Waschbecken hinein. Seine Frage rutschte über das Porzellan, fiel ins Abflussrohr.

»Paul, bitte bleib! Lass uns reden, ja? Ich erzähle dir alles, wirklich alles!«

»Lass mich, Irma!«, spuckte er aus, hielt sich am Waschbecken fest.

Stille.

Dann ihr schneller, scharfer Atem, es vibrierte und surrte im Badezimmer, bis zum Explodieren aufgeladen war die Luft. »Du verlässt mich, weil ich vor Jahren eine Affäre hatte, die nichts mit dir zu tun hat?«, zischte Irma.

»Du drehst mir die Worte im Mund um. *Ich* habe *dich* erwischt, nicht umgekehrt!«

Er drehte sich um, sah ihr verdunkeltes Gesicht. Blitze schossen aus ihren Augen und trafen ihn in seiner Mitte. Er versuchte, an ihr vorbeizukommen, sie klammerte sich an ihm fest. Er schob sie beiseite, sie gab nicht nach. »Lass mich durch«, sagte er scharf.

»Geh nicht! Ich weiß, dass du mich liebst! Es ist wunderbar mit uns. Einmalig, Paul. Einmalig!«

Er griff ihre Hände, löste mit immenser Kraft ihre verkrampfte Umarmung. Stolperte aus dem Badezimmer, hörte Irmas Schritte, zog den Koffer unter dem Bett hervor. Sah ihre Füße neben sich.

»Du bist ein Feigling, Paul Mertens!«, zischte sie. »Mich kannst du nicht brechen, ich kann auch ohne dich ein neues Leben anfangen. Eher breche ich dich.«

Er richtete sich auf, öffnete den Schrank, vergrub seinen Blick darin.

»Du kriechst zurück zu deiner Silvia?«, fauchte sie weiter. »In deine vertrocknete Ehe mit dieser langweiligen Frau? Nur, weil du Angst vor ihr hast? Und Angst vor dir selbst! Hast du mit ihr jemals so gefickt wie mit mir?«

Er erstarrte. »Hör auf, Irma, bitte hör auf!«

»Wieso? Gefällt dir doch sonst so gut, wenn ich dir schmutzige Dinge ins Ohr flüstere, oder? Dann legst du erst richtig los, stimmt's?«

»Lass mich in Ruhe.«

»Soll ich deiner Frau erzählen, was dich scharf macht? Ich könnte es ihr aufschreiben, dann kann sie es dir vorlesen. Vielleicht hilft das ja beim Kindermachen!«

»Jetzt reicht's!«

»Schon mal drüber nachgedacht, warum es nicht klappt? Ihr passt nicht zusammen, so einfach ist das!«

»Aha, und weil du und dein Mann so gut zusammenpasst, habt ihr drei Kinder?« Er biss sich auf die Zunge. Gar nicht hinhören sollte er, sie reden lassen. Es verdunkelte sich, das Tor nach draußen fiel langsam zu, nicht mehr lange, dann würde es verschlossen sein. Er sah Irma an. Wie eine unbarmherzige Göttin stand sie da, hatte den Kopf erhoben, ihre Nasenflügel weiteten sich mit jedem Atemzug.

»Zwei, Paul!«, sagte sie. »Es sind zwei!«

»Zwei?«

»Henry. Er ist von Oliver. Höchstwahrscheinlich.«

»Wie bitte?«

»Ja, Paul Mertens, jetzt habe ich dich richtig geschockt, nicht wahr?«, sagte sie lachend im Auftrumpfton. Ihre Augen blitzten ihn erwartungsvoll an.

Ein wirres Knäuel aus Wortfetzen stieg in Paul auf und wurde zu einem Gedankenschwert. Hatte er richtig gehört? »Weiß Philip das?«, fragte er.

Sie blinzelte, ihr Mund wurde schmal. »Was geht es dich an?«

Mit einem Ruck drehte er sich wieder zum Schrank. Riss die Hemden mit zittrigen Fingern von den Bügeln, warf sie in die Reisetasche, dann die Hosen und die Unterwäsche.

»Hat es dir die Sprache verschlagen?«, zischte Irma in sein aufgeregtes Tun.

»Es geht mich nichts an, du hast Recht!« Pauls Stimme war scharf und spitz. »Es ist allein deine Sache, wenn du deinen Mann anlügst. Und dein Kind.« Nicht mehr umdrehen, weitermachen, gleich würde es vorüber sein.

Weg musste er, so schnell es ging. Er nahm seine Hose vom Stuhl, zog sie über, dann das T-Shirt.

Irma sagte nichts mehr. Nur ihr scharfer Atem war zu hören, dann ein Schluchzen. Es ließ ihn kalt.

»Es war aus Liebe«, sagte sie weinerlich, »aus Liebe zu meinem Kind! Es ist nicht wichtig, wer der Vater ist, ich bin seine Mutter, das zählt! Und außerdem ... Ich weiß es ja gar nicht genau. Könnte auch sein, dass er nicht der Vater ist.«

Paul zog sich die Socken über, stieg in seine Sneaker, spürte Irmas heiße Blicke.

»Bitte, hör mir zu. Du bist der Erste, dem ich es erzähle. Ich muss endlich darüber sprechen.«

»Ich will es nicht wissen«, sagte er schroff.

Sie klammerte sich an seinen Arm. »Was sollte ich tun? Das Kind nicht bekommen? Nein, Paul, ich habe alles auf mich genommen! Ganz allein habe ich alles ausgehalten. Aus Liebe. Er ist ein wunderbarer Junge. Er kann doch nichts dafür!«

»Was bist du für eine Mutter? Du hast ein Kind von deiner Affäre und schweigst. Lässt es von Philip großziehen.« Die Worte fielen aus Paul heraus, ohne dass er es wollte. Er vergeudete wertvolle Zeit, das Tor nach draußen war nur noch einen Spalt breit geöffnet. Irma stand da wie erstarrt, das Entsetzen war ihr ins Gesicht geschrieben. Nichts wie weg hier!

»Wie kannst du es wagen, so etwas zu sagen?«, fauchte es aus ihr heraus. »Du bist ein Dreckskerl, Paul Mertens, ein verdammter Dreckskerl.«

Er zog den Reißverschluss der Reisetasche zu, das scharfe Ratschen durchfuhr ihn wie ein heißer Blitz.

»Du kannst jetzt nicht einfach gehen! Ich vertraue mich dir an und du rennst weg! Du wirst es verstehen, wenn ich es dir erzählt habe«, sagte sie aufgebracht hinter seinem Rücken. Er spannte die Muskeln an, ihre Worte rannen an ihm hinab.

»Lass mich in Ruhe damit«, sagte er und drehte sich zu ihr um. »Ich bin nicht dein Therapeut.«

Ohrenbetäubende Stille waberte zwischen ihnen. Irma war bleich, sie starrte Paul an. »Du wirst es bereuen, wenn du jetzt gehst«, sagte sie. Eine eiskalte Wolke stob aus ihr heraus.

Er griff nach der Tasche, richtete sich auf. »Was passiert, wenn Philip davon erfährt? Oder Henry?«, fragte er mit ruhiger Stimme.

Irma schnappte nach Luft. »Willst du mir drohen?«

Sie baute sich vor ihm auf, atmete ihm flache Stöße ins Gesicht. »Ich bin nicht so feige wie du«, zischte sie. »Ich sage es Philip, wenn ich nach Hause komme, und dann trenne ich mich von ihm. Ich habe vor nichts mehr Angst und vor dir schon mal gar nicht. Du bist ein erbärmlicher Feigling, ein Duckmäuser, ja, das bist du. Eine schlichte Lehrerseele in einer Häschenschule. Du musst mich fertigmachen, weil du dich nicht traust, zu unserer Liebe zu stehen. Du wirst es bereuen, Paul, jeden Tag für den Rest deines Lebens.« Sie trat zur Seite, wies ihm spöttisch den Weg. »Schönes Leben noch, Herr Mertens. Und vergiss nicht deinen dämlichen Anzug.«

Er ging auf sie zu, öffnete seine Hand. »Gib mir mein Telefon!«, sagte er.

»Bitte sehr!« Sie warf es auf den Boden, es schlitterte über den Stein, drehte sich in der rasanten Fahrt, Paul stürzte hinterher. Ging zu Boden, griff danach, seufzte erleichtert auf.

»Glaubst du im Ernst, ich kenne Silvias Nummer nicht? Ich weiß sie sogar auswendig, soll ich sie aufsagen? Pass auf: null, eins …«, rief Irma spöttisch, kam auf ihn zu, stand riesengroß neben ihm, schaute auf ihn herab.

Paul erhob sich, stand so dicht vor ihr, dass er ihren Atem spürte. »Das machst du nicht!«, sagte er mit rasendem Herzen.

»Und wenn doch?«

Er griff nach der Reisetasche, Irma stürzte zur Tür, stellte sich davor. »Du gehst nicht«, sagte sie scharf, ihr Gesicht verzerrte sich zu einem Weinen. »Wir müssen reden.«

Er legte seine Hand an ihren Arm, versuchte, sie zur Seite zu schieben. Sie machte sich steif, das Handtuch rutschte an ihr hinunter, gab ihre Brüste frei.

»Lass mich vorbei«, sagte er schroff.

»Paul, bitte«, schluchzte sie, drängte sich an ihn, er drückte sie weg, sie wankte. Er presste fester, sie strauchelte, sank auf den Boden, er griff nach der Türklinke.

»Du kannst mich nicht verlassen, wir gehören zusammen, du weißt es!«, rief sie.

»Sei still, Irma. Sei endlich still!«, zischte er.

Sie sprang auf, stemmte sich gegen die Tür. Er erfasste ihr Handgelenk, krallte sich daran fest. Sie schrie. Er drückte sie zur Seite, sah den roten Kranz an ihrem Arm. Sie taumelte, schrie erneut. Mit aller Kraft zog er sie zu sich heran, holte aus. Entsetzt blickte sie aus der Tiefe nach oben, hielt ihren Arm schützend vor ihr Gesicht. Ohne sein Zutun, von ganz allein, raste seine

Hand auf sie nieder, getrieben von einer unbändigen Kraft. Knallte knapp am Gesicht vorbei auf ihre Schulter. Irma sank zusammen. Der Schlag hallte durch den unendlichen Raum, ballte sich zu einem Wirbel, der die Vorhänge zum Wehen brachte und mit einem Seufzen aus dem Zimmer flog.

TAG 7, FREITAG,
FRÜH AM MORGEN

Es war weit nach Mitternacht, als Paul endlich eingeschlafen war. Er lag in Irmas Armen, zuckte auf seiner Fahrt in die Traumwelt. Um Verzeihung hatte er sie gebeten, mehrfach hatte er es getan. Sie hatte genickt, ihm übers Haar gestrichen und ihn geküsst. Ihren Schmerz hatte er mit nassen Handtüchern gekühlt, ihre Tränen mit zitternden Fingern zärtlich weggewischt. Er hatte selbst geweint. Natürlich verzieh sie ihm.

Er habe so etwas noch nie getan, hatte er gesagt. Nur bei ihr. Nie wieder würde er die Hand gegen sie erheben, da war Irma sich sicher. Es war nur ein Versehen gewesen, aber ungeschehen würde es niemals sein. Sie spürte das Poltern ihres Herzens in der Brust, seit Stunden war es aus dem Takt. Es ließ sie seltsam kalt. Ihre Schulter schmerzte dumpf, ein riesiger roter Fleck drückte sich aus der Tiefe heraus, morgen würde er blau werden und es würde Tage dauern, bis er schließlich verblasste. Vielleicht nie mehr.

Vorsichtig löste sie sich von Paul, setzte sich auf die Bettkante, sah ihn lange an. Schluckte. Er lag auf der Seite zusammengerollt, nicht wie sonst ausladend auf dem Rücken, sodass Irma kaum Platz neben ihm hatte. Fahle Blässe schimmerte unter seiner sonnengebräunten Haut, auf der Stirn saß auch im Schlaf die tiefe Falte, die sie gestern Abend zum ersten Mal gesehen hatte.

Wie sollte sie es nur schaffen, endlich Frieden zu finden? Immer wieder packte sie unbändige Wut, die auf sie eindrosch und ein grausiges Spiel mit ihr spielte. Die sich nicht abschütteln ließ und sie durch heiße Flammentunnel trieb, in denen sie zu verbrennen drohte. Alle hackten auf Irma herum, seit sich ihr Vater klammheimlich mit einem sanften Schlag aus ihrer Welt geschlichen und sie alleingelassen hatte. Alle schubsten sie hin und her. Das Leben hatte sie in tiefe Gruben geworfen, aus denen sie nichts außer das Feuer der unbändigen Wut herausgetragen hatte. Dann wollte sie nur noch um sich schlagen, ihr Leid nach draußen schreien, sich rächen. An wem und wofür, wusste sie nicht. Oft rannte sie einfach los, wollte alles hinter sich lassen, schneller sein als der Schmerz. Manchmal hatte sie gedacht, sie könnte es schaffen, so lange zu rennen, bis ihr Herz versagte. Dann konnte sie sterben und endlich würde Ruhe sein. Aber es schlug einfach weiter, Tag für Tag. Eine Pause vom Leben, die gab es nicht.

Und dann war die Angst gekommen. An einem Montagvormittag gegen zehn in der S-Bahn Richtung Stadt. Sie hatte gedacht, sie müsste sterben. Jemand hatte den Rettungswagen alarmiert, es war ein riesiges Tamtam gewesen. Mindestens tausend Leute hatten darauf gewartet, dass Irma abtransportiert wurde und es weiterging.

»Da ist nichts«, hatte die Ärztin im Krankenhaus gesagt. »Mit Ihnen ist alles gut.« War es aber nicht. Von da an hatte sich die Angst tagtäglich weiter in ihr Leben gefressen. Am Ende konnte Irma nicht mal mehr das Haus verlassen. Wenn sie die Tür öffnete, hockte die Angst mit fletschenden Zähnen auf der Schwelle und griente sie an. »Hier kommst du nie mehr raus«, zischte sie. Tür zu. Durch das geriffelte Glas in der Tür sah sie dann den riesigen Schatten, hörte das abscheuliche Kichern und manchmal kratzte die Angst mit scharfen Krallen an der Tür.

Dumpfe Einsamkeit hatte sich mehr und mehr in Irma gepflanzt und sie langsam von innen ausgehöhlt. Aber lange hatte ihr niemand etwas angemerkt, nur Philip. Der wunderte sich, dass sie nicht mehr unterwegs sein wollte, nur noch zu Hause war, wo sie doch so lebenshungrig war. Sie stritten mehr als sonst, Irma weinte viel, nein, sie heulte und schrie, aber wirklich gehört hat sie niemand. Die Hülle, in der sie steckte, war perfekt. Bis Paul in ihr Leben kam. Das Schicksal brachte sie zusammen, nicht zufällig, nein, sie waren füreinander bestimmt. Er hatte vorsichtig an der starren Haut gekratzt, hatte sie mit seiner Liebe aufgeweicht. Er wollte Irma, nichts musste sie tun oder sein, in seinen leuchtenden Augen erkannte sie sich, sie hatte sich so lang nicht gesehen und schmerzhaft vermisst.

Sie klammerte sich an den Bettrahmen und wartete darauf, dass das Kreisen im Kopf zum Stehen kam. Die Augen kniff sie so fest zusammen, dass bunte Punkte vor ihren Lidern tanzten. Sie atmete tief, doch die Bilder waren immer noch da. Erst waren sie langsam und leise aufgeploppt, jetzt bewegten sie sich schneller, sprühten Farbwolken ins Zimmer, kreischendes Gelb, Dunkelrot, wie geronnenes Blut, erdrückendes Dunkelblau. Irma spannte den Bauch an, schüttelte den Kopf mit schnellen, kleinen Bewegungen, doch es nutzte nichts.

Sie sah jede einzelne Masche des blauen Kaschmirpullovers dicht vor ihrer Nase, wie er auf und ab wippte, mit jedem Stoß, der in sie fuhr. Dazu ein Stöhnen über ihr.

Sie wollte mit Oliver reden, nachdem er mit ihr Schluss gemacht hatte. Jeden Tag hatte sie ihn angerufen und ihn angefleht. »Aber nur kurz«, hatte er schließlich eingewilligt, ein Treffen abends um halb zehn, auf dem Parkplatz, wo sie sich oft verabredet hatten, bevor sie ins Hotel oder zu ihm nach Hause gefahren waren, wenn Lea mit den Kindern verreist gewesen war. Sie hatten sich dann auf dem schwarzen Ledersofa im Wohnzimmer geliebt, unter ihnen die mintgrüne Wolldecke, die gut zu waschen war. Es war aufregend gewesen und es hatte Irma angeturnt, dabei die Familienfotos im Blick zu haben: Leas samtweiches Lächeln, brave Kinder im Arm. Oliver mit schnittiger Lederjacke auf dem Motorrad vor einer beeindruckenden Bergkulisse. Innerlich hatte Irma triumphierend gelacht.

»Du bist eine leidenschaftliche, wunderschöne Frau und wir haben eine Menge Spaß miteinander gehabt, findest du nicht?«, sagte Oliver leise und durchaus zärtlich, nachdem sie zu ihm ins Auto gestiegen war. »Aber es ist besser, wenn wir uns nicht mehr sehen, du weißt ja, man munkelt schon.« Sie lächelte, als er es sagte. Dann küsste er sie und schob seine Hand unter ihre Bluse. Sagte, dass sie ihn scharf mache und ob sie nicht auch Lust habe, ein letztes Mal, gleich hier im Auto, niemand könne sie sehen, es sei doch immer so heiß mit ihnen gewesen. Sie sagte nicht nein. Dachte es nur. Vielleicht sagte sie es auch, aber wenn, dann nur leise und nur ein einziges Mal. Und dann ließ sie sich die Beine auseinanderdrücken, die Bluse hochschieben und seine scharfe Zunge in ihrem Mund kreisen. Sie ließ seine Hände ihre Brüste umfassen und kneten, stöhnte auf, als er in sie eindrang. Alles wie ein paar Wochen zuvor, im Zimmer einhundertzwölf.

Danach riss sie die Autotür auf, zog ihren klammfeuchten Slip wieder unter dem luftigen Sommerrock nach oben, griff das Fahrrad, das an der Laterne lehnte, und raste los. Nach ein paar Metern überholte Oliver sie mit seinem silbernen Mercedes, machte nochmal zum Abschied den Warnblinker an, beißendes gelbes Licht in ihren Augen. Sie fuhr im Stehen und ohne Licht, immer schneller, keuchte, auf der Landstraße durch das Waldstück, dann weiter bis nach Hause in den schlafenden Ort. Als sie in ihre Straße abbiegen wollte, in der Ferne das Licht im Wohnzimmer sah und wusste, dass Philip auf sie wartete, ist sie mit dem Vorderrad an den Bordstein gekommen. Der Lenker stellte sich quer, das Rad bäumte sich auf und sie stürzte. Langsam und in Zeitlupe, die Millisekunden zogen sich hin. Gleich ist es vorbei, dachte sie erleichtert.

Es tat höllisch weh, ein gewaltiger Schmerz hatte Irmas gesamten Körper erfasst. Philip war zu Tode erschrocken, als sie mit blutverschmiertem Gesicht vor ihm im Wohnzimmer stand. Er legte den Arm um sie, führte sie zum Auto und fuhr sie ins Krankenhaus. Die halbe Nacht blieb er bei ihr, hielt ihre Hand und wenn er dachte, sie schliefe, starrte er ins Handy. Am nächsten Morgen sagten die Ärzte, es sei nur ein Schock gewesen, nichts weiter, sie habe mehr Glück als Verstand gehabt. Zwei Wochen dauerte es, bis sie wieder vor die Tür gehen konnte, bis ihre Nase abgeschwollen war und die blauen Flecken verschwunden waren. Niemals würde sie Philip erzählen, was wirklich geschehen war. Nie!

Ein pulsierendes Rauschen hatte sich in Irmas Gehirn gesetzt, so laut, dass sie es kaum aushalten konnte. Leise schluchzte sie in sich hinein. Sie hatte Paul von Henry erzählt. Tatsächlich. Niemand, wirklich niemand hatte es bis dahin gewusst. Aber jetzt war es in der Welt. Die Worte würden für immer ausgesprochen bleiben, bis in alle Ewigkeit sichtbar über ihr schweben. Jetzt war es wirklich wahr.

Fast verrückt war sie geworden, als sie gemerkt hatte, dass sie mit Henry schwanger war. Sie hatte gedacht, sie hätte alles hinter sich, und dann das! Für einen Abbruch war es zu spät gewesen, sie hatte den Kopf in den Sand gesteckt, war schon über den dritten Monat hinweg gewesen, als sie endlich einen Test gemacht hatte. Ihren kleinen Bauch hatte sie ignoriert, noch mehr Sport getrieben, um nicht weiter zuzunehmen. Hatte ihre prallen Brüste nicht sehen wollen, in enge BH gezwängt, damit die empfindlichen Brustwarzen nicht am T-Shirt scheuerten. Philip war dabei gewesen, als sie Henry aus sich herausgepresst hatte. Es war eine schwere Geburt gewesen. Zwanzig Stunden hatte es gedauert. »Frau Schreyer, was ist denn los mit Ihnen?« Die Hebamme hatte den Kopf geschüttelt. »Sie haben doch schon zwei! Das dritte geht ganz leicht!«

So lange hatte sie es geschafft, nicht daran zu denken. Es hatte Zeiten gegeben, in denen sie es vergessen hatte. Sie würde das Geheimnis hüten, das hatte sie sich geschworen. Selbst wenn Oliver eines Tages mit seinem dämlichen Motorrad verunglücken oder ihn eine seltene Krankheit befallen würde und seine blutsverwandten braven Seitenscheitelkinder und seine Oberelfe Lea, welch Drama, für eine Nierenspende oder Bluttransfusion nicht infrage kamen, würde Irma schweigen. Eiskalt.

Henry. Sie lächelte. Er saß neben ihr auf der Bettkante, sein helles Haar war zerzaust wie immer, seine blauen Augen leuchteten sie an. Er streichelte unbeholfen ihre Wange, legte seine Hand auf ihre schmerzende Schulter, tätschelte sie sanft und sagte, dass er sie liebhabe. Später, wenn er erwachsen wäre und ein berühmter und reicher Fußballer oder Bandleader, würde er ihr ein Haus schenken, direkt am Meer. Wärme durchströmte sie, taute ein paar Tropfen von dem Eisklumpen ab, der seit Jahrzehnten in ihr hockte.

Sie schaute zu Paul. Er atmete jetzt gleichmäßig und ruhig. Sie ließ die Schultern sinken, die spitze Kralle in ihrem Nacken löste sich. So schön sah er aus. Vorsichtig und zärtlich strich sie mit einem Finger an der Schulterlinie seiner Kontur unter dem weißen Laken entlang. Er regte sich nicht, atmete weiter im Takt des traumlosen Schlafs.

Paul. Mein Paul.

Sie legte sich zurück ins Bett, schmiegte sich an ihn, die Schulter schmerzte, aber das würde bald vorüber sein. Sie fiel in einen Dämmerschlaf, der es gut mit ihr meinte. Sah sich über die Autobahn fliegen, neben ihr Paul. Das Inntal entlang, den Brennerpass hinauf, sie lachten und naschten köstliches Eis. Er sagte, dass er sie liebe und nie aufhören würde damit. Das wundervolle Hotel, oben am Hang, der Blick über ein weites Tal. Tau auf den üppigen Rosen, früh am Morgen, wenn die Sekunden langsam vergehen, wenn Wiesen und Wälder mit einem leisen Seufzen den Nebelschleier ins Schweben bringen und die Sonne ihn behutsam von der Landschaft zupft. Paul hielt Irma im Arm, vor ihnen erschien die Kathedrale von Florenz, der Zauber von San Galgano. Die verwunschene Villa im paradiesischen Nirgendwo. Über Irma an der Decke fette nackte Engel, die sich ihr in der Dämmerung aus geschwungenen Blumenkränzen entgegenstreckten, ihr lächelnd zunickten. Sie flüsterten irgendwas, tuschelten und kicherten, ein zartes Kirren und Rauschen fiel aus ihren kleinen Mündern. Irma kicherte mit. Neben ihr lag dieser atemberaubend besondere Mann und hielt sie fest. Mit ihm würde sie sich nie mehr einsam fühlen. Nie mehr klein.

Irgendwann drehte sie sich auf die Seite, mit ihrem Rücken an den schlafenden Paul. Er legte im Schlaf den Arm um sie, als sei es schon immer so gewesen, seit unzähligen miteinander geteilten Nächten. Als sei alles für immer gut. Das Engelgeplapper ebbte ab, noch ein zarter Lacher, ein Hüsteln, dann war es still. Nur Pauls Atem, der sanft ihren Nacken streifte.

TAG 7, FREITAG,
AM NACHMITTAG

»Hier geht´s nach Piombino, von dort fährt die Fähre nach Elba. Die Insel soll fantastisch sein«, sagte Irma. Sie zeigte nach rechts die Straße hinunter, schaute dann zu Paul, der zusammengefaltet auf dem Beifahrersitz saß.

»Ah«, sagte er. Mehr nicht. Seit sie vor fast zwei Stunden losgefahren waren, hing er leblos im Gurt, sein Gesicht zum Fenster gedreht, als habe er den Blick in die vorüberfliegende ausgetrocknete Landschaft getaucht.

»Warst du schon mal dort?«, fragte Irma, knetete mit den Händen das Lenkrad, ihre Finger klebten vom Schweiß.

»Nein«, sagte er.

»Ich auch nicht.« Sie schaute in den Seitenspiegel, sah die Hitze auf der Straße flimmern, ein gelatineartiges Gespenst, das sie verfolgte, wohin sie auch fuhren.

»Die Maremma wird dir gefallen. Ein wundervolles Naturschutzgebiet ist das. Und schöne Strände ohne den ganzen Sonnenschirm- und Liegenkram«, sagte sie, die Worte fielen aus ihr heraus, eines nach dem anderen. Sie reihten sich zu einem Strom, surrten auf einem Teppich aus angestrengt sprühender Heiterkeit durch das Auto. »Ich war als Kind mal dort. Mit meinem Vater und meinen Geschwistern. Zum Zelten. In der Wildnis. War ein echtes Abenteuer. Wahnsinn! Kein Licht in der Nacht, ein Sternenhimmel, unglaublich! Meine Mutter, ich sag dir, die konnte man nicht zum Camping bewegen, sie war ja so sauber und schön! Die schönste langweilige Hausfrau ever. Niemals hätte sie sich Camping angetan. Dieser ganze Dreck und die Viecher ... Pah! Ein Segen, dass sie nicht dabei war.« Irma lachte auf. »Aber sie war sehr schön«, fügte sie leise hinzu. »Wenn man genau hinschaut, ist sie es immer noch.«

»Hm«, machte Paul.

Irma drückte sich in den Sitz, spannte den Bauch an, schluckte. »Wir könnten auch nach Siena oder San Gimignano fahren, wenn du nicht in die Maremma willst«, sagte sie.

»Wir wollten doch ans Meer. *Du* wolltest ans Meer«, sagte Paul. Er sah sie nicht an, sprach gegen die Autoscheibe, auf der von außen die Hitze hockte.

»Ja, schon. Nur, wenn du lieber ...«, stammelte sie.

»Nein. Ist doch schön«, sagte er monoton.

Irma ließ die Schultern sinken. Sie gab sich wirklich große Mühe mit ihm. Versprühte Heiterkeit und sonnige Lebensfreude, hatte trotz der Hitze die leichte Baumwolljacke übergezogen, damit niemand diesen schrecklichen dunklen Fleck auf der Schulter sehen musste, der in der Nacht aus ihr herausgekrochen war. Paul hatte ihr nach dem Aufwachen nicht einen einzigen Blick geschenkt, nur seine Hand ungelenk über ihren nackten Körper fahren lassen, als sei es eine Morgenroutine. Einmal runter und wieder rauf. Hatte ihren Schoß ausgelassen und auch ihre Brüste. Kein Funkensprühen, kein Vibrieren war zwischen ihnen gewesen. Seine Stimme war dünn und belegt gewesen, als er sie gefragt hatte, wie es ihr gehe. Ohne sie anzusehen. Hatte dagelegen wie eine Hülle, die nach ihm aussah, aber leblos und leer war. Sie hatte gesagt, dass alles gut sei und dass sie sich auf den neuen Tag mit ihm freue. Er hatte genickt und sie hatte sich Mühe gegeben, die Tränen zu schlucken und diese riesengroße Sehnsucht nach ihm, die in ihr tobte. Von Tag zu Tag mehr.

»Gut. Dann also ans Meer«, sagte sie.

»Ja«, murmelte er. Und nach einer Pause: »Ans Meer.« Er reckte sich, seufzte tief, rollte sich wieder ein. »Was dagegen, wenn ich die Augen zumache? Ich bin schrecklich müde.«

Müde war er. Na gut. Dabei hatte er die ganze Nacht geschlafen. Sie wusste es genau, denn sie hatte wachgelegen, stundenlang. Stumm hatte sie Pauls Atem zugehört, seine Zuckungen aufgenommen, sanft seine Hand gedrückt, wenn er aufgewühlt geseufzt hatte im Schlaf. Hatte leise geflüstert: »Alles ist gut. Nichts ist passiert«. Ihre Haut eng an seine geschmiegt, seinen heißen Körper gespürt, zum ersten Mal hatte er im Bett seine Boxershorts getragen.

Irgendwann hatte sie zugesehen, wie der junge Tag die Nacht aus dem Zimmer saugte und es hell werden ließ. Wie er langsam alles aus dem Schatten zog, Farbe in den Raum sprühte und Irma und Paul das Grau von der Haut wusch. Dann kam Wind auf, fuhr durch die Pinien vor dem Fenster, und das Geschirrgeklapper beim Eindecken der Frühstücksterrasse zwei Stockwerke unter ihnen war zu hören. Das Dunkel der Nacht war endlich vorbei.

Bis Paul richtig wach geworden war, hatte es noch lange gedauert. Irma hatte geduldig versucht, ihn aus dem Bett zu bekommen, während sich der dumpfe Schmerz durch ihre Schulter fraß. Immer wieder war Paul weggenickt. Liebevoll, also wirklich liebevoll, hatte sie ihn ermutigt, aufzustehen.

Schließlich war er ins Bad getaumelt und hatte danach auf der Bettkante gehockt, wie eine leblose Wachsfigur. Sie hatte gesagt, dass alles gut sei. Nichts
stehe zwischen ihnen, auch nicht das, was in der Nacht geschehen war. In
ihr aber tobte die Angst, sie wollte ihn schütteln, ihn anflehen: Bitte Paul,
komm zurück!

»Wir müssen noch ein Zimmer suchen. Für heute Nacht«, sagte sie, versuchte, ihre Stimme federleicht zwischen ihnen aufsteigen zu lassen.

»Wird schon klappen«, murmelte Paul.

»Magst du nicht mal schauen, ob du etwas findest, was wir buchen können?«

»Nicht jetzt. Ein paar Minuten nur, dann bin ich wieder fit.«

»Gut«, sagte sie matt. Nur mit Mühe konnte sie ein Schluchzen unter-
drücken. Sie ahnte, was mit Paul los war. Als er sie heute Morgen zum ersten
Mal angesehen hatte, durchfuhr sie der Schreck wie ein scharfes Schwert.
Seine Augen waren dunkel und ohne Leben gewesen. Die Leere in ihnen
hatte die Sicht in einen unendlichen, dunklen Raum freigegeben. Sie kannte
den Blick aus der Klinik. Hätte sie nur ihre Wut zügeln können, dann wäre
all das nicht geschehen. Es war immer dasselbe mit ihr.

Stumm lenkte sie den Kombi durch die trockene Landschaft, es war drückend heiß. Sie drehte an der Klimaanlage, doch die war schon am Anschlag,
mehr Abkühlung war nicht drin. Gnadenlos hatte die trockene Hitze die
erfrischende Kühle weggesaugt, die das Gewitter auf die Felder hatte rieseln
lassen. Die weiße Sonne hatte ein Loch in das blaue, undurchdringliche
Himmelszelt gebrannt.

Zwei Nächte noch, dann wäre alles vorbei. Und alles würde neu beginnen.
Irma hielt den Atem an, wurde von leichtem Schwindel erfasst, rieb sich
die Stirn. Zwei Nächte noch, dann würde die Wahrheit mit ihrem Fratzen-
gesicht in ihr Leben drängen. Es würde Einiges zu bewältigen sein, aber
sie würden es schaffen, natürlich, sie würden nie müde werden, ihren gemeinsamen Weg frei zu räumen, und dann für immer und ewig Hand in
Hand ihre neue Welt entdecken! Schließlich wollte er es genauso wie sie, es
gab keinen Zweifel daran. Sie lächelte.

Sie schaute zu ihm, hätte schreien können vor Sehnsucht nach ihm. Sein
schlaffer Körper hob sich gegen die vorüberfliegende Landschaft ab, trockenes Strohgelb, dazwischen ein wenig Grün im gleißenden Licht. Er war
müde, kein Wunder, es war so viel passiert. Nach ein paar Stunden Ruhe
würde er wieder fit sein und sie würden einen wundervollen Tag am Strand

verbringen, auf das unendliche Blau des Meers schauen, gemeinsam schwimmen, Hand in Hand am Wasser laufen und Muscheln sammeln. Und nichts würde sie erschüttern können. Gemeinsam konnten sie alles schaffen. Sie löste eine Hand vom Lenkrad, schob sie vorsichtig auf Pauls Schenkel, strich sanft an ihm entlang. Nur einen oder zwei Zentimeter, mit aller Behutsamkeit.

Paul griff langsam und vorsichtig nach ihrer Hand. Drückte ihre Finger, so bejahend und intensiv, dass Irma ein helles Licht durchströmte. Sie schluckte.

»Ich bin da«, sagte sie leise in sein Schweigen hinein.

»Ja«, sagte er. »Das bist du.«

Paul hatte Mühe, seine bleischweren Lider offen zu halten, konnte sich nicht erinnern, jemals so müde gewesen zu sein. Er wischte sich den Schweiß von der Stirn, im Rücken klebte das durchgeschwitzte Hemd auf seiner Haut und auf dem Autositz. Er hob den Kopf, sah durch die Scheibe. Irma stand in der prallen Sonne auf der anderen Straßenseite vor dem Haus mit den geschlossenen Fensterläden. Ihre hellblaue Strickjacke war ein Fleck auf der flimmernd weißen Wand. In der halboffenen Eingangstür schüttelte eine stämmige kleine Frau lächelnd den Kopf. Sagte irgendwas, Irma nickte ihr zu, folgte mit dem Blick dem Zeigefinger am Ende des speckig laschen Arms, der in die Richtung wies, aus der sie eben gekommen waren. Dann zog die Frau die Schultern hoch und schloss die Tür. Also wieder nichts. Wenn sie doch endlich ein Zimmer fänden, ein Zimmer mit dunklen, undurchdringlichen Vorhängen und kühlen Laken in einem weichen Bett! Paul würde schlafen, stundenlang schlafen, sich ausruhen und wieder Herr über seine Gedanken werden. Etwas saß in seinem Hirn, schnappte nach jedem roten Faden, den er spinnen wollte, saugte alles auf.

Irma stand im Straßenstaub vor dem Haus. Sie schaute nach rechts und nach links. Ein Laster keuchte die Straße entlang, fraß brüllend das Bild von ihr, gab sie wieder frei. Ihr bunter, weiter Sommerrock schlug eine Welle im fliegenden Staub. Auf staksigen Beinen rannte sie über die Straße, knickte um, stolperte, ihr Fluchen wirbelte durch die Luft und prallte auf die Autoscheiben. Paul senkte den Blick.

»So ein verdammter Mist!« Irma ließ sich auf den Fahrersitz fallen. Ein Schwall staubiger Hitze schwappte herein, verteilte sich augenblicklich im Innenraum. Setzte sich auf Pauls Haut und brannte zischend kleine Löcher hinein.

»Wieder nichts«, fauchte sie. »Alles belegt. In dieser scheiß Einöde gibt es rein gar nichts.« Ihr Schweiß roch nach trockenem Stroh, das jeden Moment zu entflammen und in einem Sekundenfeuer alles zu verbrennen drohte.

»Wir finden schon was«, versuchte Paul sie zu beruhigen. Jedes Wort lag ihm schwer auf der Zunge und ließ sich kaum formen für einen ganzen Satz.

»Ach, woher weißt du das? Wie oft haben wir es jetzt schon versucht? Wie oft habe *ich* mich durchgefragt? Das war mindestens die zehnte Adresse!« Sie wischte sich mit dem Handrücken den Schweiß von der Oberlippe. Ihr Haar klebte an den Schläfen, sie atmete in schnellen Stößen. »Es sind Sommerferien, Paul«, fügte sie leise hinzu. Sie legte die Stirn auf ihre Hände, die das Lenkrad fest umklammert hatten. Ihre Schultern begannen zu zucken, sie stieß ein Schluchzen aus, es rann an ihr hinunter auf ihren Schoß, platschte auf den blumigen Sommerrock, glitt in den Fußraum. »Was ist los, Paul? Was ist heute nur los?« Sie richtete sich auf, ihre Lider waren rot und geschwollen, die Unterlippe vibrierte zart. Mit geweiteten Augen starrte sie ihn an. Sie war schmal und fragil, durchsichtig wie ein Blatt Seidenpapier. Paul schluckte.

Den ganzen Tag über war sie so ruhig gewesen, hatte leise gesprochen, nur Nettes gesagt, kein einziges Mal hatte sie Feuer gesprüht oder mit Worten auf ihn eingedroschen. Und heute Nacht hatte sie ihn in die Arme geschlossen. Nach alldem. »Lass es uns nachher weiter versuchen. Jetzt erstmal an den Strand. Okay?«, sagte er. Schemenhaft kamen ihm Sätze in den Sinn, die sie friedlich halten könnten. »Da ruhen wir uns etwas aus. Später können wir nach Grosseto fahren, in die Stadt. Da finden wir bestimmt was, aber jetzt ist es zu heiß. Meinst du nicht auch?«

»Glaubst du an Wunder, Paul Mertens? Es ist alles belegt, hörst du? Alles!«

»Tja«, sagte er. Mehr fiel ihm nicht ein. Sein Kopf war leer, so unglaublich leer, eine dunkle Höhle, in der jeder Ton schmerzhaft hallte.

»Also, was tun wir jetzt?«, fragte sie.

»An den Strand fahren?« Vorsichtig streckte er die Hand nach ihr aus. Sie senkte den Blick. Ihre verkrampften Hände kneteten einander. »Ich habe die ganze Nacht nicht geschlafen, ich bin echt fertig. Es … also, ich …«, stammelte sie, kreuzte die Arme vor der Brust, was sie noch schmaler machte, als sie sowieso schon war. Es sah aus, als friere sie. Dann wanderte eine Hand an ihrem Arm hoch zur Schulter, strich darüber.

Paul durchfuhr ein heißer Blitz. »Lass mich weiterfahren, mia bella«, schoss es aus ihm heraus. »Wir fahren an den Strand und dann sehen wir weiter.« Sein Herz schlug bis in den Kopf, es war, als wache er endlich auf, nachmittags um halb vier. Er setzte sich auf, atmete durch, löste fahrig den Gurt.

Irma lächelte ihn dankbar an, erst zaghaft, dann mit dem Augenaufschlag, den er mal so hinreißend gefunden hatte. Ein Tropfen Licht und Leichtigkeit fiel in den großen, schwarzen See in seinem Inneren, Ringe setzten sich auf die Oberfläche, verbreiteten sich in Windeseile in der dunstigen Unendlichkeit. Er konnte nichts dagegen tun. Nicht hinschauen, dachte er angestrengt, ein paar Sekunden nur, dann würde alles wieder glatt und unberührt sein. Er sprang aus dem Auto, hastete darum herum, öffnete Irma die Tür.

Sie stieg langsam aus, stellte sich vor ihn, sah ihn an. »Paul«, sagte sie mit zittrigen Lippen, es klang einlullend zärtlich. Aber auch traurig. Er stutzte. Nein, davon würde er sich nicht berühren lassen, denn das konnte sie wirklich gut: ihn umgarnen und dann ihre Gefühle zu Zügeln knüpfen, die sie ihm anlegte, um ihn damit zu lenken, wohin sie wollte. Er schob sich an ihr vorbei, ihren seltsam scheuen Rehblick im Rücken. Setzte sich auf den Fahrersitz. Sie blieb stehen. Er schaute zu ihr herauf. »Wollen wir?«, fragte er und griff nach der Tür.

Irma strich sich die Haare aus dem Gesicht, machte »Hmhm«. Dann drehte sie sich langsam weg, lief ums Auto. Paul zog die Tür zu. Legte seine Hände auf das Steuerrad, knetete am alten Gummi herum.

Sie ließ sich auf den Beifahrersitz fallen. »Na, dann mal los«, sagte sie mit einer Prise Heiterkeit. Wo kam die jetzt her? Paul schluckte. Hatte sie sie auf dem Weg um den Kombi eingeatmet oder von einer unsichtbaren Macht blitzschnell injiziert bekommen? Hastig legte er den Gang ein und fuhr los.

Eine einspurige, versandete Straße führte sie erst durch flaches grünes Land, vorbei an Feldern mit Olivenbäumen, die ungeschützt der gleißenden Sonne trotzten. Dann ging es weiter durch ein Sumpfgebiet, das so gar nicht nach feuchter Erde aussah. Schirmpinien reckten sich aus dem Gestrüpp, legten ihre grauen Tupfenschatten gnädig auf die ausgetrocknete Landschaft. Schnurgerade war die Straße, irgendwann stand ein ausgebleichtes Hinweisschild auf eine Pension am Straßenrand, darunter baumelte in weißen Buchstaben auf Holz ein hämisch grinsendes *tutto occupato*. Kein einziges Fahrzeug kam ihnen entgegen, auch hinter ihnen nichts als die pfeilgerade Straße und in der dunstigen Ferne blaue Hügel am Horizont.

Paul hatte Mühe, sich zu konzentrieren, seit vorhin redete Irma in einem fort. Plapperte von der schönen Landschaft, fragte ihn, ob er den Vogel sehe und den besonderen Baum, flötete, dass sie die Schirmpinien so sehr möge und dass er sich wundern würde, wie unberührt die Strände hier waren. Sprühte Wolken von Lebensfreude ins Auto, die in Pauls Augen brannten.

»Es ist ewig her, dass ich hier war. Fünfundzwanzig Jahre. Mein Gott! Ein Vierteljahrhundert! Es klingt, als sei ich eine Großmutter!« Sie lachte hell auf.

»Na, wer weiß, vielleicht bist du es ja bald.«

Stille.

»Wie bitte?«

»Wenn deine Tochter so früh anfängt wie du mit dem Kinderkriegen ...«, stammelte er. Konnte er nicht einfach seinen Mund halten? Es war schwierig, den Wagen in der Spur zu halten, der Weg war rutschig vom trockenen Sand. Im Rückspiegel sah Paul eine sandige Wolke. Er sollte langsamer fahren, nicht so viel Staub aufwirbeln, er nahm den Fuß vom Gas. »Du wärst eine zauberhafte ...«, versuchte er, Irma zu beruhigen.

»Sei still!«, fauchte sie. Erschrocken sah er zu ihr, landete in ihrem nervösen Blick. Er machte einen ungewollten Schlenker, wirbelte noch mehr Staub auf, trat auf die Bremse, der Wagen schlingerte über den Fahrbahnrand, stoppte mit einem Vorderreifen im Sand.

»Das ist nicht charmant, Paul. Wirklich nicht. Das kann ich jetzt gar nicht gebrauchen«, sagte Irma weinerlich, als habe sie seinen unsanften Bremser nicht registriert.

»Ich ... ich wollte dich nicht kränken, mia bella. Es war ein Scherz. Wenn, dann wärst du ... also, was ich sagen wollte, du bist eine wunderschöne Frau, auch wenn ...«

»Hör auf, es wird nicht besser«, löste sie trocken sein Kauderwelsch auf.

Da hatte sie Recht. Stumm legte Paul den Rückwärtsgang ein. Der Reifen surrte im Sand. Bloß das nicht, steckenbleiben hier draußen in der heißen Hölle, im Niemandsland. Mit Kraft trat er auf das Gas, *plopp*, das Rad flutschte mit einem Hüpfer auf den Asphalt. Paul atmete auf und legte den Gang ein.

Angestrengt heftete er den Blick auf die Straße, bohrte ihn in den sandigen Grund am Fahrbahnrand. Wann kam endlich dieses verdammte Meer und wann würde der Blick frei werden auf einen hellen Horizont? Wie lange musste er sich noch durch diese Wildnis schlagen? Durch diesen Dschungel aus dornigem, undurchdringlichem Gestrüpp, voll mit surrenden und quäkenden, furchterregend großen Insekten, die Stachel und Beißwerkzeuge wetzten, Schuppen aneinander rieben und sich zusammenrotteten zu einem ohrenbetäubenden Chor.

»Ich glaube, wir sind gleich da«, wisperte Irma, als habe sie gehört, was er dachte. Paul klammerte sich am Lenkrad fest. Konnte sie Gedanken lesen oder waren seine Schädelwände mittlerweile aufgeweicht und alles floss aus ihm heraus? Jeder Gedanke, jedes Wort ein schleimiger Tropfen, der sich in die Länge zog.

»Da vorne, schau, dort stehen ein paar Autos, nach der Kurve müsste ein Parkplatz kommen.« Sie hatte das Handy in der Hand, navigierte ihn durchs Niemandsland. »Früher sah es hier ganz anders aus«, sagte sie dann. »Den Parkplatz gab es nicht, vielleicht ist es doch besser, an einen einsameren Strand zu fahren? Also, wenn du magst. Dann müssten wir ein wenig zurück und an der nächsten rechts, glaube ich. Schau mal …« Sie beugte sich zu ihm, zoomte die Landkarte heran.

»Hier ist es doch schön«, sagte er, biss die Zähne aufeinander. Es hatte etwas ungehalten geklungen, um Himmels willen, bloß nichts anheizen, was sowieso schon glühte.

»Okay«, sagte Irma leise. Sie ließ das Handy in ihre Tasche fallen.

Paul schluckte. Er wollte endlich eine Pause haben, sich unter einen der Bäume legen, die warme Meeresbrise über seinen Körper ziehen lassen und schlafen, abtauchen in eine wohlige Dunkelheit. Nichts sehen, nichts hören. Auch nicht Irma.

Es waren nur ein paar Schritte vom Parkplatz bis an den Strand. Irma setzte den Sonnenhut auf, der fast dieselbe Farbe hatte wie ihr hellbraunes Haar. Riesengroß prangte die retrochice Sonnenbrille in ihrem Gesicht, zwei undurchdringliche schwarze Gläser warfen Schatten auf ihre erblasste Haut und ihre eingefallenen Wangen. Es kam Paul wie eine Ewigkeit vor, dass er sie aufregend schön gefunden hatte mit dem Hut, dass ihr Zauber ihn erfasst hatte, wenn ihre Lippen sich zu einem Lachen formten und der Wind mit ihren Haaren spielte.

Die Decke unter dem Arm, die schwere Tasche über der Schulter und Irma an der Hand, die sich von ihm ziehen ließ, stapfte er mühsam durch den glühend heißen Sand. Mit jedem Schritt krochen Körner in seine Sneaker. Verdammt! Es waren die neuen, für die er vergangene Woche einen Haufen Geld hingeblättert hatte. Letzte Woche. Jahre war das her.

»Vielleicht da hinten?« Irma wies auf einen schattigen Platz unter einem Baum, mindestens fünfzig Meter waren es noch.

Er ließ ihre Hand los, strich sich über die schweißnasse Stirn. Unbarmherzig brannte die Sonne auf ihn herab. »Können wir nicht gleich hier ...?« Eine Pinie hatte an den verkümmerten Ästen ein letztes sich aufbäumendes Grün zu einem schattenspendenden Dach ausgebreitet.

»Natürlich können wir das«, sagte Irma mit dünner Stimme. Sie zog den Hut in die Stirn, räusperte sich, ihre Baumwolljacke hatte dunkle Flecken unter den Achseln, Schweißperlen rannen an ihrem Hals entlang. In der feuchten Mulde am Schlüsselbein sah Paul ein Puckern und ein Zucken.

Mit letzter Kraft breitete er die Decke auf dem mit grauen Nadeln bedeckten Boden aus. Er ließ sich in den Schatten sinken.

»Kommst du mit schwimmen?«, fragte Irma, nahm den Hut ab, ihr Haar klebte schweißnass am Kopf.

»Nachher vielleicht. Lass mich ein wenig ausruhen.«

Sie sagte nichts. Setzte sich neben ihn auf die Decke. Schwieg mit ihm in die gleißend helle Landschaft hinein. Sein Herz polterte unruhig in seiner Brust.

Der Strand wirkte friedlich und ruhig. Hier und da ließen sich Familien oder Paare von bunten Schirmen beschatten und dümpelten versonnen in der Nachmittagshitze vor sich hin. Weiter vorne am Wasser stand ein Mann mit braungebranntem, haarigem Bauch, der über knielangen Bermudashorts hing. Neben ihm schubste eine runde Steinzeitvenus mit gesenktem Blick von den Wellen Herbeigespültes mit einem Zeh hin und her. Äste, weiß wie Knochen, lagen auf dem feinen Sand, kahles Adergeflecht ausgedörrter Pinienkronen wankte auf meterhohen grauen Stämmen ins Himmelblau, als hätten heftige Stürme gewütet und mächtige Wellen vernichtendes Salz über das zaghafte Grün verteilt.

»Schön hier, oder?«, fragte Irma.

»Ja, sehr schön.«

Eine Weile schwitzten sie vor sich hin, starrten aufs Wasser, sprachen kein Wort. Paul fühlte sich so unglaublich schwer, wollte sich nur noch um sich selbst drehen, hinauf und hinunter, wieder und wieder, am besten zu erfüllenden Symphonien. Doch es surrte und brummte in ihm. Flirrendes Licht biss in seinen Augen, ließ ihm keine Ruhe, schabte sich tief in seine Netzhaut, in seinen Kopf. Er griff mit einer Hand in seine Hosentasche und tastete nach dem weichen Papier. Erschrak, als er es nicht sofort finden konnte, es hatte sich in den äußersten Zipfel des Taschenstoffs verkrochen. War schon ganz abgegriffen, so oft hatte er danach gefühlt. Er drückte es. Ließ es durch die Finger wandern. Spürte den harten Rand der kleinen lindgrünen Rettung, die darin ruhte. Atmete auf.

»Paul?«

Er schreckte hoch. Irmas dünne Stimme hatte sich auf das Meeresrauschen gesetzt. Rufe ertönten vom Ufersaum, Kinder, die nach ihren Eltern schrien.

»Ja?«

»Wenn wir uns dann auf den Weg machen, den Rückweg, meine ich«, sie lachte auf, Paul zuckte zusammen, »also, wir könnten doch die letzte Nacht am Gardasee verbringen. Was meinst du? Am Westufer ist es sehr schön. Dort sind weniger Menschen und es wachsen Zitronenbäume am Straßenrand.« Sie zog so sehr mit ihrem Blick an ihm, dass es schmerzte. Er malte mit dem Zeigefinger Striche in den Sand.

»Echt?«, brummte er. »Schön.«

»Ja. Echt«, sagte Irma trocken. Paul schaute verstohlen auf. Sie schob die Riesensonnenbrille auf der Nase zurecht. Grub ihre Zehen in den Sand. Ein kalter Windhauch kam vom Meer her, zog über ihn hinweg.

»Können wir so machen.« Er wischte die Spur im Sand zu.

»Oder gibt es noch etwas anderes, das dir gefallen würde?«, fragte sie callcenterfreundlich.

»Eigentlich nicht. Und wir müssen ja noch meinen Anzug abholen.«

»Ja. Das müssen wir.«

Er kramte mühsam sein Handy aus der Hosentasche, wollte auf der Landkarte nach dem Rückweg suchen. Sein Arm war schwer, seine Hände waren steif und verkrampft. »Mist. Kein Netz«, fluchte er. Scheiß Italien, dachte er. Irma streckte die Beine aus, ihre sorgfältig rot lackierten Zehennägel schoben sich in sein Blickfeld, hoben sich ab gegen den grauen Sand. Farbtupfer im bleichen Nichts. Paul wandte den Blick ab.

Irma seufzte. »Und … wie machen wir es dann? Übermorgen?«, fragte sie.

Er hielt den Atem an. Konnte sie nicht endlich mal Ruhe geben? Er hüstelte. »Was meinst du?«

»Du weißt, dass wir es ihnen sagen müssen.«

Das Handy rutschte ihm aus den schweißnassen Fingern, fiel in den Sand. »Verdammt!«, fluchte er. »So ein Mist!« Kill-Bill-mäßig setzte seine Rasierklingenstimme einen blutigen Schlag in das pulsierende, bis zum Zerreißen gespannte Band zwischen ihm und Irma.

»Was ist?«, fragte sie, schreckte zurück. »Mit dir ist doch was!«

»Nein, alles gut.« Er schüttelte energisch den Kopf, wischte den verfluchten Sand vom Handy, der sich längst in die feinen Ritzen gepresst hatte. »Es ist nur ... oh, hoffentlich ist das Display nicht verkratzt.«

Er hörte Irma tief einatmen, sah aus den Augenwinkeln, dass sie die Sonnenbrille über das verschwitzte Haar nach oben auf den Kopf schob. »Ich habe mir Gedanken gemacht«, sagte sie ruhig.

Paul presste seinen Fingernagel in die Ritze zwischen Display und Gehäuse, rieb darin herum.

»Wenn ich Philip am Sonntag alles erzähle, also von dir und mir, werde ich deinen Namen nicht nennen. Erst einmal. Das ist besser so. Findest du nicht?«

»Gute Idee.« Er pustete am Handy herum, strich über die Kamera.

»Also machen wir es so?«

»Ja, natürlich, so machen wir das.« Er steckte das Smartphone zurück in die Hosentasche. Nicht in die, durch die das weiche Papier warm auf seinem Schenkel rieb, sondern in die andere.

»Ich kann mit Henry erstmal zu meiner Mutter, denke ich«, sagte Irma. »Oder Philip geht zu seinem Bruder. Fabian wird im Haus bleiben wollen und Jasmin ist schon fast nur noch bei ihrem Freund.« Sie schwieg, eine Sekunde lang, vielleicht auch zwei Sekunden, Paul hielt den Atem an. »Und du? Wie machst du es?«, fragte sie dann.

Er zuckte mit den Schultern, räusperte sich. Ein kleiner, grauer Ast lag neben seinem Fuß auf der Decke, er griff danach, malte Kreise in den Sand.

»Paul, ich werde es am Sonntag Philip sagen. Für mich führt kein Weg daran vorbei.«

»Ich weiß.«

»Und du?«

»Ich muss sehen, ob Silvia ... ob sie überhaupt da ist am Sonntag. Sie hat irgendein wichtiges Essen. Das dauert immer.«

»Danach?«

»Ja. Mal sehen.« Er presste die Zähne aufeinander. Ein Windhauch schob sich unter ein vertrocknetes Blatt, hob es leicht an. Darunter dunkler, matschiger Sand.

»Ich höre immer nur *vielleicht, mal sehen*. Was ist denn jetzt?«, zischte Irma. Das Blatt überschlug sich, flatterte davon. Aufgescheuchte Ameisen stoben auseinander. »Soll ich das übernehmen? Ich mache das gern für dich und rede mit Silvia. Ehrlich. Das weißt du.«

»Nein! Nein, ich tue es«, sprang es aus Paul heraus. »Es ist nur ...«

»Siehst du, schon wieder!« Sie zupfte an den Ärmeln ihrer Jacke, die nassgeschwitzte Baumwolle rutschte über die Haut.

Paul stockte der Atem.

»Mir reicht's jetzt«, fauchte Irma. Sie sprang auf. »Ich schwitze wie ein Schwein. Und warum? Weil ich dir nicht wehtun wollte, Paul Mertens, weil mir leidtut, was passiert ist, weil ich ... verdammte Scheiße ..., weil ich dich so wahnsinnig liebe und du nicht denken sollst, dass ich dich verurteile wegen ... *dem.*« Sie schmiss die Jacke in den Sand, ein riesiger tiefroter, fast lilafarbener Fleck saß auf ihrer Schulter, verzog sich mit dem roten Rand um ihren Arm zu einer grausigen Fratze, die ihm ein hämisches Lachen zuwarf.

Paul sprang auf. Zog Irma hektisch zu sich, legte seine steifen Arme um sie, spürte ihr Zittern und sein hämmerndes Herz. Sie schluchzte in sein schweißnasses Hemd. Er half ihr hölzern auf die Decke zurück.

»Ich tue es, ganz sicher. Okay? Ich muss den richtigen Zeitpunkt abwarten. Kann sein, dass der am Sonntag nicht ist. Aber ich mache es.« Er räusperte sich. Mit letzter Kraft schluckte er ein *Versprochen!* herunter. Es fehlte nicht viel und er würde um sich schlagen, wild und einfach drauflos. So lange, bis das Summen und Vibrieren endlich verstummten, bis alles raus wäre aus ihm. Er atmete tief ein und aus.

»Paul, liebst du mich?«

»Ja, natürlich.«

»Wieso spüre ich heute nichts davon?«

»Es ist ... es ist so viel passiert, mia bella.«

»Das ist richtig, aber es ist ohne Bedeutung. Wir beide, wir können alles bewältigen. Ich weiß das.«

»Ja«, sagte Paul stumpf, spielte in der Hosentasche mit dem Papier.

TAG 8, SAMSTAG,
IN DER NACHT

Von unzähligen glitzernden Sternen umgeben wanderte der halbe Mond freundlich lächelnd über den schwarzen Himmel hinweg. Die feuchte Meeresbrise hatte einen weichen Kranz um ihn gelegt, er schien heiter und warm durch das Autofenster. Machte mit seinem milchig weißen Licht Konturen und Kanten weich, nickte Irma wohlwollend zu. »Alles wird gut«, flüsterte sie in sich hinein, »alles wird gut.« Sie tastete nach Paul, der eng an ihrer Seite lag. Sie hatten die Sitze im Kombi umgeklappt und die Decke ausgebreitet. Ein Nachtlager mit Blick auf das Meer.

Jedes Dorf im Umkreis hatten sie abgeklappert, nirgendwo war ein Zimmer frei gewesen. Ewig lang hatten sie herumtelefoniert, *tutto occupato*, jedes Mal wieder. Unterwegs hatten sie sich mit einer Literflasche Wein, Käse und Brot eingedeckt. Als sie zermürbt an den Strand zurückgefahren waren, war es schon halb acht gewesen. Sie hatten das Auto unter einer der Pinien geparkt, sich im Meer abgekühlt, noch eine Weile im Sand gesessen. Der Sonne schweigend beim Untergehen zugesehen und Wein aus der Flasche getrunken. Viel schneller als sonst war er Irma in den Kopf gekrochen, Paul hatte sie gedrängt, weiterzutrinken. Warum auch nicht? Sie kannte sich aus mit dem leichten Rausch, der eine wohlig warme Decke auf den Aufruhr legte. Paul hatte große Schlucke genommen, ihr einen Rest übriggelassen, den er ihr entgegengehalten hatte, als sie vom Pinkeln aus dem Wäldchen zurückgekommen war.

Als es dunkel geworden war, waren sie in den Kombi gekrochen. Irma hatte Lust auf Paul gehabt. Sie war nicht heiß und fiebrig erregt gewesen, eine angenehm sanfte Ruhe, eine Sehnsucht nach Nähe und stummen Liebesschwüren hatte sie erfasst. Es wäre so romantisch gewesen im Kombi, im Ohr das Meeresrauschen und im Hinterkopf die Gefahr, beim Liebemachen entdeckt zu werden. Sie hatte ihren Slip ausgezogen, Paul gestreichelt und liebkost, seine Hand sanft unter ihren Rock geführt, ihn gefragt, wie er es gerne tun würde, sie hätte alles mitgemacht. Aber bei ihm passierte nichts. Sie hatte sich wirklich Mühe gegeben, obwohl ihr ein wenig übel gewesen war. Nicht schlimm, hatte sie gesagt, er solle sich keine Gedanken machen. Immerhin war er müde gewesen. Den ganzen Tag.

Irma seufzte, drehte sich vorsichtig um, ihre Schulter tat weh. Morgen würde die Rückfahrt beginnen. Bestimmt war das der Grund dafür, dass Paul so wortkarg war. Man könnte meinen, er sei fast etwas zornig, aber natürlich war es nicht so. Er war traurig. Genauso wie sie.

Noch eine Nacht, dann würden sie den Apennin durchqueren, durch weite Ebenen fahren, die Alpen überwinden. Schwindelerregend hohe Brücken und schwarze Tunnel konnten ihr nichts mehr anhaben, damit war es endgültig vorbei. Irgendwann würden sie das Dorf erreichen, in dem Pauls Auto neben der Autobahn stand. Zum Abschied würden sie sich küssen, sich umarmen. Sie würden sich nicht trennen können, weinen würde sie hoffentlich nicht. Na ja, natürlich würde sie weinen, sie könnte es jetzt schon tun. Doch die Trennung würde nicht für lange sein, ein paar Tage nur, dann würde alles neu beginnen. Endlich würde sie ein Zuhause haben.

Für Irma hatte es noch nie einen Ort gegeben, den sie Heimat hätte nennen können, der ihr Halt gegeben hätte in stürmischen Zeiten, weil er immer da war und sie auffing. Vertraute Geräusche, das Klappern einer Zimmertür im Luftzug, das Knarren einer Stufe. Oder der Duft nach wilden Rosen und gemähtem Gras, jedes Jahr verlässlich aufs Neue. Überall fühlte sie sich wie ein Gast, immer auf dem Sprung. Es kam nie etwas, wohin sie hätte springen können, nur ein tiefer Graben nach dem anderen, in den sie gestoßen wurde. Eine unbestimmte Sehnsucht erfüllte sie mit einem melancholischen Schmerz, der sie über die Jahre von innen aushöhlte, bis nur noch ihre Hülle auf unsicheren Beinen stand und jedem, der es wollte, ein makelloses Bild von ihr zeigte.

Mit Paul konnte sie die Leere füllen, die Sehnsucht nach wer weiß was stillen. Ihm konnte sie alles geben, ohne etwas zu verlieren. Das *musste* Liebe sein. Ja, ganz sicher. Sie würde ihn ein Leben lang lieben. Das stand fest. Sie drehte sich zu ihm, sein Atem streifte ihre Stirn. Zart strich sie mit den Fingern an der Falte zwischen seinen Augenbrauen entlang, er zuckte kurz, brummte irgendwas.

Der Mond zog weiter seine Bahn, leise lächelnd versprach er, da zu sein, jeden Tag, jede Nacht. Er legte sein samtweißes Licht auf Irma und Paul, ihr war wohlig warm. Es störte sie nicht, dass eine Haut aus getrocknetem Schweiß und Meersalz an ihr klebte und ihre Haare strähnig waren. Geschminkt hatte sie sich seit gestern nicht mehr. Sie roch den süßen Wein und das Meer. Und Paul. Fühlte sich leicht und benommen, zog die Luft tief ein, küsste ihm vorsichtig das Salz von der Stirn. Schloss die Augen. Hörte durch das einen Spalt weit geöffnete Fenster leises Wellenrauschen, immer gleich, im Rhythmus eines in Ruhe schlagenden Herzens. Es machte sie leicht, hob sie sanft an, trug sie über eine weite Ebene, über das Meer, einen in der Sonne silbern funkelnden Teppich, es war wunderbar. Sie glitt hinunter, ließ sich ins verlockend schöne Silber fallen. Schwamm und schwamm immer weiter, erfüllt von unbändigem Glück. Tauchte weit draußen ins Dunkelgrau, ein Strom griff nach ihr, zog sie in die Finsternis. Tiefer und tiefer. Bis ins unendliche Schwarz. Ein seltsames tränenloses Weinen erfasste sie, stieg von innen auf, quoll in riesigen Luftblasen aus ihr heraus. Es trieb sie nach oben, sie tauchte auf, sah nichts als leblose Weite um sich herum. Sah Pauls Hand, die auf sie niederfuhr, Olivers lustverzerrtes Gesicht über ihr. Ihren Vater mit speichelnassen Mundwinkeln zusammengesunken im Rollstuhl vor dem Fenster.

Irma schreckte hoch. Immer noch schien der Mond herein und brachte Pauls Konturen, die sich friedlich hoben und senkten, zum Glühen.

Alles nur ein Traum, Gott sei Dank.

TAG 8, SAMSTAG, MORGENS

Der Schmerz drängte Paul aus der Nacht in den Tag. Er drehte sich auf den Rücken, stöhnte. Na wunderbar, die Bandscheibe mal wieder! Kein Wunder bei dem Untergrund. Er hatte sich nicht mal ausstrecken können, was für eine Tortur war das gewesen letzte Nacht. Es mussten Jahrzehnte vergangen sein, seit er sich mit Irma am Abend in den verdammten Kombi gequetscht hatte, er fühlte sich wie ein steinalter Mann.

Er schüttelte den Kopf, er hatte tatsächlich die Nacht in einem Auto verbracht. Wie ein unreifer Student, der in den Semesterferien durch fremde Länder zog und betrunken mit irgendeinem Mädchen im Auto Erinnerung schaffte, die er ein Leben lang bei Klassentreffen in einer Wolke aus Heiterkeit zum Besten gab. Paul lachte auf. Das hier konnte man niemandem erzählen. Er schluckte. Die Schlinge um seinem Hals hatte sich noch enger zugezogen und wieder saß dieser betonschwere Klotz auf seiner Brust. Seit Tagen taumelte er mit dieser Last durch ein düsteres Labyrinth, immer wieder kam er an derselben Stelle an, sah sich dabei zu, wie er strauchelte, fiel, sich aufraffte und von Gabelung zu Gabelung hetzte. Ein fremder Mann mit verzerrtem Gesicht. Er kniff die Augen zusammen, schüttelte sich. Das Bild zersprang. Heute musste es geschehen, er musste seine Gedanken zur Ruhe bringen. Er brauchte seine Würde zurück! Er kannte sich ja selbst nicht mehr.

Es war schwülwarm, fast schon heiß, der Tag brüllte Paul durch die Autofenster an. Der Platz neben ihm war leer. Wo war Irma? Er setzte sich auf, stieß mit dem Kopf ans Autodach. »Verdammte Scheiße«, zischte er, knallte die Faust dagegen. Ein dumpfer Schmerz raste über die Fingerknochen ins Handgelenk. Er stöhnte auf, spreizte die Finger, rollte sie wieder zur Faust, schüttelte die Hand aus. Was für ein elender Tag war hier gerade im Werden? Er sah sich um, im Auto herrschte heilloses Durcheinander, und schmutzig war es auch noch. Unter ihm knirschte Sand, die Scheiben waren stumpf. Zwei leere Wasserflaschen lagen im Fußraum, das Eispapier von der Herfahrt klemmte im Seitenfach der Beifahrertür. Er roch sich selbst, rümpfte die Nase. Sein Hemd war zerknittert, hatte weiße Ränder vom getrockneten Schweiß. Ihm war etwas übel, nicht so stark wie vor zwei Tagen, oder zwei

Jahrhunderten in Lerici. Ein saures Völlegefühl hatte sich in seinem Schlund festgebissen. Und dann auch noch der Käse, den Irma hatte kaufen wollen, er war gestern von der Hitze so weich gewesen, dass Paul fettige Finger bekommen hatte. Er roch daran, einfach widerlich. Neben dem Handtuch, das er notdürftig als Kissen benutzt hatte, lag sein Handy. Er griff danach, drückte den Knopf. Neun Uhr vier.

Raus aus dem Auto, sich strecken, gerade machen, ein paar Schritte gehen, das sollte er tun. Er sah an sich herunter, seine Füße waren grau vom Sand. Die kaum behaarten Beine sahen irgendwie dünner aus als sonst, als gehörten sie nicht zu ihm. Er stutzte. Schaute genauer hin. Sie waren braun, schön braun. Wie sollte er das Silvia erklären? In Bozen gab es keinen Strand und kein Meer. Irgendetwas Plausibles würde er ihr sagen müssen. Nachmittags am Pool oder eine Wanderung in Shorts. Er befeuchtete einen Daumen, zog mühsam sein Bein heran, rubbelte am grauen Rand am Knöchel, verschmierte den Schmutz. Seufzte nervös. Wann hatte er eigentlich die Boxershorts angezogen? Gestern? Oder etwa vorgestern schon? Und wo hatte er die Sneaker gelassen? Verdammt! Die standen vor dem Auto, wenn sie nicht bereits geklaut worden waren. In Italien konnte man nie sicher vor Diebstahl sein. Und seine Hose, die beige, wo war die? Hatte er sie etwa draußen liegen lassen? Er hob die Decke an, schob den ganzen Kram, der herumlag, zur Seite. Da lag sie ja, zerknittert und eingestaubt.

Er öffnete die Seitentür, eine kühle Brise wehte ins Auto, saugte den Gestank heraus. Er schaute sich um, niemand war zu sehen. Quälte sich ungelenk aus dem Fahrzeug, schüttelte die Hose aus, stieg hastig in die Hosenbeine.

Doch was war das? Ein Riesenfleck prangte knapp über dem Knie. Dunkelgrau war er und groß wie eine Nuss! Er rieb daran herum, verflucht! Fahrig kroch er ins Auto und riss das Handtuch heraus. Spuckte darauf. Scheuerte und rubbelte, immer schneller, immer fester. Stoppte. Verdammt, der Fleck wurde größer, jetzt hatte er auch noch einen schwarzen Rand! Fraß sich in den leichten, hellen Baumwollstoff. Paul rieb und scheuerte, sein Herz raste, Schweiß trieb auf seine Stirn. Er stoppte abrupt, schleuderte das Handtuch zurück ins Auto, stöhnte auf. Konnte das alles wahr sein?

Die Schuhe, schoss es ihm durch den Kopf. Er bückte sich, sie standen im Schatten des Autos. Waren dunkel von der Feuchtigkeit und verspakt mit einer Kruste aus Sand. Er nahm sie in die Hand, kratzte an dem sandigen Überzug, ließ sie fallen. Paul hätte schreien können. Um sich schlagen.

Er presste die Lippen aufeinander, stieg in die Sneaker, der Sand scheuerte zwischen den Zehen.

Wo war Irma bloß? Spielte sie wieder mit ihm? Eine perfide, hässliche Show, um ihn weichzuklopfen? Er zischte scharf durch die Zähne, zuzutrauen war es ihr ja.

Der Strand war fast leer, es war noch früh. Zwei Autos standen auf dem Parkplatz, hoffentlich hatte niemand Paul schlafend im Kombi gesehen. Nervös strich er durch seine salzverklebten Haare, über sein Gesicht, aus dem Bartstoppeln sprießten. Fuhr mit der Zunge die Zähne entlang, sie fühlten sich rau an.

Irma war doch nicht etwa schwimmen gegangen? Ganz allein? Er blickte erschrocken auf. Nein, dachte er, sicher nicht. Dann hätte sie ihn geweckt, hätte so lange an ihm herumgezogen und auf ihn eingeredet, bis er endlich nachgegeben hätte und mit ihr ins Wasser gegangen wäre. Er stutzte. Hätte sie das nicht sowieso getan? Ihre feuchten Küsse auf ihm verteilt, um ihn zu wecken, so wie jeden Morgen, ihre Hand wer weiß wohin gesteckt, ihn bedrängt, ihm Schmutziges ins Ohr geraunt, bis er sich endlich in sie geschoben hätte? Dann hätte sie laut, sehr laut, gestöhnt und gegluckst, sodass jeder sie gehört hätte.

Er stemmte seine Hände in den Rücken, bog sich ins Hohlkreuz, es knackste. Schaute sich um. Das hellblaue Meer war ruhig und glatt, er ließ seinen Blick schweifen, aber keine Schwimmerin weit und breit. Und jetzt? Vielleicht sollte er sich schnell erfrischen, dann das letzte gebügelte Hemd und die andere Hose aus dem Koffer holen, eine frische Unterhose anziehen und mit der Bürste die störrischen Haare kämmen. Dann würde er sich besser fühlen, klarer denken und dem Tag eine Wendung geben können. Er musste unbedingt wach sein, nichts durfte schiefgehen.

Er drehte sich um, blickte Richtung Pinienwald, möglicherweise war Irma dort. Er müsste auch gleich mal dringend in den Büschen verschwinden. Er schüttelte den Kopf, ein bitterer Lacher stieg in ihm auf. War das hier wirklich wahr?

Es durchfuhr ihn ein Ruck. Da war sie. Sie saß im Schatten eines Baums, am Rande des Pinienwalds, ihr bunter Sommerrock leuchtete im morgendlichen Dunst. Regungslos saß sie auf der mintgrünen Decke und schaute zu ihm. Als täte sie das seit Stunden. Dort sitzen, ihn anschauen, so wie jetzt. Er hob zaghaft die Hand, nickte ihr zu, sie winkte zurück. Aus der Ferne sah er ihr Lächeln, das schöne, das er mal unwiderstehlich gefunden hatte.

Es hatte sich auf ihrem Gesicht ausgebreitet, saß dort unbeweglich, wie ein Bild aus vergangenen Tagen.

Er lief auf sie zu. Sie folgte ihm mit ihrem Blick. Ihn erfasste eine seltsame Unruhe, fast war es Verlegenheit, als stünde er auf einer Bühne. Ein zaghaftes Lächeln durchzog ihn und ein Kribbeln, das ihn sanft voranschob zu ihr.

Er setzte sich zu ihr. Sie lächelte ihn an, er lächelte zurück. Sie hatte die Decke sorgsam auf dem staubigen Boden ausgebreitet, keine einzige Nadel vom Pinienbaum, kein Fleck, keine Flusen, ordentlich glattgestrichen waren die Kanten. Irma hatte ihre Lippen rosarot nachgezogen, wie die Tage zuvor, wenn sie sich hübsch gemacht hatte für ihn. Die ärmellose hellblaue Bluse hatte sich eng an ihren Körper geschmiegt, auf ihrer Schulter ruhte in einer sanften Welle ihr Haar, in das die Sonne in der vergangenen Woche lichte Strähnen gewoben hatte. Vor ihr lag der Rest des Brots auf dem Papier, in das es eingewickelt gewesen war, als sie es gekauft hatten. Daneben zwei kleine süße Kuchen, zwei blaue Kaffeebecher aus Pappe, ein Apfel in Stücke geschnitten, die auseinanderfielen, als öffne er sich zu einer Blüte. In einer Plastikschale Himbeeren, so eindringlich rot, sie hoben sich vom Grün der Decke ab. Ein paar Scheiben saftiger Schinken lagen auf einem Teller aus dünnem, glänzendem Plastik, daneben schillernd schwarze Oliven und Käse. Nicht der weiche von gestern, nein, in Scheiben geschnittenes verlockendes Gelb. Weiter hinten auf der Decke lag die Wasserflasche vom vergangenen Abend, es war nur noch ein Rest darin.

»Woher hast du das alles?«, fragte Paul mit belegter Stimme.

»Die Pension weiter vorne. Erinnerst du dich? Wir sind daran vorbeigefahren. Es gibt dort einen Kiosk. Das weiß ich von damals. Er ist immer noch da.«

»Du bist dort gewesen?«, fragte er erstaunt.

»Ja, heute Morgen, ganz früh. Er war noch geschlossen, aber die Wirtin war da und hat mir alles mitgegeben.«

»Aber ... das ist doch sehr weit.«

»Zwei Kilometer ungefähr.«

Er schluckte. »Wie hast du das alles hierherbekommen, ich meine, die Becher mit Kaffee ...«

»Ich habe zwei Hände, Paul. Erinnerst du dich?« Sie lachte hell und streckte ihm ihre schlanken Hände entgegen. Er erfasste sie. Sie waren warm. Mit den Daumen strich er über ihre Handrücken und sah sie an.

»Und eine Tasche zum Umhängen«, sagte sie, zog ihre Hände aus seinen. Hielt ihm die Schale mit den Himbeeren hin. »Magst du?«

Er nickte, fasste hinein, steckte eine Frucht in den Mund. Sie war süß und weich, der Saft verteilte sich über Zunge und Gaumen. Paul sah Irma zu, wie sie ein Stück vom Brot abbrach und sorgfältig und sorgsam bedächtig eine Scheibe Käse und Schinken darauf legte. Sie reichte es ihm.

»Der Kaffee ist schon kalt«, sagte sie, nahm eine Apfelscheibe. »Du hast lange geschlafen.«

»Ja, sehr lange. Letzte Nacht habe ich eine Weile wachgelegen.«

»Ich weiß.«

Er stutzte, hielt den Atem an. Spürte Röte in sein Gesicht schießen. »Du warst wach?«

»Ja. Hin und wieder. Aber insgesamt habe ich gut geschlafen«, sagte sie und seufzte. »Sehr tief.« Sie zog das *sehr* in die Länge, schaute ihn an. Er senkte den Blick.

»Und ... und wie geht es dir?«, fragte er stockend. Schob die Käsescheibe auf dem Brot zurecht.

»Gut, Paul.« Sie nahm den Becher mit dem Kaffee, trank einen Schluck. »Es geht mir bestens.« Sie schaute in die Ferne, stellte den Kaffeebecher ab, spielte versonnen mit der Haarsträhne auf ihrer Schulter. »Und dir? Wie geht es dir?«

»Auch gut«, sagte er. »Na ja, eine Dusche könnte ich vertragen. Und mein Rücken ... also meine Bandscheibe, die mochte wohl den harten Untergrund nicht.« Er lachte in einem Stoß auf.

Irma blieb still.

»Vor Jahren hatte ich mal einen Bandscheibenvorfall«, sprudelte es aus ihm heraus. »Hab im Garten blöderweise versucht, einen großen Trog zu verschieben. Und peng! Da war es passiert. Operation, zwei Wochen Krankenstand. So schnell geht das. Und es tut immer noch weh.« Wieder stob ein Lacher aus ihm heraus. Fast verschluckte er sich daran.

»Ah«, machte Irma. Sie biss vom Apfel ab. »Kommst du mit schwimmen?«

»Ich weiß nicht. Mein Rücken ... Ich glaube, das wird nichts.«

»Okay.« Sie beugte sich zu ihm, strich über seine Stirn, seine Wangen, das Kinn. Schloss die Augen, setzte zarte Küsse auf seine Lippen, dann suchte ihre Zungenspitze vorsichtig seine. Er erwiderte ihren Kuss. Eine warme Welle erfasste ihn.

Sie löste sich von ihm, stand auf, strich ihren Rock glatt, warf die Haare in den Nacken. »Ich hole meinen Badeanzug«, sagte sie und ging zum Auto. Pauls Herz klopfte wild.

Ein Kastenwagen rollte heran, parkte nicht weit vom Kombi entfernt, dessen verstaubtes Rot vor dem Pinienwald leuchtete. Davor stand Irma in ihrem bunten Sommerrock. Eine Familie fiel aus dem schmutzig blauen Fahrzeug heraus, die Frau trug ein gelbes Kleid und ihr Mann hatte schulterlanges, schwarzes Haar. Drei kreischende Kinder rannten an den Strand. Irma winkte dem Paar zu, sie redeten irgendwas, ihr Haar strahlte in der Sonne. Paul konnte ihr Lachen nicht hören, aber er wusste, wie betörend es klang. Er duckte sich, wollte nicht gesehen werden, legte sich hin, rollte sich auf die Seite, sah die Kinder als hüpfende Punkte am Wassersaum.

Irma ließ die Tasche auf die Decke fallen. Er wusste, sie hatte ihn angesehen, den ganzen Weg vom Auto zurück.

»Und?«, fragte sie. »Möchtest du nicht doch mitkommen?«

»Nein, nein«, stammelte er. »Lieber nicht. Ich komme kaum hoch, der Rücken tut höllisch weh.«

Sie lächelte ihn an, kramte in der Tasche, zog ihren Badeanzug heraus. Den türkis-blauen, Farben wie das Meer. Streifte den Slip unter dem Rock hervor. Es war einer von den schwarzen mit den Spitzen und dem hohen Bein. Paul senkte den Kopf. Sah aus dem Augenwinkel, wie sie sich den Badeanzug überzog, dabei kurz den Blick freigab auf ihren Schoß. Sie stieg aus dem Rock, öffnete die Bluse, streifte sie ab, reckte sich und zog langsam den Badeanzug über ihren Busen nach oben.

»Ein wunderbarer Tag«, sagte sie, bückte sich nach der Flasche mit dem Wasser, trank sie aus. Beugte sich zu Paul herunter und hauchte: »Ich liebe dich, Paul Mertens. Vergiss das nicht.« Lief los.

Er sah ihr nach. Im Laufen drehte sie sich um und winkte ihm zu. »Bis gleich«, rief sie und lachte. Sie war schön. So schön. Ihre Konturen verschwammen, die Hitze über dem Sand löste sie auf. Ein türkis-blauer Fleck im unendlichen Weiß. Ihre Haare flatterten wie helles Stroh im Wind, zogen sich in die Länge, leuchteten gelbgold, verwoben sich mit dem Blau des Meers und dem weißen Sand.

Paul legte sich hin. Streckte sich aus. Schloss die Augen. Hörte wieder ein Auto, Türen schlugen zu. Männer riefen, Frauen lachten, das Meer spuckte gleichmäßiges Zischen aus. Es legte sich über ihn, er atmete tief, der Klotz auf seiner Brust drückte ihn in den Boden. Für nichts in der Welt hätte er jetzt aufstehen können. Wohlige Dunkelheit tat sich auf, das rhythmische Rauschen des Meers wurde zu leiser Musik. Zarte Töne erfassten ihn und zogen ihn immer weiter ins Dunkel, in ein wohliges Nichts.

Etwas zog an ihm, zupfte erst sanft, dann stärker, krallte sich fest. Es zischte und fauchte, wurde lauter, zog ihn unerbittlich aus der friedlichen Tiefe in die graue Zwischenwelt, dann weiter ins gleißende Licht. Bitte nicht! Schrille Stimmen, aufgeregte Rufe, Kindergeschrei. Beißendes Meeresrauschen, ein startender Wagen, zuschlagende Autotüren, Gebrüll vom Parkplatz weit hinaus über den Strand.

Paul blinzelte. Der Schatten der Pinie war dem Lauf der Sonne gefolgt und hatte sich von ihm gezogen. Heißes Licht verbrannte sein Hirn. Mit einem Stöhnen hievte er sich auf die Ellenbogen, sein Puls hämmerte, er ließ sich zurückfallen. Es war heiß, so flirrend heiß, er hatte unbändigen Durst. Sein Hemd war durchgeschwitzt und im Rückgrat hockte der Schmerz, der ihn zwang, sich auf die Seite zu drehen. Mit schweren Lidern sah er den Strand hinunter, im Kopf dröhnte ein dumpfer Ton.

Es war mehr los als am Vortag, Menschen tummelten sich unter Schirmen, bunte Tupfen auf weiß glühendem Sand. Paul setzte sich auf, hielt sich den Kopf, ihm war schwindelig. Er sah auf der Decke das vertrocknete Brot, der Käse war zu einem gelben Klumpen geschmolzen und auf dem Schinken hockten zwei schwarze, fette Fliegen. Übelkeit stieg in ihm hoch, Paul wandte sich ab. Stütze sich auf, stemmte sich auf die Beine, sie zitterten, hielten ihn kaum. Er schwankte, sammelte sich. Bückte sich, zog die Decke in den Schatten, ließ sich fallen.

Wie lange hatte er geschlafen? Er zog das Handy aus der Hosentasche, kurz nach zehn. Wo war Irma? Er schaute sich um. Die Tasche, der Rock, ein buntes Bündel zarten Sommerstoffs und ihre hellblaue Bluse, alles lag da, wie sie es hatte fallen lassen. Er stand auf, blickte zum Parkplatz, konnte ihn nicht gleich erkennen, weil ein gelber Wagen davor stand, doch Irmas roter Kombi war noch da. Paul atmete auf. Wischte sich die schweißnasse Stirn. Stapfte ein paar Schritte durch die Sonne über den Strand. Seine Füße steckten immer noch in den Sneaker, die Knöchel überzogen mit einer Schicht aus Sand und Schweiß.

Nach ein paar Metern blieb er stehen. Schaute sich um. Die Hitze drückte ihn nieder, das Atmen fiel ihm schwer. Wo war sie bloß? Lange würde er es in der prallen Sonne nicht mehr aushalten. Das Meer hob sanfte Wellen aus dem Blau, warf schaumiges Wasser an den Strand. Nachher würde er schwimmen gehen, um den Kopf freizubekommen. Hoffentlich. Er stapfte ein paar Meter, blieb wieder stehen. Sah sich um. Weiter vorne am Strand war eine Menschentraube, sie schwebte in den Hitzeschlieren über dem Sand. Paul hob die Hand gegen die Sonne an die Stirn, sah sich um. Eine Frau, zog ein schreiendes Kind weg von der Gruppe, den Strand hinauf, ein dunkelbraun gebrannter Mann mit Bauch gestikulierte wild, rief irgendwas.

Paul ging schneller, schwitzte und keuchte, das weiße Licht brannte in seinen Augen. Er hörte lautes Rufen, stapfte hastig weiter, seine Füße drangen tief in den Sand. Er sah menschliche Silhouetten, die sich als schwarze Schatten gegen die Sonne abhoben, hörte dumpfe Töne, verzerrte Rufe, begann zu rennen. Kam näher. Sah zwischen nackten Beinen Türkis und Blau. Sah eine Strähne nassen Haars auf dem weißen Sand. Eine Frau drehte sich um, schaute ihn mit weit aufgerissenen Augen an.

Irma. Sie lag am Boden. Ein Mann kniete neben ihr und starrte sie an. Es war der Mann mit dem schulterlangen schwarzen Haar. Sie lag da, ganz still. Der Kopf war zur Seite geneigt, weg von Paul. Er sah die zarte weiße Linie ihrer Wangen, ihres Kiefers, die Lippen waren leicht geöffnet. Ihr Ohr mit dem kleinen Ohrring, das nasse Haar dahinter gespült. Er sah Irmas bleiche, leicht geöffnete Hand, an den Fingern klebten Körner des weißen Sands. Das nächste hauchdünne Tuch aus Meereswasser umspielte ihren Körper, zog sich wieder zurück, zeichnete zarte, silberne Rinnsale bis ins Meer.

Paul stand da und blickte zu Irma. Jemand hatte den Ton abgestellt. Nur das leise Pochen seines gleichmäßig schlagenden Herzens hörte er.

Er drehte sich um. Ging los. Erst langsam, dann schneller. Aufgeregte Stimmen trieben ihn voran durch den tiefen Sand. Er stapfte den Strand hinauf, durchs weiße Licht zur mintgrünen Decke. Nahm Irmas Tasche. Holte den Autoschlüssel heraus. Lief zum Auto, schloss auf. Sammelte seine Sachen zusammen, zog seinen Koffer aus dem Fußraum, stopfte alles hinein. Setzte seine Kappe auf das schweißnasse Haar. Riegelte das Auto ab. Lief zur Decke zurück, legte den Schlüssel in die Tasche. Hielt inne. Nahm Irmas Bluse in die Hand. Rieb den Stoff zwischen den Fingern. Roch daran. Legte sie zurück auf den bunten, leuchtenden Rock. Erhob sich. Schaute sich um. Keiner sah zu ihm.

Paul ging zum Auto zurück. Nahm seinen Koffer. Lief los. Aus dem Sand auf den schwarzen Asphalt. Ging weiter. Immer geradeaus. Die schnurgerade schattige Straße entlang.